D1387024

L'amour de l'argent est la racine de tous les maux.
Nouveau Testament, Timothée, VI, 10

Jacques Couture

1

Belfast, 16 septembre 1977.

Ils sont là
Je les sens
Et je les exècre

Je sors de la prison
Où Bobby croupit
Dans ce trou semblable à toutes ces autres geôles
Cette porcherie où ces merdeux de royalistes
Continuent d'avilir mes semblables
Les méprisant, les dégradant
Les insultant, les rouant de coups
Mon frérot, mon sang, mon semblable
Ma souffrance
Je te porte comme un manteau d'ombre
Mon visage est de pierre
Miroir de toutes les côtes si dures
De cette Irlande figée
Où mes ancêtres peinent depuis des siècles
À cultiver des cailloux
Je reste froid, impassible, insensible
Devant la cruauté faite homme
Sous la main ensanglantée
De la Ulster Volunteer Force

Je sors de la prison
Ça sent encore le crachat
Et les vociférations de ces lâches

Je voudrais me mettre nu, ici, dans la rue
Face à tous ces impérialistes imbéciles
Leur montrer de quoi est faite ma chair, mes muscles
Ma colère, ma vérité
Nu comme mon frère qu'ils rouent de coups
Et arrosent d'eau glaciale
Dans ce corridor de la torture
Je voudrais brûler tout ce qui me rappelle
Leur odeur infecte

Ils sont là
Je les sens
Et je les exècre

Daithe
Il y a cinq ans déjà
Cinq trop longues années
Chacun de mes pas dans cette Belfast
Maculée du rouge de ton sang
Et du rouge de ma colère
Me rappelle ton corps inerte
Ce triste jour où dans mes bras trop petits
La lumière s'est à jamais échappée de toi
Quand ils ont perforée de leurs balles assassines
Ta chair si blanche
Daithe
Ils t'ont assassinée là en pleine rue
Devant notre belle Abiageal, la joie du père
Notre enfant chérie entre toutes
Incarnation de ta lumineuse beauté

Abbie
Et toi Bobby

Je ne sors pas de ta prison de béton, de fer
Et de racisme, Bobby

Comme toi, je suis prisonnier
Prisonnier de ma colère
Jour et nuit
Ils me suivent partout
Comme des hyènes, comme des vampires
Comme des urubus charognards
Leur ombre plane sur moi
Et m'enlève toute vue sur le ciel
Ou sur l'herbe verte des collines de ma si douce Éire
Ils ont soif de vengeance et tuent sans remords
Ils savent aujourd'hui que j'étais
Ton vrai frère dans la révolte
Et ils sont forts de ce semblant de vérité
Ils ont réussi à te faire condamner mon frérot
Mon Bobby
Et maintenant ils n'auront de répit
Que lorsqu'ils auront leur autre proie
Celui qui par ricochet, par le sang
Et surtout par l'ardente défense de son pays
Jette des charbons ardents sur leur dédain raciste

Bien sûr que tu as posé des bombes
Et des bras, et des jambes et des âmes se sont envolés
Est-ce moi qui le nierai ?
Mais la poudre était faite de ces siècles de négation
Et la mèche fut tressée le jour de ce Triste Dimanche
Ô Bloody Sunday
Alors que tu marchais à mes côtés
Et aux côtés d'Abbie et de Daithe
Que tu marchais si près de mon cœur en somme
Nous marchions en paix, sans armes
La tête pleine de promesses
Quand la salve a déchiré l'air humide
De ce jour de janvier 1972
Et que les pleurs se sont mis à pleuvoir du ciel
De la terre

Et de tous les yeux verts du monde
Ils t'ont minutieusement traqué ces dernières années
Et maintenant, ils vont te faire pourrir à l'intérieur
De l'intérieur
Au jour le jour
En guise d'apaisement de leur colère inapaisable

Ils sont là
Je les sens
Et je les exècre

Moi aussi je dois payer
Abbie aussi
Ils nous pourchassent
Boivent ma bière, respirent mon air
Polluent la cour d'école de mon ange
De leurs bruits de bottes
Arpentent mon appartement de regards louches
Empoisonnent mon quotidien
Au jour le jour
Partout, tout le temps
Avec acharnement et entêtement
Tels des boucs déboussolés
En guise d'apaisement de leur colère inapaisable

Sous leurs impers luisent désormais
Les lames et les armes
Ils l'ont griffonné sur les murs de la ville
Ils l'ont dit aux bruines de tous ces matins d'hiver
Et ils l'ont écrit ce matin dans ma boîte aux lettres
« Sale Dands, frère de l'autre
Merdeux d'entre les merdeux
Tu déguerpis, tu disparais de notre vue
Et tout de suite, enfant de chienne
La vie de ton frangin, ta vie
Et celle de la petite ne valent même pas un shilling

Tu entends ?
On te donne 48 heures
48 heures de trop, ordure »

J'ai rencontré mon patron
Du Belfast Catholic Chronicle
Liam, que je lui ai dit :
« N'importe où, une affectation bidon, une planque
Pour ma fille… »
Il m'a dit : « J'y pense »
Je lui ai répondu : « Tu as 24 heures
Tu comprends, pas un rêve de plus ! »
Le lendemain, il m'avait dégoté une place à Rome
« Va assister aux derniers râles de Paul VI
À la nomination de son successeur
Et amuse-toi avec l'affaire des Brigades rouges
Pour faire changement…
Ils t'ont donné ce qu'il faut pour tu y passes un an
Tu pars cet après-midi
Bonne chance. »

2

Le salaud. Il m'a encore eue. Au fond, pourquoi m'en voudrais-je à travers lui, lui qui seul sait me faire jouir. Son cou large, ses épaules, et ses cuisses fermes... Sa cupidité, son paternalisme et sa totale inconscience. Me voilà encore brisée. Mais j'ai toute la nuit devant moi, parce que l'écoeurant n'assume même plus ses écarts. Il a lavé les traces de son crime parfait et il a impeccablement enfilé son pantalon. Je l'entends déjà ronfler aux abords des joues laiteuses de sa nouvelle flamme, suffisant et repu. Pour me faire mal jusqu'à l'os, je m'expurge en imaginant l'incapacité de jouir, parce qu'il me l'a dit, de cette littéromane au teint trop pâle, aux cheveux trop noirs, aux yeux trop bleu acier. À l'haleine trop nicotineuse... et à l'aube de sa vingt et unième année. Elle est vraiment très belle, la Charlotte, et parfaitement sinueuse. Elle lui a fait le coup de la poétesse maudite, du « viens voir là dans mon coeur le grand trou noir... viens voir comme il y fait froid ». Il s'est brûlé, et je le comprends. Puis non, je ne le comprends pas. J'arrache les couvertures, je saute en bas du lit et je marche en rageant contre tous les objets sur mon chemin. En passant devant le miroir, je m'arrête un instant. Un instant de trop : l'insécurité concernant ma désirabilité fait que je me mets à mordre sourdement mes lèvres, à boire mes larmes. Où est la justice?

Pourtant, j'ai vingt-neuf ans, je suis une femme du type madone, j'ai les yeux verts et je suis incontestablement belle. Enfin, c'est ce que je me dis dans l'unique but de me reconstruire un semblant d'ego. Pourquoi, il y a six mois, m'a-t-il laissée choir? Je pense que je lui aurais pardonné quelques nuits volcaniques avec une autre. Pas vrai. Je mens. Je me mens. Comment passer l'éponge sur nos interminables discussions autour de l'intégrité et de la responsabilité amoureuse, de passer par-delà notre complicité intellectuelle, de passer outre à notre entente sexuelle à nulle autre pareille ? Nulle autre... Je ne peux tout de même pas passer par-dessus les accrocs à son code d'éthique de chargé de cours d'université. Comment ce jeune prof narcissique rongé par le démon de la mi-trentaine a-t-il pu sauter la première George Sand venue ? Non, je ne le prends pas ! Il va le regretter. Il va ME regretter.

Évidemment, une rechute fait que le doute revient me hanter : la plus belle des femmes est toujours son propre et pire ennemi quant vient le temps de se rassurer sur sa désirabilité. Peu importe. Il va me regretter quand même, parce que le désir est fait de bien d'autres choses que la simple courbe d'une hanche, de choses si complexes et si difficiles à décrire qu'il vaut mieux... vaut mieux quoi???

D'accord. C'est moi qui ai succombé. Me fais encore mon grand théâtre en l'accusant. Je cherche tout simplement à me justifier, à me prouver à moi-même que j'ai des principes. Le travail était terminé depuis des mois. La marchandise livrée. Pourquoi ces interminables délais alors que la soutenance publique devant jury est affaire de protocole ? Avec le recul, je me demande bien quel citoyen normal aurait pu porter un intérêt quelconque à une thèse de doctorat sur *CES FEMMES QUI ONT FONDÉ LA NOUVELLE FRANCE*, couplé du pompeux sous-titre *La place de la mystique féminine au début de la colonie*. Lui bien sûr. Mais était-il vraiment sincère ? Ou bien ne soupçonnait-il pas ma vulnérabilité du moment pour pouvoir honteusement en tirer profit ? Après les trois actes qui sont de mise dans les circonstances -la présentation, l'argumentation et l'appréciation du jury-, il m'a prise dans ses bras, a même échappé une larme ou deux pour que luise davantage à travers lui ma très grande distinction. Il m'a conseillé après tout, et donc cette thèse est un peu la sienne, non ? Il m'a finalement invitée à souper. Moi, belle dinde, sans hésiter, j'ai dit oui. Parce que j'étais émue, parce qu'une page entière de ma vie se tournait sans que je puisse retenir quelques bribes de phrases, sans que je puisse en apprécier toutes les conséquences. Parce qu'il a glissé dans la conversation quelques noms pertinents, comme ceux de Jeanne Mance, de Marguerite Bourgeoys, de Marguerite d'Youville et de Marie de l'Incarnation, et qu'il savait que ces noms résonneraient loin dans ma tête de cloche en ce jour de grande pompe. Parce que je me revoyais veiller paisiblement sur son sommeil à l'époque où mes nuits étaient peuplées d'Iroquois, de canots chargés de fourrures, et d'héroïnes au dévouement sans pareil. Parce que six mois s'étaient écoulés sans qu'aucun homme digne de ce nom ne m'ait fait jouir, bon. Il y a bien eu quelques amants d'une nuit, de cette race qui se masturbe en toi, indifférent à ta sensibilité, ton esprit... et même ton corps. Ils sont tout entier possédés par cette pulsion de bélier-pilon qui les assoupira sans jamais les libérer. J'ai eu beau leur dire, tout ce que j'ai obtenu comme réaction, c'est la fuite à la vitesse grand V.

J'ai succombé à Dominic. Mais je persiste et signe : c'est un pur salaud! Un récupérateur, un faux homme évolué, un parfait égoïste qui doit se complaire ce matin en se disant : « Je l'ai possédée. » Le seul respect que j'ai pour lui, c'est ce fond d'humanité qui transparaît dans sa générosité intellectuelle. En cela, je le respecte. Mais c'est tout. Pour le reste, je maintiens que c'est un pur salaud.

Mais j'ai joui, et oui j'ai connu la révélation.

La révélation, c'est que je dois impérieusement m'en aller, fuir ce milieu universitaire où je m'époumone à donner des charges de cours qui me demandent énergie et beaucoup de temps, des charges qui me paient scandaleusement peu, des charges qui continuent de m'abaisser alors que je rends de fiers services à des agrégés et autres titulaires qui profitent de mes recherches en étant, eux, très grassement payés. En cette fin d'hiver 1978, y'en a marre. Marre de cet hiver trop long. Marre de ce printemps qui n'arrive pas. Marre de ma mère qui prend encore trop de place dans ma si petite vie. Marre de ses mensonges répétés sur mon passé. J'ai besoin d'air, de vérité, d'amour réel et de défis professionnels enlevant.

Cette nuit, au moment où mon corps a viré de bord, à l'instant très pur où toute parole s'efface, où une blancheur infinie nous envahit, j'ai été traversé par un éclair de lucidité : je pars, survie oblige. Ailleurs. Loin. Tout de suite.

3

Belfast, 17 septembre 1977.

Cet après-midi, je suis parti
Avec Abbie
Ils m'ont suivi jusqu'à la gare
Avec cette rage froide des bourreaux
Quand ils fixent le point de mire de leur haine
Du haut de ses quatre pommes, Abbie les a salués
De la main
D'un regard mi-feu mi-eau
Elle qui porte en elle la vision de ce dimanche rouge
Du haut de ses sept ans
Elle passe encore la main
Dans les cheveux de sa mère inerte dans mes bras
Et se demande pourquoi
Et pourquoi encore les hommes sont si méchants

Elle ne sait pas encore
Je la regarde de ce regard en forme de trou noir
Et elle se méfie tant il gobe toute la lumière
Elle voit bien, mais ne sait pas où et quand
Elle ne sait pas
Que je vais la laisser dans quelques heures
Aux bons soins de cette vieille tante
Qui vit en Bretagne
Elle sent bien que ma propre douleur m'avale
Alors dans ce train qui cogne des clous
Je lui murmure mon désarroi
Et la triste vérité

Ô dieux qu'elle le sait du haut de ses sept ans
De toute la connaissance du cœur
Que ce sera un arrachement
Que la toile de ce jour se déchirera
Comme le voile du temple
Que derrière se profile déjà un trop long hiver
Elle sait, comme on dit, que c'est pour son bien
Mais elle ne sait pas comment
Comment savoir quand on a sept ans
Et qu'on perd tout ?

Nous nous endormons lovés l'un dans l'autre

Après de courts adieux
J'ai la vue plus détrempée
Que dans tous les tableaux de Monet
Tante Gaëlle me fait signe que tout va
De ne pas m'inquiéter
Qu'elle rattrapera son français appris
Au cours des cinq derniers étés
Que la soupe sera bonne
Et l'école ouverte…

Dans le train
Pour ce long voyage vers Rome
Je ne suis rien

4

Je suis un pavot rouge qui grimpe vers le ciel.

Tous les complets gris qui entourent mon assomption corporelle dans ce vieil ascenseur semblent anesthésiés sous l'effet du parfum narcotique que je dégage. Ils ne veulent pas me voir dans ma robe rouge. Ils n'entendent pas mes six bracelets cliqueter, sorte d'étamines qui goupillonnent un pollen sonore irrévérencieux. L'édifice de la Gazette sur la rue Saint-Jacques où logent les bureaux de la Presse Canadienne semble suinter des gaz somnifères qui affectent tous ceux qui sont étranglés par une cravate. Quelques spécimens sont impeccables, d'autres débraillés. Quelque chose qui oscille entre Piccadilly Circus à Londres et le mur des lamentations à Jérusalem. Seulement quelques froids et secs « Good Morning ». Et des murmures, comme si tout ce beau monde récitait de quelconques litanies. Les soubresauts de ce vieil ascenseur font que je penche tantôt vers le protestantisme rigoureux, tantôt vers la juiverie de la diaspora. Ils font semblant d'être civils. Mais comment peuvent-ils donc se côtoyer au quotidien, eux qui s'envoient des mémos tout proprets à cœur de journée où transpirent des jalousies insinuantes ? Comment peuvent-ils ME côtoyer dans cette cage qui m'aspire vers les hautes sphères de l'idéal journalistique en ce lundi matin de mars ? En réalité, je suis invisible, et c'est tant mieux.

Ouf ! Ils sont tous descendus entre le premier et le cinquième étage, me laissant à ma québécitude. Et l'ascenseur qui me délivre enfin au sixième avec ma sollicitude. Envers le directeur de l'information, Pierre Bureau. Tandis que je traverse la salle de rédaction, je vois qu'ici au moins, il y a tout plein de jardiniers amateurs... Je me suis avancée avec la certitude de ceux et celles qui osent; or intérieurement, mes jambes tremblent. C'est l'attitude qui ouvre les portes de l'impossible!

Bureau est en réunion. Il me voit du coin de l'œil et me fait signe en affichant le V avec son index et son majeur. Il sera à moi dans deux minutes. J'arpente la très contemporaine salle et me dirige vers l'espace « d'attente ». J'analyse les moulures en acier inoxydable, les tons gris pâle, les fauteuils en cuir, deux lampes de Murano, une lithographie de Riopelle et une petite huile de Madeleine Ferron. Je reconnais le raffinement signé Bureau. Une réceptionniste, vêtue dans les mêmes tons que les murs, me déshabille de toute son ambition. Ou de sa jalousie exacerbée par l'hyper analyse qu'elle fait de toutes les femmes qui mettent pied dans SON royaume. Pas d'offre de café, évidemment. Plutôt, elle me dépèce, me met en morceaux, garde le bon grain, jette l'ivraie, et me haït instantanément pour toutes les raisons apparentes. Pourquoi, au lieu de s'éteindre, cette trop classique brunette n'enflammerait-elle pas son quotidien par un rougeoiement de l'intérieur? Mais non, elle préfère la sortie de secours qui pour elle passe par un des cadres ici présents. Un cadre au lit, ça doit être rassurant...

Pierre, un conférencier apprécié à notre département, (ai-je bien dit « notre » département?), est sorti de son conciliabule avec les chefs de section ; ils viennent de redresser les torts de la planète tout entière et retournent maintenant à leurs distractions. Quelques rires gras déboulent l'escalier qu'il a fait construire pour accéder à la salle de réunion qui surplombe la salle de rédaction : on commente la dernière *colère* de Claude Ryan du Parti Libéral, un ancien journaliste. De vrais professionnels de l'information, quoi. Pierre m'accueille en me tendant sa main de caïman écailleux, lui qui n'habite pas le corps qui recouvre sa charpente osseuse trop proéminente. Il a tant de fois fait semblant d'être intéressé par mes questions quand il traînait *nonchalamment* après les exposés. Mais il est assez perspicace pour accepter de me recevoir et de me dégoter une affectation « à l'étranger », comme je lui en ai fait part au téléphone il y a quelques jours. De toute façon, je sais qu'il a lu en détail tous les articles que je lui ai fait parvenir, articles rédigés lorsque j'étais la rédactrice en chef du journal universitaire, et quelques autres états d'âme que j'ai acheminés aux différents quotidiens de la métropole ces dernières années. Et puis il y a ces deux étés où j'ai été stagiaire ici à la Presse Canadienne, rédigeant de nombreux articles alors que mes collègues syndiqués se prélassaient en Provence ou en Toscane. Bureau est respecté de ses collègues : on remet rarement en question son jugement, même s'il sait parfaitement bien que ça va cocoricoter dans le poulailler quand ils me verront sortir avec un chèque de frais de déplacement et de séjour.

Je dois patienter cinq bonnes minutes avant que la conversation ne franchisse le degré zéro du simple « comment vas-tu ? ». Et c'est suivi illico du : « Tu pars le 15 mars. Rome. Paul VI est presque toujours alité. La ville éternelle va s'émailler de la pourpre cardinalice et les tractations de corridors vont aller bon train. Je veux les enjeux. Les vrais. Notre très sainte mère l'Église est toujours pleine de surprises. Ce n'est pas tout : en parlant de pourpre, les Brigades rouges enlèvent tout ce qui gouverne en ce moment ; ils veulent faire du troc de bagnards. Ça va t'amuser. Bien hâte de te lire. Allez, va, le Dr Ferron et quelques autres scribouilleux viennent de publier une pétition réclamant *La libération des prisonniers politiques québécois.*

Faut que je l'interviewe au téléphone dans une minute. À chacun ses brigades ! »

Il se lève, me tend la main, pour finalement perdre l'équilibre en tentant maladroitement de m'embrasser sur la joue gauche. Il me remet l'enveloppe avec les avances de fonds et le billet d'avion, aller seulement. Et une carte blanche en guise de symbole, tout en me faisant un clin d'œil. Des deux yeux. « Garde-la précieusement. On a en a toujours besoin dans notre milieu».

*   *   *

Ça m'a pris au moins 250 ans à boucler ma valise. Bouquins ou la robe bleue ? Sans compter la rouge pavot... Manteau ou pull ? Dossiers de recherche ou chemisiers en soie ? Quatre ou dix paires de chaussures ? Et combien de crèmes sans même remettre en question une seule seconde celles pour le contour des yeux, pour le visage, pour la nuit, pour le soin hebdomadaire, pour les mains, pour le corps... Finalement, ce sera deux valises, et 4 paires de jeans. Je n'ai pas les budgets pour me taper les défilés de Milan avec leurs lourdes conséquences sur les finances. Heureusement que je voyage seule ; je me souviens d'une engueulade mémorable avec Dominic sur le poids et le contenu de ma valise lors d'une escapade à Cuba à l'hiver de 1976. Hommes et valises : un mélange explosif à manipuler avec soin. Je dirais même à éviter carrément.

Et ça m'a pris 400 ans avant de me décider à rendre visite à ma mère avant le grand départ. C'est que... C'est que... Bon dieu que c'est difficile de parler de ça. C'est si long. Et si chargé. Bien trop long et trop complexe pour oser en faire le tour, ou encore pour oser penser que je pourrais trancher le nœud gordien. Je suis revenue en larmes, comme toujours. Le nœud est de retour là, dans mon ventre, impossible à déloger. Lourd, encombrant, inconfortable. Partir, voler, être légère : autant d'états qui me sont interdits, même si les apparences me font partir, voler et me sentir légère. Ma mère me cache toujours des choses. Je le sens. C'est comme ça depuis l'enfance. Combien de fois je l'ai questionnée sur mon père ? Et toujours la même réponse vague : « Il est mort d'un accident de voiture, qu'elle me claironne toujours, en faisant grimper le niveau des décibels pour faire plus vrai. Au Manitoba. Avant que j'accouche. Je te l'ai répété mille fois. Il était médecin, il venait de terminer une nuit de garde à l'hôpital de Saint-Boniface, et au petit matin, il s'est endormi au volant. Alors, arrête, ça suffit ! Tes questions ne le ramèneront pas. »

Un sujet rapidement devenu tabou. Nous sommes si intimement liées toutes les deux. Une enfance de femmes, une adolescence de femmes. Puis mes études qui portent sur d'autres femmes encore. Mon monde est un monde de femmes. Un monde auquel il manque cruellement ce petit quelque chose... Pas capables de vraiment nous séparer, elle et moi. Des débrouillardes. Des autonomes, mais appuyées l'une contre l'autre. Des siamoises décalées. Ça n'a pas été facile pour elle dans les années 50 de clamer son autonomie de femme célibataire dans un monde dominé par l'Église, par les hommes, par des modèles dominants pas très olé olé. Toutes les rumeurs étaient permises, et les sous entendus étaient nombreux. Sans compter les harcèlements incessants dont elle fit les frais jusqu'à l'âge de 45 ans. Une infirmière, quoi d'autre. Des corps, bien entendu : l'âme c'est trop complexe et trop dangereux. Mon infirmière particulière. Nous avons toutes les deux payé très cher notre différence. Résultat : réflexes de survie qui m'ont poussé à m'affirmer dès l'enfance. Ce qui fait que j'ai toujours un pied sur la première barricade venue, prête au combat. Je me sens comme la Liberté de Delacroix. Même si au fond, comme on peut le deviner, il y a ce terrible manque. On fait équipe, maman et moi. Alors comment on gère un départ dans ces circonstances ? Elle ne sait pas. Et moi non plus. On ne l'a jamais vraiment fait. Toutes nos paroles sont des faux-fuyants pour ne pas rompre le lien. Tous nos gestes sont maladroits, sorte d'expressions non-verbales de notre malaise. La perspective de m'envoler me fout une trouille si violente que mon diaphragme en tremble de peur. Je glousse. Sans parler de cette culpabilité rampante qu'elle m'injecte à chaque visite, et encore plus aujourd'hui me semble-t-il, même si, évidemment, elle fait tout pour que ça ne paraisse pas. À 49 ans, bientôt la cinquantaine, elle a déjà les réflexes d'une personne âgée qui demande à son unique progéniture et son seul bâton de vieillesse d'être au rendez-vous quand l'heure viendra, et l'heure, du moins c'est l'impression que j'en ai, c'est dans quelques heures seulement.

Dehors, sur le côté de son édifice à appartements, je suis appuyée contre le mur de briques froides et je tente de calmer cette mécanique détraquée. La digue se rompt. Un petit cri étouffé. Quelques kleenex mouillés. Et me revoilà, mine de rien, impeccable et royale sur la banquette arrière d'un taxi qui m'amènera chez moi, patientera deux secondes, puis me conduira à l'aéroport de Mirabel.

*   *   *

Dans l'avion, le service est princier. Ah Air France : les bulles, le petit pain chaud, la petite bouteille de rouge… Les hôtesses impeccables dans leurs tailleurs Chanel, les cheveux tirés, la taille fine, l'accent gracieux. Après le branle-bas du départ, les pleurs des enfants, le service du souper, le va-et-vient aux toilettes, l'affairement du personnel de bord pour tout débarrasser après le café, c'est maintenant la nuit et le retour du calme dans le ventre de cet énorme Boeing 747. Le ronron réconfortant des moteurs prédispose aux rêveries éveillées. Bien calée dans le siège, je repense aux dernières semaines, à Dominic. Et à ma thèse : ce grand voyage me rappelle en quelque sorte le grand voyage de ces femmes et de ces hommes qui ont fait le trajet inverse il y a de cela 350 ans environ, inspirés par de tout autre sentiments.

C'est alors que j'ai compris que seule une passion profonde a pu motiver le départ de Jeanne Mance pour les colonies. Elle qu'on dit vierge, pure et bienheureuse avait sûrement des braises qui rougeoyaient dans son bas-ventre.

Je me revois parcourir en hâte les fragments d'une conférence sur Jeanne prononcée à la Bibliothèque municipale de Montréal en septembre 1942 : « Dès le lendemain matin, en se rendant à l'église pour entendre la messe suivant son habitude, elle fit la rencontre d'un gentilhomme qui en sortait et dont la figure inspirée lui fit une profonde impression ; c'était Jérôme Le Royer de la Dauversière. « S'étant tous deux salués sans s'être jamais vus ni ouïs parler l'un de l'autre », raconte une chronique du temps, Dieu leur inspira la connaissance intuitive du dessein qui faisait l'objet de leur préoccupation mutuelle... »

« S'étant tous deux salués sans s'être jamais vus... » Quelle implacable synchronicité allait les faire se rencontrer? Le divin ourdit-il de si machiavéliques complots ? Non mais sans blague! Je ris. Mais pas tant que ça. Il est impossible que je sois la seule à avoir songé qu'une bande d'illuminés parcourrait la France à cette époque, qu'un seul échange de regard sur le parvis d'une église de la petite ville portuaire de La Rochelle pouvait aiguiller des gens vers une destinée incomparable. Si Jeanne se trouvait là, c'est qu'elle avait déjà quitté son Langres natal, en Champagne, transportée par une vision qu'elle n'a pu, malgré sa bonne volonté, partager avec sa famille, stupéfaite et incrédule. Si Jérôme Le Royer s'y trouvait aussi, c'est qu'il avait connu la même illumination. Et il en sera de même pour Marie Guyart, et tant d'autres encore. En une décennie seulement!

Et qui sait si Jérome Le Royer, sieur de la Dauversière n'en avait pas plein le dos de ses six enfants et de sa vie sans horizons ? L'aventure, le nouveau continent. Un appel irrésistible. Les centaines d'heures de rêveries éveillées. L'époque, qui en était une de conquête, de colonisation, de triomphalisme, d'ouverture sur le monde après la grande noirceur du Moyen-Âge, n'en demeure pas moins un moment fascinant de l'histoire. Malgré moi, je reviens toujours à l'illumination...

Suite à cette « rencontre providentielle... il y eut illumination surnaturelle de part et d'autre.» Y paraît même qu'elle « entendit alors des voix intérieures.» Je sourcille toujours quand je rencontre des destinées aussi franches, aussi limpides. Jeanne qui va au port, sachant que ces hommes à l'appareillage ont besoin d'une femme pour l'expédition. Elle devait flotter comme seule peut le faire une femme habitée par un sentiment qui la transporte. Je suis maintenant sûre que durant la longue traversée, en contemplant la voûte étoilée, appuyée contre l'arc-boutant qu'était pour toi Jérôme Le Royer, le tremblement de la passion s'est emparée de toi et que là, sur un amas de cordages et de voiles, vous vous êtes fondus à la Voix Lactée. Je suis sûre que tu as joui à en rompre les torsades de chanvre avec lesquelles tu bâillonnais ton incontrôlable montée vers la blancheur infinie. Et que pour mieux entretenir cette braise qui te consumait de l'intérieur, tu as déclaré coupable dès cet instant ce surpuissant sentiment, cette fusion à nulle autre pareille que tu connaissais pour la première et la dernière fois de ta vie.

Dans ce grand vaisseau de métal qui m'emporte ce soir vers la doulce France, puis à Rome demain matin, je vais dormir maintenant en rêvant à toi Jeanne, et à ton sourire plein de compassion. Dormir en souhaitant que des visions aussi cristallines transformeront mon propre destin et m'emmèneront vers un ailleurs lumineux.

* * *

Je n'ai pas pu dormir dans ce gros pélican volant au raz des cirro-stratus. Me suis mise à remâcher toutes ces années de ma vie universitaire, et là j'ai étouffé. Rapetissé. Contracté la fièvre tsé-tsé. Et plusieurs autres désordres qui m'ont fait fuir cet ordre à l'arrière-goût de chloroforme. Fuir Dominic aussi. J'ai grandi trop vite. Tant et si bien que je suis incapable de définir l'essentiel. Je vois la vie en concepts, et pour moi ils s'équivalent tous. J'arrache les pages de ma vie comme des papiers mouchoirs, sans gravité. Voilà : je viens de vivre mes premiers amours, je viens de traverser mon premier milieu de travail et de poser mon premier constat sur l'omniprésence de la bêtise humaine. Sans plus. Je cherche l'effet, le choc en retour. Cela ne vient pas. Cela manque de poésie tout à coup. De tendresse surtout. Seule au milieu de cette foule dans le 747, je prends ce matin le café de l'amertume. Dur réveil. En dispersant ça et là des jours d'espoir et de chaleur, j'espère que ce printemps romain va me voir refleurir un tant soi peu.

* * *

Je suis arrivée à Rome. Déjà le milieu de l'après-midi. Crevée. Décoiffée. Malodorante. Et de mauvaise humeur. Mauvaise humeur ? Pas vraiment. Je suis tout excitée à l'idée de fouler les ruines de la vieille ville, les Forums impériaux, les Thermes de Trajan, le Colisée. Et, j'ai presque honte de me l'avouer, j'ai hâte de contempler la monstrueuse ampleur de Saint-Pierre. Mais surtout, j'ai cette envie si forte de vivre une vie romaine, de décorer ce petit studio que la Presse

Canadienne m'a dégoté dans le quartier du Janicule, tout près du Ponte Mazzini, de me forger un quotidien réinventé, de me sentir enfin libre de tout mon passé. Je débarque avec cet étrange et enivrant sentiment qu'un nouveau chapitre de ma vie va bientôt recommencer.

Trop bref moment d'espoir vite recalé au rang du rêve par notre charmant comité d'accueil : à la sortie de l'avion, les Carabiniers nous ont escorté à la mitraillette. Puis ils ont scruté à la loupe tous les étrangers, m'ont fait poireauter durant une heure concernant mon visa de travail, ont fouillé dans tous mes sous-vêtements en riant, tout ça parce que ce matin, les Brigades rouges ont eu une poussée d'hormones et ont enlevé Aldo Moro, le président du parti de la Démocratie chrétienne. Cinq gardes du corps de l'homme politique ont été assassinés dans l'opération. Bienvenue à Rome, *mademoiselle* ! On vous a à l'œil.

5

Rome, le 16 mars 1978.

Six mois
Voilà maintenant plus de six mois
Que je suis séparé de toi, mon Ange
Tante Gaëlle m'a dit que tu as passé de belles fêtes
Que tes études vont magnifiquement bien
Je suis fier de toi
Et comme j'ai hâte de te voir
Tu sais que Papou doit être discret
Alors ne le dis à personne
Mais je serai là au mois d'août
On ira à la mer
Tu pourras grimper sur mes épaules
Pour voir plus loin que tout le monde
Aller, je t'embrasse

Ton Papou

      *   *   *

Journée de boîte aux lettres
Journée de cafard, autrement dit
J'ai beau fermer les yeux
J'ai beau me boucher les oreilles
Faire le touriste
Tout ce bruit de camions militaires
Tout ce trop grand silence
Des Romains habituellement si criards

Tout, absolument tout de cette journée tragique
Me replonge là où je ne veux plus jamais aller

À voir tous ces soldats dans les rues de Rome
Je crois voir Belfast
Et quand je vois les corps inertes
Des gardes d'Aldo Moro à la télé
C'est le sang de Daithe que je sens
Alors je rentre
Personne ne sait que ça coule
Je lis de la poésie
Surtout les vers de Rumi
Recherche le royaume de l'Amour
Car ce royaume te fera échapper
À l'ange de la mort...
Le monde est plein de verdure, de fleurs
Tout rit de l'éternelle beauté qui se reflète en tout
Derrière le voile existe tant de beauté
Là est mon être

Et puis je ressors
Après avoir longuement longé le Tibre
Je remonte vers la promenade du Gianicolo
Ce cher Janicule
Ma vue embrasse alors la ville
Le plus beau point de vue de la ville selon plusieurs
Et là j'attends
J'attends longtemps
Jusqu'à ce que l'apaisement me vienne
Puis je rentre à nouveau pour lire un autre poème
Pour terrasser complètement ma colère
Et surtout, ma trop grande peine

*　　*　　*

Ce soir, histoire de me changer les idées

Je dois écrire un long article
Sur Aldo Moro pour l'édition du week end
Du Belfast Catholic Chronicle
Toujours sous le pseudonyme entendu
De Cathy O'Dowd
(Cette charmante madame O'Dowd
Vend aussi ses feuillets à Reuters
Et à Associated Press
Pour pouvoir payer ses soins de beauté...)

Et Cathy O'Dowd
Our Senior Correspondant in Rome, écrit:

Rome, le 16 mars 1978.

Il avait commencé sa journée comme toutes les autres par une messe à l'église San Marco dans le coeur de la ville éternelle. Ses gardes du corps l'attendait, Piazza Venezia en fumant leur première cigarette du matin. Cet homme très pieux, fort tolérant et très respecté, surtout à gauche, c'est Aldo Moro, un des hommes politiques italiens les plus influents de l'heure. Considéré comme un être d'une grande patience et un médiateur de talent, il se dirige plus tard en avant-midi vers un lieu de rencontre pour conclure une entente avec le puissant Parti communiste italien (PCI). Cette entente, que plusieurs ont qualifié de «compromis historique» aurait donné le jour à un gouvernement de coalition entre le PCI et le parti de la Démocratie Chrétienne (DC) qu'il dirige depuis des années.

Ce matin-là, en plein coeur de Rome, un commando des Brigades rouges entre en action. Deux voitures sont prises sous le feu : trois carabiniers et deux policiers perdent la vie, et les camarades enlèvent le politicien. L'incident provoque en après-midi la jubilation de nombre de gauchistes. Et jette le pays dans une crise politique majeure.

Bien que la péninsule vit depuis le début de la décennie à l'heure des groupes terroristes d'extrême gauche et des attentats de l'extrême droite, la nouvelle fait sensation. À partir d'aujourd'hui, tous les scénarios, même les plus paranoïaques, sont permis. L'affaire n'est pas simple...

Pour bien comprendre toute la signification de cet enlèvement, il faut évidemment remonter dans le temps. Qui est Aldo Moro ? Et qui sont les Brigades rouges ? Et que veut tout ce beau monde ?

La carrière politique de Moro débute au crépuscule du fascisme dans les Jeunesses Universitaires Fascistes. Curieux début tout de même ! D'abord professeur de droit pénal, il devient président de la Fédération Universitaire des catholiques italiens. Après la Seconde Guerre mondiale, Moro est élu à l'Assemblée Constituante en 1946 et participe à la rédaction de la nouvelle Constitution. Curieux pour un fasciste. Depuis 1960, il est le secrétaire de la Démocratie Chrétienne. Juriste renommé, il est aussi professeur de droit et procédure pénale à la faculté de Sciences Politiques de l'Université La Sapienza de Rome.

Moro s'apprête à endosser le projet de « compromis historique » d'Enrico Berlinguer, le dirigeant du PCI ; ce dernier lui propose une alliance entre les communistes et les démocrates-chrétiens pour faire face à la grave crise économique, politique et sociale qui secoue le pays. Moro, de longue date, a toujours contribué à former des gouvernements de « solidarité nationale ». Il fut, en effet, chef de cinq gouvernements de centre-gauche, de 1963 à 1976. Aujourd'hui, son enlèvement met fort probablement fin pour toujours à sa volonté de diriger une coalition issue du « compromis historique ».

Quant aux Brigades rouges, l'organisation est née en 1970 de la radicalisation de groupes de l'extrême gauche prolétarienne; elle épouse l'idéologie marxiste-léniniste. Elle concentre surtout ses activités dans les milieux ouvriers où les conditions de travail sont pénibles : Fiat (Turin et Milan), Pirelli, IBM, Siemens. Ses membres rédigent des communiqués disant : « La voie de la révolution communiste, la voie de la libération définitive du prolétariat et des travailleurs italiens de la domination et de l'exploitation par le capital italien et étranger nécessite une guerre dure et longue. Travailleurs, journaliers et étudiants révolutionnaires, unissons-nous pour la victoire définitive sur le capitalisme et l'impérialisme. »

Pratiquant ce qu'ils appellent la « propagande par le fait », leurs opérations, des attentats ou des assassinats, ont fait ces dernières années des centaines de morts. On a souvent qualifié les années comme étant les « années de plomb », une sorte de « guerre civile de basse intensité » au cours desquelles les plombs ont volé de tous côtés. L'attentat de la Piazza Fontana le 12 décembre 1969 qui fit 16 morts et 98 blessés marque le début de ce qu'on appellera la « stratégie de la tension ». Les autorités accusèrent évidemment un cheminot anarchiste. Mais plusieurs personnes interrogées laissent planer des doutes quant aux auteurs : on pointe du doigt des militants néo-fascistes pour pouvoir réprimer plus fermement les communistes...

En réaction à l'attentat de la Piazza Fontana, et devant l'échec des actions de propagande menées en milieu ouvrier, de nombreux groupes italiens d'extrême gauche s'enfoncent peu à peu dans la clandestinité et le terrorisme. Ils prirent les armes il y a quelques années. On peut affirmer que la fondation des Brigades rouges découle en grande partie de cet évènement. Les actions violentes du groupe se déclinent en séquestrations, blessures par balles aux jambes

- *appelées « jambisations » -, et assassinats contre les « serviteurs de l'État » : policiers, magistrats, hommes politiques et journalistes. Ces dernières années, les Brigades ont admis leur participation dans le bombardement de l'ambassade des États-Unis à Athènes en Grèce. Il y a quatre ans, Renato Curcio et Alberto Franceschini, les principaux fondateurs du groupe, ont été arrêtés et condamnés à dix-huit ans de prison. Malgré ce coup très médiatisé des forces policières, les Brigades continuent leurs actions d'éclat ; elles sont aujourd'hui derrière l'enlèvement d'Aldo Moro. Mario Moretti, qui a pris la tête de l'organisation depuis peu, est soupçonné d'être à la tête du commando qui a sévit ce matin.*

Évidemment, le communiqué des Brigades émis aujourd'hui réclame la libération d'au moins 13 des leurs en échange de leur précieux otage.

Les heures et les jours qui suivront risquent fort de nous entraîner dans la spirale du dialogue de sourd et de l'escalade des menaces. Est-ce qu'une page de l'histoire italienne est en train de s'écrire? C'est ce que nous verrons...

À suivre.

6

La ballade en taxi depuis l'aéroport jusqu'à la Viale delle Mura Aurelie dans le quartier du Janicule où se trouve le studio de la Presse Canadienne a constitué, à n'en point douter, une juste introduction à ma future vie romaine : cris poussés sans retenue dans des rues plus étroites qu'un passage piétonnier, peurs primaires montées du fond du cerveau limbique sans aucune censure dans les ronds-points, visions d'objets qui s'approchent de vous à toute allure puis s'éloignent vers un point de fuite inconnu, virages à cinq G avec vos jambes qui gonflent, arrêts brusques suivis de départs à vous faire donner du cervelet sur le haut de la banquette, évitements de camions militaires mal garés aux intersections de plusieurs grands boulevards, et un chapelet d'insanités incompréhensibles proférées par un homme petit, mal rasé, impulsif, portant une veste de laine empruntée à un quelconque arrière-grand-père qui est supposé tenir le volant.

- Bienvenue à Rome, ma jolie dame, me lance-t-il dans un français approximatif et en regardant derrière plutôt que devant. Vous êtes chanceuse, c'est plutôt tranquille à cette heure-ci de l'après-midi.

Heureusement que c'est tranquille… Après avoir versé quelques milliers de lires pour la course (comme c'est énorme ces chiffres, et je me suis sûrement fait avoir d'au moins dix dollars), je suis là sur le trottoir avec mes deux valises, en face d'un immeuble de six étages aux tons terracotta. Chacune des fenêtres, découpée par une bordure brune, est ornée de jardinières qui laissent pendre de généreux géraniums roses. J'inspire. Une grande bouffée en fermant les yeux : je veux m'imprégner de l'odeur de cette ville, de ce quartier. Je veux que cette odeur, ma première impression de la ville éternelle, entre en moi et se dépose dans mon jardin le plus secret. On dit que l'odorat est le seul sens chez l'humain qui, dans un premier temps, n'est pas filtré par les rationalisations du néo-cortex, que la sensation se rend directement aux structures les plus primitives de notre machine à créer du sens: je peux ou ne peux pas te sentir ! Et toi Rome, qui s'offre à moi, indolente, depuis les hauteurs de ce mont dont me causait jadis Virgile dans mes livres de latin, je sens qu'on va devenir des amies pour la vie. Au nez, tu as déjà ta robe d'été : tes parfums de pierre m'apaisent, ton arrière-goût de fleurs à peine prononcé me fait virer le cou, et ta finale vaporeuse arrache au temps une seconde d'éternité. Et j'expire. Les yeux à demi-ouverts, je sens une brise qui caresse du bout des doigts la ligne de mes clavicules à peine exposées : mais c'est l'été ici ! 15 ° ! Dire qu'il y a une dizaine d'heures à peine, je luttais contre une bonne bordée de neige encore plus ensevelissante que toutes celles qui l'avaient précédée.

J'ai beau m'imaginer qu'une caméra fait un 360 autour de moi tandis qu'une musique de Nino Rota résonne entre les édifices de la Viale delle Mura Aurelie, je ne suis pas Giulietta Masina, et bien que j'aie une légère tendance à me spectaculariser, je dois bien revenir sur terre et me déchirer tous les ligaments des épaules et des bras pour traîner ces deux énormes valises jusqu'au portail du numéro 109. Six marches !!! Comment vais-je y arriver? Premier miracle romain: la porte s'ouvre d'elle-même. Incrédule, je regarde le ciel pour voir l'ange. Mais c'est plutôt le diable qui apparaît devant moi. Cheveux hirsutes, barbe de quatre jours, camisole jadis blanche qui bave de l'encolure d'une chemise centenaire, pantalons avec des pièces, et un sourire triomphal auquel il manque cinq incisives, et sûrement plusieurs autres dents dans les coulisses. Ouch ! Et l'odeur...

Mais, oh, un instant, il y a de la vie derrière ces grosses lunettes noires, une flamme proche de celle d'un chalumeau de soudeur. Vieux satyre ? Retard mental dû à un manque d'oxygène à la naissance parce qu'il est né avec un cordon en guise de collier ? Grenouille qui désespère dans l'attente de cet unique baiser qui le transformera en prince ? Il marmonne des phonèmes incompréhensibles tout en brandissant un bout de papier comme pour signer un armistice d'une guerre non encore déclarée. Je réussis à décoder la scène en lisant le télégramme qu'il me tend et en interprétant sommairement son italien, langue qui ne me dit rien ni de Vénus ni de Janus : il est le concierge de l'immeuble et il a reçu un télégramme de la Presse canadienne annonçant mon arrivée. ET IL PREND MES VALISES !!! Même s'il dégage une odeur, disons, ou plutôt ne disons rien pour le moment, je le suis à l'intérieur de l'immeuble, soulagée de n'avoir pas à m'éreinter à cause de ma vie qui tient tout entière dans deux si PETITS contenants, toutes proportions gardées.

Qu'est-ce que ça sent ? En tout cas pas cette odeur de pierre millénaire de la piazza qui me faisait l'effet d'une invitation au voyage, il y a quelques secondes à peine. Plus catacombes, je dirais. Dans le mur de droite, une ouverture en guise de « fenêtre », suivie d'une toute petite porte : je devine que c'est là le petit royaume de... SERGIO, puisque c'est cela qui est écrit en grosses lettres gossées sur un vieux bout de planche de cyprès au-dessus de la « fenêtre ». Outre le petit secrétaire, de toute évidence récupéré aux oubliettes, j'entrevois derrière un rideau délavé et semi transparent un petit lit, une petite cuisinière à deux feux, un petit frigo et un petit buffet. En un regard oblique, j'ai saisi toute l'ampleur du petit univers de Sergio. Nous tentons maintenant d'entrer dans l'ascenseur, ou s'agit-il d'une cage de hamster : peine perdue ! Sergio réussit de peine et de misère à y engouffrer mes deux valises, puis il s'y glisse de profil en cessant de respirer. Il me fait signe d'attendre en faisant glisser la grille ajourée et en actionnant le mécanisme. Après un soubresaut, le truc s'élève vers des sphères noires et inquiétantes. Plusieurs minutes plus tard, la cage redescend. Sergio est là et me fait signe de monter à mon tour. Pour ne pas suffoquer, j'entre en lui tournant le dos. Un hoquet suspect du câble au troisième étage me fait craindre le pire, puis finalement le sixième est atteint. Une porte est ouverte au bout du corridor : « Studio, studio », siffle-t-il. Nous entrons dans cet espace si petit que... que les mots me manquent. Les valises prennent soixante pour cent de toute la place. Comment vais-je y arriver ? Sergio me remet les clefs, me faisant comprendre avec forces gestes qu'un rizotto mijote en bas, et que la chose requiert une attention immédiate. Dans ses yeux, la flamme réapparaît. Pas longtemps, puisque la porte est rapidement refermée.

Sais pas pourquoi, mais j'aime déjà cet homme. Et une fois la porte barrée à double tour, je me fais la promesse de faire fleurir son cocon avant la fin de mon séjour romain.

$$*\qquad*\qquad*$$

Je pense qu'au Québec, on ne sait pas vraiment ce que veut dire le mot *studio*. De toute évidence, les standards ne sont pas les mêmes. C'était aussi la même sensation dans le taxi tout à l'heure : bien que je sois déjà venue en Europe à deux reprises, je revis cette curieuse sensation qu'on ressent dans le rapport à l'espace lorsqu'on débarque sur le Vieux continent. Rien à voir avec l'Amérique. On s'entasse ici, et ça depuis des millénaires. On y est habitué. On vit davantage sur la rue, dans les espaces publics, dans les cafés et les terrasses. Je ravale les 850 pieds carrés de mon 3 et demi à Montréal et je les recrache en quelques mètres carrés, probablement autour de 32, de ce petit studio sans âme. Mais il y a cette immense fenêtre à double battants qui donne sur l'Est : elle va du plancher au plafond, découpée en son centre par son garde-fou de métal à hauteur de ceinture. Je m'y approche, je l'ouvre, et tout de suite je retrouve les parfums de tout à l'heure, mais cette fois-ci, j'ai les yeux ouverts sur une vue imprenable des toits de tuiles rouges de Rome. Et j'ai ma jardinière de généreux géraniums roses. Dix minutes de silence. Ou deux mille ans, je ne sais plus trop. Était-ce bien un sénateur en toge que je viens de voir déambuler en compagnie de son esclave ? Et là, une légion de fantassins qui marche au pas cadencé, avec bannières, boucliers et javelots ? Appuyée sur le garde, manteau ouvert, je retrousse un peu le nez. Les grandes respirations. Les yeux qui s'ouvrent puis se referment. Et à chaque réouverture, c'est toujours ce nouveau monde, là, à MA fenêtre. Au fil des mois à venir, c'est ici que je passerai le plus clair de mon temps. Pas de doute. Et à chaque fois, je refermerai les yeux pour les rouvrir sur ce nouveau monde. Ce sera mon rituel à moi, la réaffirmation que je suis maintenant ailleurs dans ma vie.

Fatiguée, grisée, je prends enfin contact avec ce nouvel espace vital : une seule pièce avec un lit double et son édredon vieillot à souhait (est-ce bien cela qu'on appelle du mauve?), une minuscule table pour manger ou écrire, c'est selon, avec deux chaises de bois, un garde-robe qui sert aussi de rangement mur à mur au fond, sauf pour une ouverture qui donne sur une cuisinette qui elle ressemble davantage à un garde-robe. Enfin, sur la gauche de la cuisine, une salle de bain pour anorexiques sévères avec lavabo et douche de la dimension d'une boîte de carton rectangulaire rangée sur le côté. Voilà, c'est tout. Même pas de quoi remplir un paragraphe de description. Ce qu'il faut pour survivre. Mais pas vraiment de mine. Je n'ose qualifier les couleurs de couleurs. Sous le choc, je déplace une des chaises vers la fenêtre, je plonge mon regard sur les toits de Rome et je sombre dans une rêverie où tout à coup prend forme une vision limpide : d'ici quelques jours, ce lieu sera si coquet que les grands magazines de déco italiens se bousculeront devant la *fenêtre* de Sergio pour le soudoyer afin de décrocher l'exclusivité d'un reportage intitulé « Miracle à Rome : un minuscule studio transformé en état d'âme ».

Passons aux choses sérieuses maintenant. Défaire les valises, et surtout, placer mes produits de beauté en ordre. Avec méthode, économie, structure, principes, processus, règles et techniques, toutes ces choses ayant été éprouvées, je place crème de jour, crème de nuit, crème hydratante, lait de corps, lait pré-maquillage, lait démaquillant, crème fesses et cuisses, crème contour des yeux anti-âge, crème pour les mains, scrub, masque exfoliant à l'aloès et au concombre, masque anti-gravité, masque gommant, déodorant, désodorisant pour la canicule, trois variétés seulement de mousses pour la tenue des cheveux (je me suis retenue), séchoir à cheveux, turbans, mascaras (trois, dont un hydrofuge), deux brosses à cheveux, fixatifs, cinq rouges à lèvres, toute la gamme Chanel d'ombres à paupières, et quelques autres menus objets faits de crayons, pinces, limes, etc., donc, je place le tout, je n'en crois pas mes yeux, sur une même et unique tablette dans la salle de bain. Pour ce qui est des doubles de toutes les crèmes, elles iront pour l'instant au fond du garde-robe. Voilà une valise de terminée. L'autre, je l'entrouvre à peine, histoire d'y plonger une main, y extraire une paire de jeans et un slip propre pour me changer, car je meurs d'envie d'aller explorer le quartier, trouver un petit café et siroter un cappuccino en me pinçant pour y croire. Après, et après seulement, je me permettrai de sombrer dans le nécessaire coma du décalage.

*　　　*　　　*

Vite. Il faut que je descende. Rome crie mon nom sur tous les toits: « Frédérique, laisse tout en plan et sors, je veux te prendre dans mes bras. » « Oui, j'arrive. » J'appelle la cage du hamster. Qui arrive. Qui descend. Et je m'en extrais pour passer devant la *fenêtre* de Sergio, qui me fait signe d'arrêter depuis son secrétaire dressé avec nappe, verre de rouge, parmesan, serviette de table, qui veut que je goûte son rizotto. Qui insiste. Auquel je dis non. Qui en remet. Qui finalement a raison de moi. Une bouchée seulement, que je lui fais comprendre. Qui me passe une cuillère à soupe, propre de surcroît, remplie à ras bord. Que c'est bon. Que j'ai hâte d'être sur la rue. Que faire ? Je m'enfuis, la bouche encore à demie pleine. Il semble comprendre ma hâte ! Et il a encore cette flamme au fond du regard.

Dehors.

Vlan ! L'air ambiant se jette sur moi, m'enveloppe : mes narines s'ouvrent tandis que je ferme les yeux; des odeurs de briques, de pierres ou de tuiles remontent jusqu'à mes mémoires profondes sans y trouver de référence. Puis suivent des odeurs de gomme de pin, des effluves discrètes de romarin, sur fond de gazoil. Le nez est la plus ancienne boussole, et je peux dire que j'ai perdu le nord : ici, dans cette Rome qui m'est inconnue, je n'ai aucune repère olfactif. Je suis vraiment ailleurs. Je marche comme dans un film au ralenti. Encore les doigts de cette brise qui tirent un trait sur mes clavicules. Les genoux me manquent. Mais mon jeans, suffisamment moulant pour agir comme prothèse de retenue, me permet de rester debout sans que rien n'y paraisse. J'avance d'un pas. J'arrête. Un autre pas. J'arrête de nouveau. Je regarde partout. Je veux crier. Il n'y a personne à dix mètres à la ronde. Alors, en levant le cou, je laisse s'échapper des tréfonds de toutes mes prisons antérieures un cri étouffé qui, en un autre lieu, serait un hurlement de louve à la pleine lune. En basculant la tête, mon regard s'est aussi arrêté net : je me rends compte que je suis à quelques centaines de mètres environ de la basilique Saint-Pierre, le dôme de Michel-Ange me le confirmant. N'ai pas vraiment envie d'aller au Vatican : trop énorme pour une fille fatiguée.

Je préfère improviser une petite sortie dans la direction opposée. Je longe lentement, oh très lentement, le mur de l'autre côté de la Viale delle Mura Aurelie. Un peu plus loin, une plaque m'indique qu'il s'agit des vestiges de l'enceinte érigée par l'empereur Aurélien au IIIe siècle. À l'abri de la circulation, cette rue paisible me permet de vraiment apprécier la ville depuis les hauteurs du Janicule. Palmiers, jardins en contrebas, bâtiments de toutes les époques, je nage en pleine histoire et en pleine euphorie. Quelle chance j'ai de vivre dans ce quartier à la fois urbain mais avec de petits accents campagnards. Quelques minutes plus tard, je me retrouve sur la Piazzale Garibaldi où un belvédère monumental domine à la fois le Vatican et le centre historique de Rome. J'aperçois même le Colisée. Le panorama y est tout à fait exceptionnel.

Après un moment de douce errance à gober des images que je store dans l'album de ma vie, je prends sur la droite une petite rue où le néon d'un café m'attire. Sous les pins parasols tout verts, je pousse la porte du *Café Pius*, vraisemblablement nommé ainsi en l'honneur d'une bonne douzaine de papes. Mais je soupçonne déjà le proprio de faire preuve d'un peu d'opportunisme et de beaucoup d'ironie, et de n'avoir pour seule piété que la vénération de la lire. Laissez venir à moi tous les gentils touristes… C'est finalement un petit café de quartier avec seulement des Romains, et quelques Romaines. En cette fin d'après-midi de mars, le soleil vient de descendre aux enfers alors que je m'approche du ciel après avoir pris ma première gorgée de capuccino. Tout le monde me regarde, et je regarde tout le monde. Ça parle fort, ça gesticule, ça théâtralise les gestes les plus banals. Et ça s'informe de l'effet du coin de l'œil. Voilà, je suis bel et bien en Italie.

Coup de barre. Je craque enfin. Je tombe de fatigue. Je rampe jusqu'au studio. Salutations complices de Sergio.

Ascension via la cage du hamster. Sixième. Lit. Et juste avant de fermer l'œil : la peur. Je me sens soudainement terriblement seule. Cette solitude me fait peur. Peur de ne pas pouvoir me débrouiller dans une ville étrangère, avec une nouvelle langue à apprendre et de nouveaux codes à intégrer. Peur de rencontrer de nouveaux collègues plus expérimentés qui se moqueront de moi et de mon manque flagrant d'expérience. Peur de ne pas être à la hauteur des attentes de Pierre Bureau de la Presse Canadienne. Peur d'être rapatriée d'urgence dans une camisole de force sous haute sédation. Culpabilité d'avoir laissé ma mère avec ses fantômes. PANIQUE !!!

Après quelques tours de cette manivelle hallucinante, qu'autrement j'aurais activé des heures durant, je sombre enfin dans un sommeil profond, décalage aidant.

7

Et Cathy O'Dowd
Our Senior Correspondant in Rome
Écrit la suite de son article de la veille
C'est la Saint-Patrick
Journée où les fantômes du passé
Remontent à la surface
Pour resserrer d'un tour
Ce garot que j'ai au cœur en permanence...

Rome, le 17 mars 1978.

Depuis l'enlèvement d'Aldo Moro hier, plusieurs sources nous affirment qu'il y aura un retour des militants néo-fascistes... Rappelons que les Fascistes, sous la férule du Duce, « le Guide », avait mis en place un régime totalitaire appuyé par des « brigades » de son cru, à savoir les « Chemises noires », qui ont été complètement militarisées après la prise du pouvoir en 1922. Partisan du totalitarisme et adversaire de la démocratie, Mussolini avaient initialement regroupé des anciens combattants déçus et épris d'ordre. On avait assisté à la naissance d'une nouvelle droite nationaliste, une « droite révolutionnaire » ! Les Fascistes apparaissent aux yeux des grands capitalistes industriels et des grands propriétaires terriens comme le seul moyen de rétablir l'ordre, notamment contre l'agitation communiste. Croire, obéir, combattre étaient rapidement devenus leurs valeurs. Et il fallait désigner un ennemi commun cherchant à détruire le bien collectif et contre lequel le groupe tout entier devait se mobiliser. Le fascisme est alors devenu un mouvement exalté, le mouvement d'un pays qui tentait de retrouver une puissance perdue. À l'époque, pour couper court à toute agitation, Mussolini avait instauré un régime de son cru: en 1926, il va décréter des lois qui vont tout simplement interdire les autres partis politiques! Le Duce avait même censuré la presse et mis en place une police secrète, l'OVRA (organisation de vigilance et répression de l'antifascisme). Pour un meilleur contrôle, il avait aussi créé un fichier de suspects politiques et un « Tribunal spécial ». Pas étonnant qu'en 1938, le Duce ait proclamé des lois antisémites et se soit associé à Hitler pour nettoyer l'Europe.

Aujourd'hui, l'Italie semble donc replonger dans une polarisation des forces occultes : les Brigades rouges d'un côté, et la réapparition des Chemises noires de l'autre. Nous voilà donc en plein manichéisme : les bons communistes, et les méchants néo-fascistes, ou mieux encore, les bons néo-fascistes et les très méchants terroristes communistes. Pire : les bons ouvriers, et les méchants patrons. Pire pire : les bons patrons qui veillent à la bonne marche de l'économie et les méchants ouvriers paresseux qui saccagent toute opportunité de croissance. Et le pire du pire : de vilains athées endoctrinés par des intellectuels universitaires qui veulent corrompre la bonne vieille Italie du catholicisme et des papes. Or les deux clans sont responsables, selon les données colligées par mes collègues et moi-même, d'au moins une centaine de morts chacun.

L'évènement d'aujourd'hui a pourtant d'autres ramifications... Les scénarios d'espionnage et de roman noir nous apparaissent tristement risibles quand on creuse un peu la question. Par exemple, certains ont suggéré que les Brigades ont été infiltrées ou manipulées par les services secrets américains via une organisation secrète appelée Gladio pour discréditer la cause communiste. Cette théorie se fonde sur la volonté de Moro d'intégrer des communistes au sein du gouvernement, et que cette volonté n'avait pas reçu l'approbation des États-Unis. Et sûrement pas du Vatican ou de la droite italienne. Gladio serait une organisation secrète au sein des services secrets occidentaux, présente dans plusieurs pays, une sorte d'armée de l'ombre prête à combattre activement les communistes en dehors du Rideau de fer. Ces « stay behind », comme on les appelle dans le jargon, ont été recrutés en Italie parmi les fascistes à la fin de la Deuxième Guerre mondiale. Au lieu de se les mettre à dos, l'État italien les blanchit et les retourne contre un nouvel ennemi : les communistes. Assassinat et attentats semblent être le fait de cette armée de l'ombre parfaitement illégale. L'Italie aurait donc fourni un soutien logistique et financier à la CIA qui est évidemment mêlée à l'affaire. Aucune preuve n'a pu être trouvée jusqu'à maintenant pour appuyer cette thèse. Mais quand on connaît la hantise que l'Église et les États-Unis peuvent avoir du communisme, on est en droit de penser que ces rumeurs sont vraisemblablement fondées... Ce n'est pas tout : de leur côté, les communistes jouent aussi du coude; plusieurs suspectent le KGB de fournir agents, argent, armes, formation et soutien logistique à leurs courageux camarades italiens.

Nous pouvons être assurés qu'à compter d'aujourd'hui, 16 mars 1978, une thèse du complot va faire surface... Il faudra malheureusement attendre que la poussière retombe pour y voir un peu plus clair. Bien entendu, ce n'est pas demain la veille, et les déclarations contradictoires vont continuer pendant des mois à alimenter les conversations des officines parlementaires et des réunions syndicales. Verrons-nous jamais la vérité sortir au grand jour. Je crains bien que non.

Entre temps, le sort d'un grand homme d'état est entre les mains de terroristes, ou peut-être entre celles d'hommes d'état qui voudraient d'un bouc émissaire pour fortifier leurs lois et leurs répressions. Plusieurs feuilles du calendrier risquent de tourner avant que nous puissions voir ce qu'il adviendra de toute cette crise...

*   *   *

La nuit a apaisé la ville
Les soldats dorment dans leurs camions
Ou carrément par terre
Bien malgré moi, me voici confronté
À mes vieux démons
C'est ça : je suis en plein manichéisme
Et l'ironie, qui n'est jamais trop loin
De la commissure de mes lèvres
Me pousse à remettre en question
Mes propres agissements passés
Je comprends trop bien que la race humaine
N'est peut-être pas la meilleure espèce
Qui peine sur cette planète
Les bons catholiques spoliés de leurs terres d'un côté
Les méchants protestants colonialistes
Et suprématistes de l'autre
L'IRA provisoire à gauche
Et l'Ulster Volunteer Force à droite
Les bons capitalistes
Et les méchants communistes
Tout ce beau monde avec ses agences secrètes
Et ses plans machiavéliques
Avec ses propres milices secrètes
Se livrant à l'escalade de la violence
Et tous deux faisant grimper d'un cran
Cette atomique guerre froide

N'ai-je pas assez perdu au change
De cette dichotomie
N'ai-je pas assez de sang sur les mains

Et de haine dans mon cœur
Pour continuer de croire que tout est noir, ou blanc
Ou pourquoi pas rouge
Ou encore que les croyances religieuses
Sont de très bonnes choses
Sachant trop bien que les guerres de religions
Ont tué et continuent de tuer plus de monde
Que toutes les guerres traditionnelles
Dur d'accepter que tout est magouille
Surtout aux plus hauts niveaux
Et au plus fort la poche dans ce cirque
Quand je sais trop bien qu'il s'agit d'une grande farce
Où tout se mêle
Mais où la douleur reste la même
Pour ceux qui perdent une femme, u
n frère, un enfant

8

Il y a des priorités, comme trouver la pharmacie la plus proche; puis l'épicerie. Mais il y a surtout la priorité des priorités : celle du travail. Levée tôt, j'ai d'abord pris soin de ma petite personne, histoire de faire bonne impression, avant de me diriger promptement vers les bureaux que partagent l'Associated Press avec Reuters et l'Agence France-Presse au 200, Via della Fornaci. C'est là que la Presse canadienne loue un poste de travail pour son correspondant à Rome. Sergio : où se trouve la Via en question ? Il est déjà là. Il est TOUJOURS là. Et ça sent le bon café. Je résiste, ce qui n'est pas une mince affaire. Il me tend une petite carte imprimée de la ville où l'on peut voir le quartier du Gianicolo, ajuste ses grosses lunettes noires et gesticule en faisant un geste en demi-lune avec son bras et son index qui pointe en direction du corridor. Je réussis à décoder que ce n'est pas loin, pas loin du tout. Et en effet, ça semble juste derrière, sur une rue parallèle.

Me voilà dehors par une magnifique journée de printemps romain. 15 degrés encore : wow ! Et encore cette odeur que je connais à peine. Les narines battantes, je suis tout excitée quand j'entreprends de descendre la Viale delle Mura Aurelie jusqu'à sa jonction en forme de pointe de tarte quelques centaines de mètres plus loin avec la Via della Fornaci : les deux rues forment alors une petite piazza que squattent de nombreuses petites Fiat 500. Quelques soldats pas très vaillants près d'un camion. J'entends siffler, signe que la vaillance est parfois stimulée par autre chose que des enlèvements... Je prends della Fornaci sur la gauche et atteint assez rapidement le 200. Sergio avait raison : c'est juste à côté. Sur cette section de la rue, le trottoir est assez large et est même bordé d'arbres par endroits. Et il y a quelques cafés et trattorias.

Le bâtiment est typiquement romain : édifice de pierre du XIXe, six étages, avec un grand hall d'entrée au rez-de-chaussée. Teintes du pays, dans la palette du rose, terra cota et orangé. Sans être l'été, on y respire déjà la douce chaleur des soirs de la belle saison. Quelques boiseries encadrent les fenêtres qui ont à coup sûr été remplacées. L'entrée principale est très moderne avec ses grandes portes vitrées du plancher au plafond, ses marches en marbre pâle, ses murs également recouverts de marbre un plus sombre jusqu'à un mètre du sol. Sur la gauche, la série de boîtes aux lettres dorées nous indiquent que les bureaux de l'AP et de Reuters sont au premier. Droit devant, un escalier un peu pompeux mènent aux étages tandis qu'à droite un petit ascenseur offre une alternative aux résidents des étages supérieurs.

Temps d'arrêt dans le hall. Respiration profonde. C'est ici, dans cet édifice du Gianicolo à Rome, que je vais réaliser – du moins je l'espère – un pas de géant dans ma nouvelle vie, celle de correspondante à l'étranger. Pincement au cœur. Appréhensions sur les gens que je vais rencontrer dans un instant : sympathiques ou arrogants ? Chaleureux ou froids ? Collaborateurs ou en compétition ? Des filles ou des gars ? Deuxième pincement. Et puis c'est assez : il faut bien stopper tout de go la machine à peurs et se lancer dans cet escalier trop grand. J'avale les immenses marches avant qu'elle ne m'écrasent une à une. Je fonce. Mes talons qui font un bruit d'enfer : clac, clac, clac, clac. Je transfère un peu de poids sur le devant pour me faire discrète. On dirait que je me regarde de derrière tant l'autocritique est à fleur de peau, comme si j'étais une figurante dans un film de Fellini où le scénario est en réalité une grande improvisation ininterrompue. Je n'ai pas toute ma tête. Je ne m'appartiens pas tout à fait. JE NE CONTRÔLE RIEN ! Voilà, c'est dit. Avale-moi, escalier, croque mes angoisses et recrache-moi là-haut, digne et intacte.

Au bout du corridor, après les quatre ou cinq appartements que je croise, je fige devant la trop grande porte et l'affichette qui identifie les occupants : Associated, Press, Reuters, Rome Office. Il est encore temps de faire demi-tour. De me sauver, de devenir une inconnue, une serveuse dans un quartier touristique de Florence ou une concierge d'un hôtel deux étoiles de Milan. Y passer des mois, voire une ou deux années. Pour ne pas perdre la face. Inventer mon histoire. La faire croire à tout le Québec. En me retournant pour voir si le corridor est vide, pour confirmer que personne ne voit ce que je suis en train d'imaginer, mon sac à main appuie accidentellement sur le bouton de la sonnette. Aussitôt un cri retentit de l'intérieur, des mots incompréhensibles (il faut que je mette à l'italien au plus vite), une voix haut perchée de femme, et un silence de film d'horreur. Puis quelques secondes plus tard, le même cri. Forte de toutes mes expériences de vie, je recule d'un pas et me mets à trembler. Finalement la porte s'ouvre d'elle-même.

- Bongiorno ! me lance franchement une italienne d'une quarantaine d'années, élégante, jolie, traits fins, brune à souhait, portant tailleur, sorte de madone attardée. Droite. Mais néanmoins sympathique. Sandra, Alessandra Da Ponte. Prego, entrare !

Je comprends qu'elle comprend que je suis la petite nouvelle dont la venue lui a probablement été annoncée via un Télex de la Presse canadienne. Voyant que je souffre de surdité, elle me parle par signes et m'invite à rencontrer le jeune homme caché derrière une dactylo énorme, une pile de documents et de nombreux livres sur un bureau totalement en désordre. Un visage émerge sur le côté de cette huitième colline de Rome...

- High! I'm David, David Leibovici from Boston. I'm the correspondant for the Associated Press. You must be Frederique from Montreal. Pleased to meet you. Welcome in Rome !

Plus juif que ça, tu meurs. Petit, malingre, petites lunettes rondes, nez effilé, vieux complet, fin vingtaine, au pif. Bref, une caricature de rat de bibliothèque. Et cette façon si américaine de défigurer mon nom. Mais bon dieu, que fait un juif dans cette ménagerie sainte, catholique et universelle ? Poignée de main. Regard sympathique. Attitude de *confrère*. Le tout semble vouloir dire : affaire classée pour le moment!

- Let me show you around. Looks like your Italian is not exactly on track. Don't worry, Sandra speaks a fairly good English. But she will definitely make sure that you learn Italian within one or two days...

- Bien, que je lui réponds dans la langue de... Washington (ce serait faux de dire Shakespeare).

Il me précise que Sandra est la secrétaire attachée au bureau et que c'est elle qui tape tous les textes des journalistes sur le monstrueux Télex derrière elle. Et qu'elle accomplit aussi toutes autres tâches connexes... Malgré le fait qu'il semble réticent à le faire, travaux de recherche obligent, son regard inquiet adressé à son monticule me le confirme, il offre de me servir de guide pour le tour du proprio. Je comprends rapidement que nous nous trouvons dans un trois pièces et demie, en mesures canadiennes, converti en bureaux. Après un rapide regard autour, je constate que nous sommes dans le salon de cet appartement : ici logent les pupitres de David et celui d'Alessandra, de même que le Télex. Deux univers à des années lumières de distance l'un de l'autre par le style : l'hyper bordel et l'hyper propreté. David me mène ensuite à la minuscule cuisinette : bien, juste ce qu'il faut pour survivre. Puis nous jetons un bref coup d'œil à la salle de bain : bien, juste ce qu'il faut pour... Il m'entraîne enfin vers la *chambre* où je vois qu'il y a deux postes de travail avec leur machine à écrire respective. Tout est bien rangé. La fenêtre double à battants est grande et laisse pénétrer une abondante lumière. Un bureau semble occupé, mais rien n'y figure hormis une feuille blanche, un porte-documents très usé en cuir italien et une photo d'enfant dans un minuscule cadre. Derrière, une bibliothèque contenant, à ce qu'il me semble, des ouvrages de références. Devant la bibliothèque, un grand gaillard roux que me cachait le contre-jour; je dirais qu'il est dans la mi-trentaine. Il replace un tome de l'encyclopédie Britannica sur une des étagères.

- Good morning. Ler. Ler Dands. From Belfast. Reuters. Miss Cyr, I presume. We were expecting you. I believe this will be your desk, dit-il, en me désignant l'autre pupitre de la pièce.

Le gaillard fait plutôt campagne, ou pub irlandais. Gros chandail de laine avec col dans les tons de vert, pantalon en velours côtelé brun, chemise blanche, souliers fins. Gueule carrée. Yeux verts et regard pénétrant sous l'arcade sourcilière bien proéminente. Plus jeune qu'il n'en a l'air. Un bûcheron raffiné, que je me dis. Et poli, bien qu'un peu sec.

Voilà. Le tour est fait. Dands va à la fenêtre et feint de se perdre dans ses pensées. Leibovici retourne à sa caverne d'Alibaba : un truc à écrire sur Moro me dit-il. Alessandra tape avec acharnement un texte de l'Irlandais sur le Télex, et moi je m'assoie à *mon* bureau. Le vide absolu. Silence lourd. Qu'est-ce que je fais ici ? Petite déprime. Suivie d'une angoisse que je veux passagère. Le silence encore plus lourd. Je tente de réfléchir, de me donner une contenance, d'ouvrir et de fermer les tiroirs, de faire semblant de m'organiser, mais mon ventre crie cappuccino. Alors je tourne la tête et sans réfléchir, je suggère à l'Irlandais de m'initier au quartier, et surtout de nous trouver un endroit où une machine à pression digne de ce nom crache sa vapeur. Il a une drôle de réaction, comme surpris et dérangé, genre *qui est-elle celle-là pour si prestement oser crever ma bulle*, jette un coup d'œil à la rue en bas, se retourne, esquisse un geste qui ne va nulle part, puis finalement acquiesce comme pris de court, civilité oblige.

Dans le corridor, dans l'escalier, sur la rue : le silence. Tous les bruits sont amplifiés. Pensais pas que ce serait aussi vide. Me sens comme une itinérante, une quêteuse, une pauvre petite fille. Voilà : sans crier gare, je ne suis plus rien. Sans repères. Mes diplômes ne valent plus rien. Tout ce que j'ai accompli depuis ma naissance s'évapore, emporté par ce nuage qui court dans le ciel romain de ce matin de printemps. Toute ma consistance est restée bien pliée dans cette valise que je n'ai pas encore rangée. Ce serait si facile de refermer le tout, de faire marche arrière. Je suis là, via della Fornaci, le regard soudain complètement affolé. Et au moment où je pense m'excuser, il se tourne vers moi et JE SENS QU'IL ME VOIT TELLE QUE JE SUIS! C'est sûr qu'il voit à travers ma coiffure relevée, mon manteau crème et mon foulard de soie : il voit tout et il sait que je suis de la frime. Alors, au lieu de virer capot en prétextant une grippe extrêmement contagieuse, son regard vert devient infiniment réconfortant. Un seul regard. Une seule seconde. Quelque chose de... paternel. Ai-je dit paternel? Ouch! Moi qui suis habituellement allergique à la chose, qui ai un radar antimissile machiste incorporé à mon iris de féministe, je sens que toutes mes défenses tombent. Ils les voient, là, sur la chaussée qui fondent et disparaissent dans le caniveau. Il le sait d'instinct, ça se sent. Soudain, un bras immensément long se glisse lentement et confortablement sous le mien. Je suis une plume. Que se passe-t-il ? Un instant... Où est passé mon cerveau ? C'est évident : l'effet du décalage... Tout s'explique. Mais non, ça revient, ça traverse, ça monte dans le dos, c'est chaud, ça donne des frissons. J'ai les joues qui brûlent. Il n'est même pas vraiment beau. Il est sûrement marié. Tous les mêmes. Il dit vouloir me sauver la vie, car « traverser une rue romaine est un exercice périlleux pour une nouvelle venue ». Voilà : mes jambes qui se mettent à trembler, mes pieds quittent le sol. Je flotte. Les parfums inconnus de la ville éternelle m'empêchent de voir clair. Une porte s'ouvre. Une dizaine de figurants. Des gens qui gesticulent et qui se haranguent en brandissant le journal du matin. Je suis dans un monde parallèle. Ça sent le café frais, bien torréfié. Me voici assise devant un inconnu dans une ville étrangère, et ça en moins de deux. Quel est votre nom déjà ? Ler. Ler Dands. Belfast. Reuters. Ah oui.

Je sirote ma contenance retrouvée. Je croque dans le réel de ce biscotti. Puis je lève les yeux vers lui. Je soutiens son regard tandis que nous causons du quotidien du bureau, d'Alessandra, de Leibovici, de Moro, des communistes, des néo-fascistes. Le travail ne manque pas. Il s'en passe des choses. C'est une époque riche. Un tournant historique. Finalement, mes répliques semblent convenir à la scène. Que j'ai chaud. J'enlève mon manteau. Mais que se passe-t-il ? Chacun de mes gestes semble d'une grâce acquise, d'une sensualité épanouie. Je sens le satin de mon chemisier sur ma peau, et c'est une caresse ; je sens des lèvres sur ma nuque, et c'est un abandon qui dessine une courbe au ralenti. Qu'est-ce que je disais ?

De nouveau assise, je resirote ma contenance retrouvée. Je retrempe mon biscotti. Je resoutiens son regard. Une référence bien placée. Un mot d'esprit brillant. Mais, oups, tout à coup une boucle d'oreille qui va et vient : comme elle est lourde et lente. Elle prend toute la place. Elle le happe. Il la dévore, je crois. Et le pape qui se meurt. L'artériosclérose. De son corps. Et du grand corps figé de la sainte Église. Il me fait rire. Je le fais rire. Une mèche de cheveux me cache l'œil droit, me fait cligner des yeux. On dirait qu'il veut la replacer avec son index. Qu'est-ce que je disais ?

Et je reresirote le cappuccino. Je ne soutiens plus son regard : ça ne me regarde pas. Faut que j'y aille. Moi aussi. Lui son article. Moi ma valise, mes courses d'arrivée. Allez, à demain. À demain.

Il traverse la rue. Son bras infiniment long m'enlace toujours malgré la centaine de mètres qui nous séparent déjà.

Je marche malhabilement, harmonisant autant que faire se peut mes pas à ceux de son absence qui prend toute la place. Et les parfums des châtaigniers qui me bloquent définitivement la vue de cette nouvelle réalité romaine. Qu'est-ce que je disais au juste ?

Nul doute que c'est le décalage.

9

Rome, le 17 mars 1978.

Non
Ce n'est pas vrai
Je ne peux pas
De toute façon, il ne s'est rien passé
Ça fait des années qu'il ne s'est rien passé
Que la douleur du passé
Le fantôme de la trépassée
Et l'absence de mon petit ange
Obscurcissent ce cœur étrange
Je ne peux pas
Ce n'est pas vrai, pas vrai du tout

Elle est si jeune, si naïve
Et complètement paumée par son arrivée à Rome
Chancelante, ivre du décalage
Décontenancée, irrationnelle de fatigue
Et tentant de maintenir la contenance
Telle une bonne étudiante
Je l'ai soutenue une seconde pour traverser les rues
Si imprévisibles du quartier
Un archange a tenté de s'interposer
En usant du rire et de la fausse complicité
Et de l'intelligence à fleur de peau
Mais je l'ai chassé d'un coup de pied au cul
Pas sa place, même si c'est sa ville
Je ne crois pas aux archanges de toute façon

Ce n'est pas qu'elle n'est pas jolie
Mais…
Les artifices de mise, que voulez-vous
Le tailleur un tantinet classique
Le chemisier de satin, faut le faire!
Le petit foulard de soie de surcroît
Les boucles d'oreilles suspendues dans ce vide
Sont-ce des perles de Tahiti?
Et ces cheveux remontés pour qu'on soit assuré
De les voir
Ou encore cette coquette mèche noire
Devant des yeux… étaient-ils pers?
Ce n'est pas vrai, pas vrai du tout

Comment vais-je faire?
Comment vais-je la supporter
Dans cette minuscule pièce qui nous sert de bureau?

Je lui laisse le temps d'atterrir
Et on verra pour la suite des chose

De toute façon, il ne s'est rien passé
Ça fait des années qu'il ne s'est rien passé
Que la douleur du passé
Le fantôme de la trépassée…

10

Une vierge folle. Une idiote. Une touriste. Une étudiante en vacances. Voilà de quoi j'ai eu l'air. Comment prendre au sérieux une telle personne? En moins de dix minutes de vie professionnelle à Rome, je me suis discréditée pour deux siècles. Il a dû me démolir en moins de deux à son retour au bureau en décrivant la scène à Sandra et Leibovici. De toute façon, il n'est même pas beau. Il fait vieux jeu. Et il sent le paternalisme dans un rayon de cent kilomètres.

Je suis retournée à l'appartement. Je n'ai pas vu les toits de Rome. Pas senti le beau soleil matinal. J'ai fait semblant de ne pas entendre les salutations de Sergio depuis le fond de son cagibi. Je n'ai pas respiré une seule fois dans la cage du hamster. Là-haut, je me suis déshabillée en toute hâte. J'ai enfilé un jeans, un T-shirt de Robert Charlebois avec sa grosse tête frisée; j'ai camouflé le tout avec un pull informe. J'ai défait ma valise, rangé le reste de mes affaires. J'ai cessé de réfléchir pendant une heure ou deux en dressant une liste d'épicerie, puis une liste de pharmacie. D'ailleurs, où sont-elles situées?

Ces déambulations romaines sur fond de mise en place du quotidien ont enfin eu pour effet de me recentrer. Le frigo est plein, de même que la pharmacie, qui est en fait une armoire complète de la cuisinette. J'ai réussi, grâce à Sergio; finalement, j'ai osé lui adresser de nouveau la parole, si tant est que des paroles furent échangées. Nous devons ici parler d'expression corporelle, mais ses gesticulations furent suffisamment claires pour que je puisse trouver les services un peu plus loin sur Via della Fornaci. J'ai aussi trouvé une librairie où j'ai fait l'acquisition d'un livre et de cassettes audio pour apprendre l'italien d'ici la fin de la journée avant que Sandra ne me fusille du regard encore une fois. Je suis redevenue un être humain, une femme, une journaliste.

Et pour me le prouver, j'ai décidé de faire face à la musique : je suis retournée au bureau en fin de journée pour y déposer quelques ouvrages et un peu de papeterie. Dans le hall d'entrée, j'ai croisé Ler Dands qui quittait les lieux :

- Avez-vous enfin pu prendre un peu de temps pour vous reposer, mademoiselle Cyr?, dit-il, en me déshabillant de la tête aux pieds. Je vois que vous êtes enfin revenue sur terre. Ce jeans vous va à merveille. C'est bien, puisque le Pape n'accorde pas d'audiences aujourd'hui, tant il souffre dans son corps, le pauvre.

- On verse dans la critique de mode !, que je rétorque. Je croyais que Reuters donnait plutôt dans le magnanime journalisme d'enquête et que votre très British agence laissait à Vogue le soin de couvrir les anorexiques de Milan.

Il est un peu sonné. Mais il se doit de sauver la face. Que va-t-il faire ? Bien plantée devant lui, j'attends. Un temps. Assez long, au demeurant. Il regarde dehors, puis se tourne très lentement vers moi.

- Quelle magnifique fin de journée de printemps, n'est-ce pas, mademoiselle Cyr ? Je vais en profiter pour gagner le Trastevere et savourer une bonne bière sur une terrasse. On se voit demain ? La vie est si courte, et Rome si belle !

Il sort en feignant la nonchalance. Je grimpe trois marches et me retourne : il a viré sur la gauche. En montant les marches, je me dis que le mal est réparé. Aucun sentiment. Un vrai pro. Un vrai gars, quoi. Il ne s'est rien passé. Ce qui, dans les circonstances, me sied parfaitement bien. Il a compris que le décalage avait finalement délaissé mon corps et que nos rapports seraient désormais civils, un point c'est tout. Aucune ambiguïté. Je suis fière de moi.

Je rentre au bureau. Salutations cordiales du petit juif et sourire complice de Sandra : l'Irlandais a tenu sa langue à ce que je vois. Bon point pour lui.

Je m'approprie mon espace bureau en y déposant mes affaires ; aussi, je place quelques ouvrages dans la bibliothèque, j'utilise les toilettes et je range quelques yogourts dans le frigo de la cuisinette. Désormais, je suis chez moi ici. Puis je salue la compagnie sur le pas de la porte : ils hochent tous les deux la tête en guise d'approbation et me font un salut complice : ils semblent ravis de voir la nouvelle collègue prendre ses aises. À demain !

*   *   *

Sur la piazza en triangle au bout de l'avenue, encore ces soldats armés jusqu'aux dents. Je me revois dans les rues de Montréal en octobre 1970 après l'enlèvement du ministre Laporte. Et je repense, mais si peu, à Dominic qui fut emprisonné durant 48 interminables heures dans des conditions tout à fait « inhumaines ». Son sens aigu de la démocratie avait tant souffert qu'il avait composé, dans un accès de ferveur nationaliste jamais senti par la suite, un pamphlet dénigrant PET sur du papier de toilette. C'était si touchant et si criant de la vraie vérité que trois revues de gauche s'étaient arrachées l'opus pour en faire bénéficier tous les camarades !

De retour à l'appartement, et après seulement deux leçons d'italien, je sombre dans un sommeil profond, le décalage ayant raison de ma raison.

11

Rome, le 10 mai 1978.

Ange
J'ai si hâte de te revoir
Comme tu dois être grande et belle
Une vraie princesse, aux dires de tante Gaëlle
Et elle me dit que tu es devenue
Une vraie petite française, presque sans accent
C'est vrai?
Sur mon mur, je compte les jours
Je suis rendu à 89
Ça déboule vite, mais pour toi
Je sais que c'est ÉNORME
Ce chiffre me rappelle ton âge : huit ans et neuf mois
Oh oh, tu vas bientôt me dépasser, je le sens
J'ai su que tu avais fait une visite à Paris
Avec une amie et ses parents
Comment c'était?
As-tu grimpé jusqu'au haut de la Tour Eiffel?
Comme j'aurais aimé être là avec toi!
On aurait mangé une glace
On aurait fait un tour de bateau
Et je t'aurais amenée dans un grand restaurant
Pour y manger du steak and kidney pie
Avec des pois verts comme l'Irlande

Chère Ange
Je t'embrasse et te sers fort fort dans mes bras
Jusqu'à ce que tu traverses ma peau

Et que tu entres dans mon cœur
Comme ça, je me promènerai
Tous les jours avec toi en moi

Ton Papou pour la vie

*   *   *

Ça fait maintenant deux mois
Elle est là
Tous les jours
Elle se rapproche
Elle est sur le seuil
Et moi qui déplace la porte pour brouiller les pistes
J'érige même de nouvelles cloisons
Elle ne sait jamais à qui elle a affaire
Et ça la déroute
Mais je ne suis pas prêt à ouvrir cette maison
Où sommeillent les en-allées
D'un sommeil trop léger

Quand elle sourit, la tête légèrement penchée
Avec ces éclats de jade et d'ébène
Que me lancent ses si beaux yeux
Je ne sais pas combien de temps encore
Je pourrai jouer à Cerbère
Avec mes trois têtes fondues en une seule
Au fond, elle n'est pas si naïve
Elle sait trop bien qu'un monstre
Est tapi quelque part en moi
Et je suis loin, oh si loin
De croire qu'un baiser le transformera en prince
Le malheur
C'est qu'elle ne semble pas avoir peur des monstres
Voilà
Elle est là

Tous les jours
Se rapprochant du seuil

Mais je ne suis pas prêt à ouvrir cette maison
Où sommeillent les en-allées
D'un sommeil trop léger

*　　*　　*

Elle a un sacré talent
Surtout pour la recherche
Et son style n'est pas mauvais
Je dirais même...
Non, je ne dirai rien

Nous faisons désormais équipe
Je veux dire de temps à autre
Nous écrivons ensemble de plus en plus
Tout ça a commencé il y a trois semaines
Après un verre sur une terrasse dans le Trastevere
Il est si charmant le quartier du Trastevere
Juste en bas du Janicule
Un quartier à part
Dans cette ville supposément éternelle
Un quartier d'artisans et de commerçants
Juifs et syriens à l'origine
C'est son désordre qui m'a plu
Aux premiers jours de mon séjour romain
Ses rues étroites
Le linge suspendu aux fenêtres
Les traditionnels gros pots à fleurs
Qui flanquent les portes au niveau de la rue
Des milliers de jardinières aux fenêtres
De taches jaunes, rouges, roses
Pas de recherche architecturale
Rien de grandiose

Mais tout est là
Une Rome simple et humaine
Avec de vrais Romains

Au coeur du quartier
La place Santa Maria
Une église évidemment
Des façades décrépies
Une fontaine et des marches
Où prendre le temps de s'asseoir
C'est simplement beau
Au niveau des quais, il y a la piazza Trilussa
Où il y a de jolies terrasses
Et le Ponte Sisto
Où Frédérique et moi
Avons quelquefois pratiqué le silence habité
En regardant l'eau nous enseigner
Que le Tevere n'est jamais le même
Seconde après seconde
Non plus que nos petites existences
Dans cette danse des étoiles
Où nous ne sommes que des poussières
Elle a un sacré talent pour le silence
Et son style n'est pas mauvais
Je dirais même…
Non, je ne dirai rien

Ça fait si longtemps que le printemps
N'a pas senti le printemps
Me voici poétisant comme au temps
De mon adolescence
Les échos de cette poétite
S'étaient prolongés sporadiquement
Jusqu'à l'Université
Alors que j'étudiais le journalisme à Belfast
Au milieu de ces racistes de Loyalistes

C'est là que la beauté fracassante de Daithe
Avait ressuscité le Byron en moi
Puis mon *travail* avec un groupe d'amis
M'avait retiré toute envie de versifier…

Où est aujourd'hui mon sacré talent pour le silence
Quant à mon style…
Non, je n'en dirai rien

Alors Frédérique et moi
On écrit des articles *conjoints* de temps à autre
Sur la crise avec les Brigades
Sur la crise au gouvernement italien
Et parfois même sur la dolce vita
On fait ça le plus souvent au *caffè Etrusco*
Piazza Trilussa
Curieux comme ça coule
Comme le Tevere

On lance les idées
Parfois j'écris
Parfois c'est elle
Moi en anglais
Elle en français
On se traduit mutuellement
Puisqu'elle parle très bien l'anglais
Et moi passablement bien le français
À cause de mes séjours de jeunesse
L'été chez tante Gaëlle
Curieux comme ça coule
Comme si…
Comme quoi au juste, Ler Dands?

Hier
La mort
Et le désarroi

Ils ont assassiné Moro
Il leur a fallu 55 jours
Pour se convaincre du bien fondé de leurs actions
Frédérique et moi, on était sous le choc
On s'est rendu lentement dans le Trastevere
Puis sur le Ponte Sisto
On a laissé couler le fleuve
Jusqu'à ce qu'Héraclite ait raison
En affirmant que tout coule
Et qu'on ne se baigne jamais deux fois
Dans la même eau
Notre reflet, lui, est cependant resté là dans l'onde
On a gardé le silence
Puis
Attablés à l'Etrusco
On a été happé par cette fureur qui pousse à écrire
On a fait ça ensemble durant une heure
Une ode à Moro
Une charge à la bêtise humaine

Elle a un sacré talent
Et son style n'est pas mauvais
Je dirais même…
Je ne dirai rien de plus

*   *   *

Rome, le 10 mai 1978

De nos correspondantes Cathy O'Dowd (Reuters) et Frédérique Cyr (Presse Canadienne)

Hier, en ce beau matin d'un printemps romain, un autre communiqué est tombé sur les fils de presse dans la péninsule italienne. Toujours les Brigades rouges. Qui détiennent Aldo Moro depuis 55 jours maintenant. Un texte pompeux et vindicatif, comme tous les autres depuis deux mois à Rome. Les camarades par ci, la fin de l'exploitation des travailleurs par là, la mort du capitalisme pour la fin de la décennie. Et les répliques toujours semblables des dirigeants politiques et religieux par journaux interposés : nous ne cèderons pas au terrorisme, nous ne laisserons pas l'Italie aux mains d'extrémistes, de brigands, de poseurs de bombes, d'assassins.

Hier, sur la via Caetani, une tache rouge au calendrier de l'histoire : suivant les indications des Brigades rouges, les policiers ont ouvert le coffre d'une Renault 4L, à mi-chemin des sièges de la Démocratie chrétienne et du Parti communiste italien.

Hier, Aldo Moro a été assassiné par les brigadistes, une balle dans la nuque. Le télégramme expédié après l'exécution qualifie ce meurtre de « conclusion d'une bataille ». Ce fut le dernier acte de cette tragédie annoncée.

Hier, et toute la journée aujourd'hui, la découverte de son cadavre dans cette voiture volée a soulevé la réprobation générale. Tous les partis politiques se sont unis pour dénoncer le terrorisme. À l'instant même où nous écrivons ces lignes, des manifestants déambulent en silence dans le quartier du Trastevere, chandelles à la main, portraits de Moro au cou.

Il semble clair que la fin tragique d'Aldo Moro va provoquer un traumatisme dont les Italiens ne se remettront pas de si tôt. Par ses vues pleines d'humanité, par son habileté de médiateur, ce grand professeur dominait depuis vingt ans la scène politique italienne. Il avait réussi l'impossible : il avait proposé, contre la droite de son parti, un "compromis historique" avec les communistes pour former un gouvernement de coalition capable enfin de gérer l'Italie en crise. Il était au bord de réaliser l'impossible : une alliance qui aurait pu enfin apaiser les esprits. Mais l'intransigeance des terroristes et l'obstination d'un gouvernement trop nationaliste et fortement influencé par les élites catholiques ont fait résonner hier le coup de feu fatal sur l'ensemble du territoire. Les Italiens ont le cœur en bandoulière aujourd'hui. D'autant plus que l'impuissance des enquêteurs, les bévues concomitantes des services secrets et de la mafia ont suscité l'indignation et le malaise.

Car malaise il y a. La thèse d'un complot a été soulevée dès les premiers jours de l'enlèvement de Moro. Elle persiste aujourd'hui suite à des révélations, sous le couvert de l'anonymat, d'Américains ou de brigadistes. Certains y voient un acte des services secrets étrangers (on mentionne la CIA ou le KGB) et italiens, mais également d' « amis » politiques de Moro, dont Andreotti et Cossiga. Il a été suggéré que certaines personnes dans les services secrets ou l'appareil d'État savaient où se situait le lieu de détention, un appartement romain, et que même Romano Prodi était impliqué dans une étrange histoire d'indication de la rue où était détenu Moro. Plusieurs sources racontent qu'il y a délibérément eu court-circuitage des négociations afin qu'elles n'aboutissent pas : on aurait décidé de « sacrifier Aldo Moro pour maintenir la stabilité politique en Italie ». Il est établi que le gouvernement italien, conseillé par des fonctionnaires américains, a délibérément fait échouer les négociations.

Conclusion : tous les partis tentaient finalement de faire avorter le compromis historique, et la droite pourrait enfin affirmer qu'elle avait freiné l'arrivée du communisme en Europe. De leur côté, les Brigades ont également signé leur fin : avec l'exécution de Moro, ils n'auront plus jamais l'appui populaire.

uelques jours après son enlèvement, Aldo Moro fut autorisé par les Brigades rouges à écrire diverses lettres aux membres de sa famille ainsi qu'aux forces politiques. Certaines de ces lettres ont été publiées dans les journaux au cours des dernières semaines. Ces lettres furent son seul lien avec le monde extérieur durant ses 55 jours de captivité. Moro écrivit à sa famille, à ses amis, à ses camarades et à ses collègues; il a même écrit au pape Paul VI ; ce dernier a répliqué en demandant tout simplement la libération « sans conditions » du politicien catholique. Dans ses lettres, Moro exigeait que s'ouvre la négociation pour sauver sa vie. La lecture de quelques-unes de ces lettres nous permet en plus de saisir tout l'humanisme de celui qui devient aujourd'hui un important personnage du XXième siècle ; on y découvre de surcroît un époux engagé et un père aimant. Mais ses lettres n'auront eu que peu d'effets directs sur la politique et les négociations.

Durant sa détention, Moro a été soumis régulièrement à un simulacre de procès du peuple par des ravisseurs paumés; on imagine ces jeunes hommes complètement grisés par la tension qui régnait dans la ville éternelle, et totalement possédés par leur idéal monté en épingle par tant de résistance. Ils devaient se dire que leur combat en valait finalement la peine...

Que retenir de ce grand guignol qui n'émeut plus personne ce soir ? Quelle leçon d'humanité tirer de tout ce saccage, si tant est qu'il en reste un peu de cette humanité ? Que c'est encore au nom des grandes idées que les humains continuent de s'entretuer ? Que ces grandes idées valent qu'on sème la désolation et la destruction partout sur terre ? Que chacun, étant inspiré par une mission salvatrice, a la permission de tout détruire sur son passage? Que la foi sera toujours victorieuse ? Que le bien commun devrait être une réalité ? Que les catholiques et leur CIA sont investis d'une mission divine planétaire ? Que les communistes et leur KGB sont les nouveaux prototypes humains qui rétabliront la dignité de tous partout dans le vaste monde ? Ce soir, les marcheurs dans les rues de Rome, des pères, des mères, des enfants, des penseurs, des ouvriers, des soignants, des enseignants, tout le monde en a marre de toutes ces bestialités millénaires. L'Histoire, en fin de compte, ne serait-elle qu'un catalogue de nos crimes ? Ce soir, tous rêvent d'un monde plus tolérant, plus aimant, un monde qui n'est plus divisé par des idéologies étroites qui tuent politiciens, soldats, hommes, femmes et enfants au nom d'une VÉRITÉ que chacun est sûr de posséder et au nom de laquelle toutes les barbaries sont permises.

Ce soir, deux journalistes se lèvent, rangent discrètement leurs plumes et se joignent au cortège de toutes les peines du monde qui défilent en silence dans la nuit romaine, une nuit qui apaisera peut-être le grand tourment. Une nuit qui nous gratifiera d'une nouvelle fournée de rêves qui parlent de fraternité retrouvée.

*   *   *

J'ai eu droit à une scène
Qu'est-ce que cette histoire de Cathy O'Dowd?
Vas-tu enfin me dire ce que tu caches?
Elle avait jeté un coup d'œil par-dessus mon épaule
Sur le texte que je préparais pour Alessandra
Comme j'ai d'abord fait semblant de ne pas entendre
Puis fait semblant de répondre
Quelque chose de supposément sensé
Elle s'est accrochée, a insisté, a voulu en savoir plus
Elle a un sacré talent pour la recherche
D'autant plus qu'elle s'est tu
Durant un bon mois sur le sujet

Mais voilà, c'est aujourd'hui le jour de la scène
Finalement, j'ai réussi à lui vendre
Un truc sur le syndicat
Que je remplaçais cette correspondante
Que le Belfast Catholic Chronicle avait ses habitués
Qu'il ne fallait pas bousculer
Qu'on m'avait obligé à signer mes articles de ce nom

Ne m'a pas cru, évidemment
A répliqué que ce genre de mensonge en journalisme
Peut mener loin
Et peut-être même nuire à sa propre réputation
A demandé amende honorable
Et des promesses, du genre régulariser la situation
Dans les meilleurs délais
Je devrai bien, tôt ou tard, dire quelques vérités
Bien que toute vérité ne soit pas bonne à dire…

L'ondée passée
On est remonté lentement à pied vers le Gianicolo
Et j'ai eu un élan de confiance
Si bien que je lui ai proposé de rédiger avec moi
Une série d'articles sur la Banque du Vatican

J'enquêtais depuis peu sur le sujet
Et un informateur qui veut garder l'anonymat
Un prof d'université, gaucho à souhait, m'a approché
Pistonné par des révélations
De gens haut placés au gouvernement
Un type embrigadé au niveau des idées
Par les communistes
Il jouirait si un scandale éclatait
Si l'Église et l'élite politico-économique
Étaient éclaboussées du même souffle
Il m'a parlé de milliards
De loges maçonniques et de ministres corrompus

De blanchiment d'argent par la mafia
Et un concert d'autres supputations juteuses
Un opéra italien quoi
Et comme j'aime bien l'opéra...

Alors, après les émotions de la journée
J'ai eu un élan de confiance
En remontant la Viale delle Mura Aurelie
Et en contemplant Rome la nuit
Depuis les hauteurs du quartier
Où nous habitons tous les deux
Un élan
Je gère mal les élans
Et l'altitude me fait toujours perdre un peu la raison
Surtout quand, tout à coup, je me rends compte
Combien elle est belle
La nuit particulièrement
Avec sa façon de marcher
Qui est si sensuelle sans qu'elle le veuille
La composition parfaite que font
Ses cheveux remontés et ses clavicules estivales
Je suis à côté d'elle
Et je frisonne de plus en plus
Des courants qui vont et viennent entre nous
De grandes marées
Invisibles bien sûr
Ça se voit ces choses-là...

On en reste à la Banque
On en reste à la porte
Et aux salutations professionnelles d'usage
Dans le mensonge le plus charmant
Qui ose ce soir un baiser sur la joue
C'est rapide et maladroit
Et ça en reste là
Hormis cette main qui traîne

Frôle la mienne en fin de parcours
Par inadvertance
Grosse vague
Quelques bouillons avalés
Je la regarde disparaître dans son immeuble
Et je rentre chez moi
Tout détrempé
Par la chaleur revenue
Sur cette ville fascinante

12

Cela fait maintenant deux mois que je vis une existence typiquement romaine. Enfin presque. J'ai bien sûr fait le tour de mon jardin : le quartier du Gianicolo n'a plus de secret pour moi. J'ai joué au touriste à quelques reprises dans la vieille ville : le Colisée, les Thermes de Caracalla, l'arc de Constantin, la colonne trajane, le Circo Massimo, le Forum, le Capitole et le Musée du Palais des Conservateurs, sans oublier la cité du Vatican et quelques-uns de ses musées. La liste est longue puisque je souffre de boulimie culturelle; on ne sait jamais quand tout cela peut prendre fin, ou encore quand quelques hordes de barbares pourraient déferler par une nuit sans lune et envahir mon empire de pacotille, m'obligeant à fuir à pied sur la Via Appia Antica avec pour tout bagage mon seul mascara. Je récupère tout ce savoir pour en pavoiser dans mes articles; ça fait chic, non? Et je parle italien de façon potable, ce qui me vaut les éloges et certaines faveurs de la part d'Alessandra, la secrétaire du bureau. Faut dire qu'elle s'est prêtée à plusieurs sessions de conversation avec moi au caffè Etrusco ces dernières semaines. J'aime Sandra : droite, belle, classique au dehors, immensément chaleureuse au dedans. Ce furent des moments des plus agréables. Une amitié est née! Probablement aussi que la rapidité de l'apprentissage de cette langue *latine* est en bonne partie due à mes études classiques au cours desquelles j'ai rosa rosa rosae rosetté matin, midi et soir durant quatre longues années, sans mentionner toutes les prières de mon enfance qui n'avaient alors aucun sens pour nous tous, bons et sages petits pratiquants que nous étions. Kyrie eleison...

Ma vie est bien. Il fait beau. J'adore mon travail et
    e. J'ai rédigé des articles au rythme de un par semaine,
puis deux, parfois plus, abordant surtout de paisibles sujets
comme les Brigades rouges, la politique italienne, le Pape et
toute la curie du Vatican. Monsieur Bureau de la Presse
canadienne à Montréal ne tarit pas d'éloges à mon égard.

Voilà, c'est tout.

Tout ? Pas vraiment... Il ne reste que la bête à
domestiquer.

Mais j'y arrive. Lentement. Hier, suite à l'assassinat
d'Aldo Moro, nous étions choqués, complètement démolis,
comme des milliers de Romains d'ailleurs. En fin de journée,
nous avons décidé de quitter le bureau et de nous rendre dans
le Trastevere pour décanter. Le quartier a quelque chose
d'unique dans ses rues, peut-être à cause de son passé. Avant
l'empire, les limites de la ville étaient tracées par le fleuve.
Et au-delà de celui-ci, c'était un autre monde, un monde qui
appartenait encore aux Étrusques. L'endroit n'a été incorporé
à Rome qu'au temps d'Auguste. Au fil du temps, le quartier
est devenu la place des artisans et de petits commerçants qui
étaient attirés par la proximité des ports en aval sur l'île du
Tibre. L'île est d'ailleurs un endroit assez magique au cœur
de Rome. Comme toute île dans une grande agglomération, il
faut faire la traversée des eaux pour s'y rendre. C'est du coup
un autre monde, un endroit à l'écart, avec son caractère
distant et reclus. Un endroit idéal pour une jeune rêveuse qui
veut parfois entrer en elle et faire le silence. Enfin...

Ler et moi, nous nous sommes attablés à une terrasse
que nous fréquentons de plus en plus lui et moi; au
crépuscule, nous avons vu défiler en silence des centaines de
citoyens avec des lampions et des photographies de Moro.
Un malaise collectif comme il est rare d'en ressentir. Un

besoin de solidarité pour croire que le futur est encore envisageable. Au Québec, on fait rarement ce genre de manifestation de sympathie. Donc, hier soir, la grande peine que la population éprouvait pour ce fin diplomate était palpable dans toutes les rues autour du fleuve. Les gens étaient sortis de chez eux pour former spontanément de mini cortèges qui se gonflaient à mesure que les files convergeaient vers les rives du Tevere. Moro était aimé de presque tous ici en Italie. Pourquoi lui? Pourquoi ce sacrifice? Spontanément, nous aussi nous avons eu envie d'y mettre notre grain de sel. Nous avons, lui et moi, littéralement craché un article pour nous vider le cœur. Puis, comme mus par un invisible appel d'empathie, nous nous sommes joints à la foule silencieuse pendant un temps. J'avais l'impression de participer à quelque chose d'historique.

La soirée s'est terminée comme au ralenti. Ler et moi sommes remontés vers le Janicule, en silence pour une bonne part du trajet. Il y avait toujours ce je ne sais quoi dans l'air. Un petit quelque chose qui prédispose aux rapprochements. Je me sentais infiniment légère, comme portée par quelque chose de plus grand que moi. Je me sentais en adéquation avec moi, et avec lui aussi. Ce qui fait que je *dégageais*, je crois, comme si un parfum s'exhalait de moi et nous enveloppait. Le même drôle de laisser-aller que celui que j'avais senti lors de notre première rencontre. J'ai fait mine de rien et je me suis laissé porter par ce sentiment quelque peu enivrant.

J'avais déjà oublié l'interrogatoire serré que je venais de lui faire subir après la rédaction de l'article. Il signait encore du nom de cette Cathy O'Dowd. Je voulais en avoir le cœur net : pourquoi ce nom d'emprunt ? Pourquoi ne pas signer ses articles de son nom? Il a fait semblant de n'avoir rien entendu, puis m'a baragouiné quelque réponse évasive à propos de son syndicat. Je n'ai pas cru une seconde ses excuses. C'est que Ler est un être à tiroirs, avec pleins de secrets. Une huître en plus. D'une dureté impénétrable. Impossible de le faire parler de certaines choses. Comme s'il n'avait pas de passé. Même après des mois de cohabitation au bureau et des sorties amicales dans le Trastevere, je ne sais rien de lui, de ses amours de jeunesse, de ses études, de sa famille. Il donne à croire qu'il est un être débarqué d'une autre planète, et que le débarquement a coïncidé avec un lavage de cerveau de la part de ses expéditeurs. Or tout ça éveille fatalement en moi des soupçons. Que cache-t-il? Ou que fuit-il? Qu'est-ce qui est si douloureux en lui, au point où il n'ose jamais aborder certains sujets familiers? Je crois l'avoir ébranlé un tantinet avec la détermination de ma charge. Il est désormais traqué et devra un jour ou l'autre ouvrir son cœur. Je dis ça sans considérer que je fais la même chose… Silence radio en ce qui concerne ma mère, et plus encore en ce qui a trait à mon présumé père. Ou sur mes amours qui finissent toujours en queue de poisson. Ou sur toutes ces autres peurs qui peuplent mes nuits de cauchemars. Chacun de ces cauchemars m'anéantit complètement.

La soirée s'est donc terminée comme au ralenti. Les portes du passé auraient pu s'ouvrir. Alors que nous gravissions une des sept collines de Rome, tout prédisposait à un rapprochement. Mais rien. Encore une fois. Rien. Nos possibles confidences se sont terrées sur les flancs de la muraille de la Viale delle Mura Aurelie et sont demeurées de pierre.

Il a finalement fait glisser la conversation vers le professionnel pour ne pas que je vois la grosse blessure. Je l'ai regardé de façon très attentive, lui laissant savoir par là que je voyais dans son jeu, tout comme tout à l'heure quand il m'a menti sur la signature des articles. J'ai senti qu'il comprenait que tout cela ne pourrait durer encore très longtemps sans que quelque chose ne se brise entre nous. Il a de si beaux yeux. Si intenses. Et comme il est grand, et fort je présume, puisque je ne l'ai jamais touché, je me sens facilement enveloppée par lui. Je n'avais jamais remarqué comment il pouvait être beau, ce rouquin d'Irlandais. Idiot d'y penser, mais comme il ferait un bon papa. Lui aussi doit voir des choses en moi. Alors nous nous lançons une espèce de sourire qui dit : ok, on décroche, et pour le rapprochement, on remet ça. Voilà comment le professionnel a repris le dessus. Pour refermer cette crevasse menaçante, il m'a parlé d'un informateur. Un prof d'université qui lui a suggéré d'écrire sur la Banque du Vatican où sont entassés des milliards de dollars. Qui dit milliards dit cupidité, tours de passe-passe, investissements parfois risqués, partenariats souvent louches, paradis fiscaux, etc. J'ai trouvé l'idée emballante et nous avons convenu de nous y attaquer dans les meilleurs délais.

Finalement, le professionnel s'est évanoui. Ça ne tenait plus. Encore une fois. Son regard m'a fait fondre. Je sentais ce parfum s'exhaler de moi... Au moment de le quitter, je l'ai embrassé sur la joue. Pour la première fois... Ma main a tardé à se dégager de la sienne dans la maladresse la plus gênante.

J'ai mis une bonne heure avant de m'endormir, sa présence étant trop forte tout au bout de mes doigts. J'ai senti qu'il en était de même pour lui à quelques centaines de mètres d'ici. La brise d'été a complété le dialogue muet entre lui et moi jusqu'à ce qu'elle souffle enfin nos bougies.

*   *   *

De retour au bureau le lendemain, je me suis remise au travail avec acharnement. Cela dure depuis une bonne dizaine de jours maintenant. Il s'agit pour moi de ne rien laisser transparaître en feignant être très occupée par notre projet d'article commun sur la Banque du Vatican. Surtout, ne pas laisser croire à Ler que sa seule proximité me donne des frissons 100 fois par jour. Comment vivre cette tension qui s'est installée entre nous ? Une espèce de guerre larvée entre le conscient qui, d'un côté, se veut professionnel, accomplit son boulot sans broncher, est imperméable à tout sentiment ou à tout épanchement de nature personnelle; de l'autre, l'inconscient qui agit comme un aimant et nous pousse à nous frôler *sans le vouloir* de plus en plus. Il me faut à tout prix garder ma contenance auprès des autres collègues. Il en va de même pour lui. Et le silence s'installe. Nous avons l'air de deux animaux qui surveillent leurs territoires respectifs sans jamais franchir une certaine frontière. Un craquement impromptu du plancher suffirait à nous faire sursauter, à nous jeter l'un sur l'autre en une fraction de seconde dans une étreinte sauvage. Or, rien de tout ça. Bas les pattes. Le soir, nous allons chacun notre chemin. Nous évitons de terminer la journée à la même heure. Je travaille de plus en plus souvent du studio. Et lui de son appartement. Nous avons diminué considérablement nos rencontres *amicales* dans le Trastevere. Pendant ce temps, la pression monte dans le presto. Le petit juif ne perçoit rien. De toute façon, il ne connaît pas le frisson, embourbé qu'il est par cette pile sans cesse grandissante de documents qui le protège du monde extérieur. Il est passé maître dans l'art d'ériger de telles barricades. Alessandra, elle, n'est pas dupe. Elle a tout vu. Ou senti, devrais-je dire. Mais, sans qu'on ait eu à se dire quoi que ce soit, elle de mon côté, solidarité féminine oblige. Je sens également qu'elle a perçu, tout comme moi, que ce rouquin bourru cache derrière son cynisme et sa froideur un homme de passion et de cœur. Alors le soir, avant de quitter, j'embrasse cette femme franchement séduisante. Le geste renouvelle le pacte et le scelle.

En attendant je ne sais quoi, j'ai commencé à lire des documents, à faire des recherches. Puis Ler et moi avons rencontré notre informateur au Caffè Etrusco il y a deux jours. Les choses vont vite. J'achève ma version du premier volet d'un article sur le sujet que nous envisageons publier dans quelques jours.

*   *   *

Rome, le 20 mai 1978

De nos correspondantes Cathy O'Dowd (Reuters) et Frédérique Cyr (Presse Canadienne)

Il peut sembler blasphématoire pour tout bon catholique de remettre en question certaines pratiques de la très sainte Église. Quiconque fréquente un tant soit peu les officines du Vatican sera par contre en mesure d'apprendre que celle qui, depuis sa fondation, prêche la charité et l'aide aux plus démunis sur cette terre, celle qui se finance à même le denier de Saint-Pierre ou à travers les quêtes du dimanche, sans compter les pressions souvent « ouvertes » à contribuer à la dîme, eh bien cette très sainte Église baigne dans les « finances secrètes ». Les informations qui suivent risquent d'en choquer plusieurs. Cœurs sensibles s'abstenir...

Le Saint-Siège, à travers les siècles, et par un lent et silencieux travail de culpabilisation des masses et de politicailleries de coulisses, a su accumuler des richesses colossales. Dès l'époque de Constantin, qui en fait la religion d'État vers la fin de l'Empire romain, et qui céda en 335 au pape Sylvestre 1er de nombreuses provinces d'Occident, les souverains pontifes sont aussi d'importants propriétaires terriens; en cela ils sont tout à fait semblables à toutes les autres têtes couronnées de ce monde. On peut *donc affirmer sans se tromper que les nombreux papes ont joué un rôle temporel tout aussi important qu'un rôle spirituel, et que leur collusion avec le pouvoir et l'argent a de tout temps été très réel, et pas seulement pour des raisons morales. Mais dans le grand public, on ne parle jamais de cela, tout comme les banquiers suisses ne parlent jamais de l'origine de leurs placements, de leurs stratégies ou encore moins de leurs clients. Les pratiques économiques, on le sait, n'ont habituellement pas beaucoup d'affinité avec la morale ; afin de sauvegarder sa réputation, le Saint-Siège a toujours jalousement gardé secrète ses « opérations financières ». Or, même si ces opérations demeurent secrètes, cela ne les empêche pas d'avoir cours. Sera-t-on vraiment surpris d'apprendre que le Saint-Siège met actuellement l'accent sur les valeurs boursières, les transferts de fonds illégaux et le blanchiment d'argent en concordance avec des sommes venues « d'autres sources » ? Sera-t-on aussi surpris que l'omerta est de rigueur quand il est question du « menu détail » de ces opérations qui se chiffrent en milliards de dollars ?*

Ces opérations sont en majeure partie réalisées par l'Institut pour les Oeuvres de Religion (IOR) en étroite relation avec les paradis fiscaux des Bahamas, du Lichtenstein ou du Luxembourg ; en relation aussi avec la haute finance du monde entier. Tout comme le font tous les financiers de notre monde moderne, avec leurs banques et leurs bourses, on est en droit de penser que la gestion de telles sommes et de telles propriétés nécessite une gestion adéquate. Pas étonnant non plus d'apprendre que les membres avisés de la curie romaine se préoccupent au plus haut point de cet argent et qu'ils demandent des avis à des conseillers. La gestion des avoirs du Vatican, comme celle des séculiers, s'est évidemment adaptée aux structures économiques du temps et du lieu...

Toute cette façon moderne de gérer la « richesse collective » de l'Église remonte principalement à l'époque où l'état italien met fin aux États pontificaux en 1870. Il faut se rappeler que l'Italie contemporaine n'existe que depuis la fin du XIXe siècle. Les États Pontificaux, qui constituent une bonne partie du nord-ouest de l'Italie vont sans cesse être envahi puis restitués au fil des XVIIIe et XIXe siècles. En 1870, ces états sont finalement rattachés à L'État italien, pour être dissoutes finalement en 1900. À partir des années '20, le pape et sa curie, retranchés à Rome, vont tenter de regagner une partie des biens perdus. Pour cela, ils vont s'allier au mouvement fasciste qui prend de l'ampleur. L'Église va dorénavant sceller un mariage de raison avec les composantes conservatrices du fascisme plutôt que de soutenir les ouvriers pour retrouver sa domination. Aux lendemains de la marche sur Rome des fascistes en 1922, l'Église va recevoir un appui de taille à la faveur de négociations secrètes avec Benito Mussolini : l'introduction de la religion catholique dans les écoles et l'autorisation d'apposer le crucifix dans les salles. En échange, les fascistes obtiennent l'élimination des syndicats catholiques. Lors d'un discours de Mussolini le 3 janvier 1925, les Italiens apprennent que les rapports entre le Vatican et le gouvernement italien sont de nouveau cordiaux. La "question romaine" est définitivement réglée en 1929 avec les accords du Latran, signé le 11 février par Benito Mussolini et par le pape Pie XI. Les accords font, entre autres, du Vatican un État souverain, avec des ententes diplomatiques en bonne et due forme et des « mesures fiscales spéciales ». Il est de notoriété publique que de fortes compensations financières ont été versées à cette occasion à l'Église pour la perte des États pontificaux de 1870.

Les saints Pères avaient déjà commencé à s'occuper « correctement » du Denier de Saint-Pierre en créant une caisse secrète sous Léon XIII. Ils avaient investi dans la

Societa Generale Immobiliare (le plus important actionnaire avec au moins 15 % du capital), une société immobilière fondée en 1862 qui achetait des terrains et faisait de la construction dans la banlieue de Rome. Dès 1903, le Vatican engageait comme conseiller financier Ernesto Panolli, cousin germain du futur pape Pie XII. Passé maître dans les manoeuvres de coulisses, Panolli sut placer les capitaux du Vatican aux bons endroits, tant en Italie qu'à l'étranger. Il augmenta le capital de la Banco di Roma en spéculant ; le truc est simple : il s'arrange pour que le prix des titres s'affaisse, en émet de nouveaux, diluant le capital, les « vend » au pape en échange d'une hypothèque sur des immeubles pontificaux. Comme ces actions sont entre les mains du souverain pontife, cela en augmente la valeur spéculative. Panolli les revend alors sur le marché en réalisant de gros profits. Les petits actionnaires, les seuls à n'avoir pas été prévenus de la complexité de la manoeuvre, font les frais de la réduction initiale du capital. En se servant de la Banco di Roma, Panolli réalisera de nombreux autres bons coups au nom du Vatican en étendant les actions de la banque en France et au Portugal; sa technique se perfectionne et couvre désormais plus de territoire... De plus, il fait en sorte que le Vatican puisse échapper aux lois italiennes qui interdisent à l'Église de posséder certains biens, jusqu'à ce que ce droit soit rétabli par Mussolini lors des accords du Latran en 1929. La Banco di Roma fut impliquée dans des scandales en 1912, et Panolli perdit toute crédibilité lors de la crise avec la Lybie alors que la banque perdit des millions. L'État avait dû prendre en charge la majeure partie des pertes de la Banco di Roma, donc du Vatican.

*   *   *

Le soir même, je n'ai pu m'endormir. Me suis laissée prendre au jeu. La passion est revenue. Le deuxième volet de notre recherche est prêt pour publication. Je crois à nouveau au journalisme...

*   *   *

Rome, le 21 mai 1978

De nos correspondantes Cathy O'Dowd (Reuters) et Frédérique Cyr (Presse Canadienne)

Hier dans un précédent article, nous avons jetés sur papier les bases historiques des « finances secrètes » du Vatican. Aujourd'hui, nous poursuivons notre recherche en tentant de comprendre comment les avoirs du Vaticans ont tant fructufié ces dernières décennies.

En 1929, suite aux accords du Latran, le Vatican va confier la gestion de ses avoirs à un financier de haut vol, un laïque du nom de Bernardo Nagora. Ce « joueur » a dès son entrée en poste le champ moral libre puisque l'Église a abrogé au XIXe siècle, grâce au soutien des lois civiles, sa propre loi interdisant l'usure, c'est-à-dire les prêts avec intérêt. Pendant 18 siècles, les catholiques, tout comme l'avaient fait et le font encore les musulmans, ne pouvaient pratiquer l'usure sous peine d'excommunication. Alors que maintenant, la chose peut se faire en toute impunité, sans besoin de confession ni d'absolution.

Nagora, un juif converti au catholicisme, exige du Vatican que tous les investissements qu'il fera en leur nom ne soient pas touchés par aucune considération doctrinale et qu'il puisse transiger partout à travers le monde. Bien sûr, les décideurs au sein de la curie bénissent cette audace. La bénédiction est si large que Nagora diversifie bientôt les investissements en achetant des participations dans plusieurs compagnies qui fabriquent de l'armement, des contraceptifs (strictement interdits par l'Église, au diable les contradictions), les textiles, les télécommunications, les chemins de fer, l'eau, le ciment, les assurances, les minoteries, l'acier, la finance, et surtout l'immobilier. Des milliers d'immeubles à Rome, à Montréal (notamment la Tour de la bourse), aux États-Unis (le Watergate Hotel entre autres), appartiennent désormais au Vatican via diverses filiales. En 1962, une nouvelle loi italienne est votée : elle vise à taxer les bénéfices sur les dividendes pour augmenter les revenus de l'État; Nagora fera en sorte que cette loi ne s'applique pas au Vatican, un État souverain. Pour s'assurer que son opposition à la loi serait bien entendu, et comme il contrôle déjà plusieurs banques, il menace les gens du fisc de faire s'effondrer toute l'économie italienne en divulguant de simples informations sur les vrais propriétaires des immeubles des chers contribuables. Tous les investissements étaient tenus secrets pour éviter que l'Italien moyen, aux prises avec des problèmes d'eau, d'électricité ou de téléphone ne débarque place Saint-Pierre pour réclamer des améliorations ou des réductions de primes... La scène aurait été disgracieuse. Nagora cédera son empire au tandem Sidano et Markus dans les années '60, deux personnages dont nous évoquerons les hauts faits un peu plus loin.

En 1942, le Vatican met en place une autre organisation pour veiller à ses finances; il s'agit de l'Institut pour les Oeuvres de Religion, fondé en 1942. L'IOR, que tout le monde désigne par le nom de 'banque du Vatican', gère désormais les avoirs du Saint-Siège. Les dépôts destinés aux oeuvres de religion sont davantage une manière de fuir tout contrôle indiscret. Officiellement, l'Institut s'occupe des comptes courants du pape et d'autres honorables déposants qui désirent mettre leur argent à l'abri ; en réalité, il est le canal de toutes une série d'opérations financières souvent fort douteuses. Ces opérations, si elles venaient aux oreilles des pauvres fidèles, discréditeraient à tout jamais notre très sainte mère l'Église, faisant d'elle une des entités les plus amorales de la planète.

L'IOR ne ressemble en rien à une banque normale : il y a bien sûr quelques guichets anonymes dans la Cité, une quinzaine de 'commis' y vaquent, tous contraints au secret d'État, et leur contrat d'embauche stipule qu'ils ne peuvent pas faire partie du syndicat des employés. La centrale de la 'banque' est située juste sous les appartements pontificaux. Les représentants d'ordres religieux du monde entier y passent discrètement, y effectuent des transactions dans des comptes qui portent de pieux noms tels que la 'Divine Providence', ou le 'Sacré-Coeur de Jésus' ! L'IOR est un des instituts financiers réputés les plus solides et solvables au monde. Le capital réel de cette banque est un des secrets les mieux gardés du Vatican. Le public n'en entend jamais parler, sauf quand une opération manquée est coulée par un gros épargnant mécontent ou que des plaintes non signées dans les journaux font état de transactions franchement malhonnêtes. Mais tout est rapidement étouffé ou démenti : il s'agit toujours de tractations pour discréditer le Saint-Siège...

Dans les années '60, l'Église s'élargit. Elle a besoin de moderniser ses moyens de communication, sa propagande. Les grandes multinationales, par l'énormité de leur capitalisation, diluent désormais l'influence dans le monde de la finance de notre sainte mère l'Église. De plus, l'État italien a réintroduit par surprise en 1968 l'impôt sur les dividendes du portefeuille de titres que possédait le Saint-Siège, qui perdit de la sorte un de ses privilèges acquis sous le fascisme. Paul VI, le pape d'alors, cherche à diversifier le portfolio du Vatican. Pour être concurrentiel dans le monde féroce du néo-capitalisme, il doit faire appel à des financiers laïques rompus aux techniques de la bourse et de la finance internationale.

Michele Sidano sera l'un de ces financiers. Avocat, homme d'affaires sicilien appartenant à la loge maçonnique P2 (pour « Propaganda Due »), une association de politiciens et de gens d'affaires très haut placés dans la hiérarchie italienne (nous y reviendront dans un autre article), il était un des principaux exportateurs de capitaux du Vatican à travers sa banque de Genève. Son habileté à faire ce genre de transaction attira l'attention de la mafia qui lui confiera aussi de nombreux mandats, dont certains furent exécutés via la banque du Vatican. Des sommes colossales ont alors transité vers les banques suisses grâce à ses bons soins. On le surnomma le « sauveur de la lire » et on le proclama « homme de l'année » en 1974.

Sidano va avoir un allié de taille au Vatican en la personne de Mgr Markus, le dirigeant de l'IOR, le 'banquier du Vatican'. Markus est l'un des personnages les plus troubles et les plus controversés de la 'Cité'. D'origine lituanienne, il connaît une rapide ascension dans l'Église américaine dans le diocèse de Chicago, le même district que celui de feu Al Capone !!! Le diocèse, un des plus importants en Amérique, compte pas moins de 378 paroisses, et prélève à lui seul plus de 200 millions de dollars par année. Doit-on croire que dès l'instant où Markus prit conscience de la formidable machine à générer des fonds que représentait l'Église, il se sentit appelé à en devenir le grand argentier ? Après un séjour en Bolivie, Markus se dégote rapidement un poste à la nonciature apostolique au Canada, probablement mû par un très fort désir d'ascension rapide dans la hiérarchie de la sainte Église. Ambitieux, il vise Rome. Suite à des études en droit canon dans la ville sainte en 1950, il se lie d'amitié avec des gens haut placé dans la curie; il devient l'interprète de Jean XXIII, puis, grâce à son physique imposant de footballeur, le garde du corps de Paul VI. L'amitié qu'il lia avec l'abbé Pasquale Macchi, secrétaire particulier du pape Paul VI, lui permit d'entrer à l'IOR et de prendre le relais, dès 1971, du cardinal De Jorrio, grand argentier de l'ancienne manière, qui tirait sa révérence. Au départ, Markus ne connaît pas grand-chose en économie. Il recherche avidement des conseils et fait la rencontre du génie Michele Sidano, un des principaux conseillers du pape en matière de finances.

De concert avec ce dernier, il comprit rapidement que le pape avait besoin d'un instrument financier efficace et moderne, capable de fournir au Saint-Siège la liquidité dont l'Église sainte, catholique et universelle avait tant besoin. Somme toute, à la fin des années '60, le couple Sidano/ Markus file le parfait bonheur : d'un côté Sidano représente la possibilité d'une ouverture sur le marché financier international, de l'autre Markus possède la clé d'un paradis fiscal installé au milieu de Rome. Pour les deux, c'est une situation rêvée...

À cette époque, Sidano contrôle 140 sociétés. Il jouit d'une bonne confiance dans les milieux financiers et multiplie les comptes en banque aux Bahamas et au Luxembourg ; grâce à ces écrans, il fait apparaître et disparaître des capitaux qui lui servent dans ses opérations croisées. Même technique en bourse : avec l'aide de complices bien payés, il vend et achète des actions de ses sociétés dont la valeur réelle est nulle. Le système roule à plein régime : il ne produit de richesse que si les transactions se multiplient et s'escamotent l'une l'autre. En confiant son argent à un homme d'affaires spécialisé dans la spéculation, le Vatican semble créer de la richesse. Markus est ivre de bonheur, surtout quand le pape Paul le couvre d'éloges. L'Église des pauvres ne semble éprouver nul chatouillement moral en commerçant avec cet habile financier, tant et aussi longtemps que tout reste secret...

Mais l'Italie commence à être trop petite pour les appétits gargantuesques de Sidano. Il commence à brasser des affaires aux USA. Il achète la Franklin National Bank pour la somme de 40 millions de dollars. Des associations troubles et des tentatives de détournement d'argent tournent mal et la Franklin est acculée à la faillite en 1974. Ce que les financiers ont nommé le 'crack Sidano' survient en avril de cette année alors que la banque perd 98% de sa valeur. Sidano tente de sauver le bateau en se servant de ses autres banques. Rien n'y fait. En octobre, la banque déclare faillite et Sidano perd plusieurs dizaines de millions. Selon un mafiosi devenu informateur, Sidano se servait de la Franklin pour blanchir les recettes de la vente d'héroïne en Amérique. Les grandes familles du crime organisé aux USA, bien déterminées à ravoir leur argent, ont tout fait pour que l'empire de Sidano s'écroule. S'ensuivirent des enquêtes qui ont menés le FBI jusqu'au Vatican et à une condamnation de Sidano pour fraude. Le Vatican le désavouera dès cet instant. Entre temps, une autre fraude échafaudée par la mafia, de concert avec Sidano et Markus, était éventée : on avait fabriqué de faux certificats au nom de la Banque du Vatican pour la modique somme de 950 millions de dollars. Rien de moins ! On achemina d'abord un premier lot test d'un million et demi vers la Handel's Bank de Zurich puis un autre lot vers la Banco di Roma. Tout semblait marcher sur des roulettes jusqu'à ce que les deux banques envoient copies des titres à New York pour fin de validation. Comme ils s'avéraient être des faux, le FBI s'en mêla, débarqua à nouveau dans les bureaux de Markus puisque que tous les certificats étaient adressés... à un commis de la banque du Vatican ! Markus montra la porte aux enquêteurs américains. En bref, 'le Gorille' se servit de son immunité diplomatique pour écarter les intrus et protéger les secrets entourant les finances du Vatican.

Ce ne sont là que quelques chapitres, trop brièvement esquissés, de ce qui se passe derrière les murs de Saint-Pierre depuis un siècle. N'allez pas croire que toute la Curie est complice de cette amoralité punissable des feux éternels de l'enfer. Il y a bien au Vatican, comme dans tous bons gouvernements, des bons et des méchants, des conservateurs et les libéraux, des honnêtes gens et des profiteurs. Des amitiés indéfectibles et des haines assassines aussi. Nos recherches nous portent à croire que le cardinal Bellini, le secrétaire d'état du Vatican, savait tout ce qui se tramait à l'IOR. Il aurait même demandé la démission de Markus après en avoir avisé le pape Paul ; ce dernier aurait tout simplement demandé le silence pour ne pas que tous ces scandales n'entachent la réputation du Vatican. Mais le Cardinal Bellini a aussi ses alliés, dont le cardinal Albino Luciani, le patriarche de Venise, 'l'ami des pauvres'. Et d'autres encore, semble-t-il.

Deux autres personnages très importants en regard des finances du Vatican feront l'objet d'une analyse plus approfondie lors de nos prochains articles sur la question. Le premier est Roberto Clavi, le président de la Banco di Roma et de la Banco Ambrosiano qui entretient des liens très étroits avec l'IOR et Mgr Markus, et aussi avec Michele Sidano. Pas étonnant dans les circonstances qu'on lui donne le nom plutôt flatteur de 'banquier de Dieu'. L'autre personnage dont nous ferons l'analyse est l'occulte et très complexe Lucio Genni, celui qu'on surnomme le montreur de marionnettes tant il tire de ficelles dans les milieux financiers, politiques et « religieux ». Genni est le 'maître vénérable' de la très controversée loge maçonnique P2 qui fera aussi partie de notre analyse.

S'il faut en croire tout ce qui se dit ces jours-ci dans les coulisses du Saint Office, plusieurs attendent la mort de Paul VI avec joie en espérant qu'un grand ménage suive;

d'autres éprouvent des craintes viscérales à l'idée de voir des millions, peut-être des milliards, s'envoler en fumée « blanche » et la perte de « privilèges », comme celle de posséder des comptes secrets aux Bahamas et de penser qu'ils sont parmi les « élus de Dieu » qui sont en poste pour gouverner les destinées de toute notre petite planète. Le prochain conclave s'annonce comme étant particulièrement mouvementé. Si un pape « honnête » est porté sur le siège de Saint-Pierre, des têtes vont rouler. Sinon, le pouvoir grisant de l'argent triomphera encore une fois, et le silence persistera.

Une histoire des plus passionnantes à suivre !!!

* * *

Ce midi au bureau, toujours retranché derrière un bunker d'excuses bétonnées, Monsieur a consenti à se laisser interrompre dans l'exécution de ses travaux de la plus haute importance pour daigner lire ma contribution à notre entente. Il a proposé que l'on se retire pour un lunch rapide sur via della Fornaci, non loin du bureau. Pas trop loin. Pas trop longtemps. Il a vraiment fermé la porte à double tour. Il a commandé un sandwich, quelque chose qui s'engouffre en moins de deux petits sujets banals et qui lui permet de filer à l'irlandaise en moins de quinze minutes. Je lui ai tendu le fruit de mon labeur. Il a avalé une bouchée de travers quand il a vu l'ardeur que j'avais mise à faire mes recherches et à rédiger ma 'portion' de 'notre' article. Il a parcouru les quelques pages sans me regarder. Puis m'a redonné le tout en feignant de devoir avaler de toute urgence une autre bouchée : on ne parle pas la bouche pleine… Long silence. Il regarde la serveuse. Fait exprès, probablement une façon inconsciente de créer de la distance entre nous. Me fait chier. Je ramasse la liasse, la fourre dans mon sac, me lève et lui lance :

- Puisque c'est comme ça, j'attendrai tes notes relatives à cet article avant de le faire taper par Sandra. En attendant, je serai à l'Osservatore Romano au Vatican : j'ai d'autres recherches à faire... En passant, de quoi te protèges-tu avec autant de violence contenue? Qu'est-ce qui te fait fuir avec tant de détermination? Quand tu seras au clair avec toi-même, nous pourrons peut-être reprendre notre collaboration et nos échanges.

- Ton article est super! lance-t-il calmement. On le publie tel quel. Donne-le à Sandra en passant. Faut que ça sorte rapidement. Bonnes recherches. Moi j'ai un rendez-vous important à honorer cet après-midi.

C'est tout. Je suis sortie en trombe. Suis passée par le bureau. Ai laissé le truc à Sandra, qui a senti mon désarroi.

- C'est sa fille, me murmure Sandra. Tu sais la petite photo sur son bureau. Quand ça lui prend, il en a pour des jours. Est-ce qu'il avait bu?

Est-ce qu'il avait bu? Qu'est-ce que j'en sais, moi? J'ai mis ma main à mes lèvres et lui ai lancé un bref baiser complice avant de déguerpir. Je ne suis pas allé à l'Osservatore Romano. Je me suis plutôt dirigé dans l'autre direction, vers la fontaine de Garibaldi. Pour méditer. Pour voir au loin. Pour tenter de comprendre cet homme qui... Puis je me suis traitée d'idiote en me rendant compte que si j'étais dans un tel état, c'est que je... Je quoi? Non, non, je ne l'aime pas. Je ne peux pas l'aimer. De toute façon, je ne le connais même pas. « C'est sa fille. » Ah bon, monsieur a une fille. Bien sûr que je le savais, à cause de la photo. Ça ne prend pas Sherlock Holmes pour faire un plus un. Mais nous avons toujours fait semblant lui et moi, nous avons convenu tacitement qu'il s'agissait d'un Cartier-Bresson. Une décoration. Bien que nous sachions trop bien qu'un jour ou l'autre, il faudrait bien en parler de cette enfant. Suis-je encore en train de me laisser prendre? De dévoiler mon manque et de l'offrir à ce « père » en espérant qu'il comble le vide? Prends garde, Frédérique Cyr.

Et Frédérique Cyr laisse couler quelques larmes. Quand même. Il est vraiment charmant, cet irlandais. Culture, sagesse, grandeur d'âme. Tranquillité, du moins en apparence. Quand nous causons musique, nous voyons bien que nous avons les mêmes goûts. Quand nous parlons philosophie, de croyances, de découvertes scientifiques, nous sommes sur la même longueur d'ondes. Et quand nous nous mettons à disséquer la politique, à ridiculiser les opportunistes, à décrier les situations insensées, à dénoncer les injustices, à démonter les numéros de ce cirque duquel le commun des mortels est exclu, tout en en payant la note, nous nous rejoignons si vite. Et puis il y a ces rires. Cet humour, tantôt grinçant, tantôt brillant que nous partageons. Il est beau, je l'ai dans la peau. Je me sens parfois comme une adolescente, membre d'un fan club de pop star. Je suis RIDICULE! Victime, oui victime de mes hormones. Ça fait des semaines que mon corps suinte la sensualité. J'ai des vagues de chaleur qui me parcourent l'échine; je me love dans des étirements de chatte le soir avant de m'endormir : légère torsion du cou sur la gauche, offrande de l'épaule qui se hausse, mouvement vers le haut de la hanche, croisement des jambes pliées, une main dans la toque sous la nuque. Je me sens fleurir. Je n'en peux plus. Et c'est lui qui fait ça, c'est lui qui cause ce tourment « dont je connais la cause ».

Alors il a une fille. Une femme aussi, peut-être? Une famille, des frères et sœurs? Un passé? Une autre vie qu'il fuit tout autant qu'il me fuit. La prochaine fois que je le vois, ce sera la séquestration, l'interrogatoire, la torture même. Il va cracher le morceau. Sinon, je kidnappe le petit juif, ce qui n'est pas peu dire.

Mon regard se perd sur les toits de Rome. J'ai les yeux mouillés. Je me replie un instant en moi-même, prête à tout abandonner, à tout recommencer encore une fois. La paix, fruit de cette légèreté retrouvée, s'installe en moi. Ça y est, je suis enfin libre. Je ferme les yeux et savoure l'instant présent.

Une main se pose, oh si délicatement, sur mon épaule. Est-ce que je rêve? Le poids devient plus présent. C'est chaud. À l'aveugle, j'essaie d'en saisir la forme, la texture, l'énergie. Pas de doute, c'est lui. Je frisonne. Je ne dis rien. Je n'ouvre même pas les yeux. Je dépose ma main sur la sienne, et nous restons là sans bouger durant un bon moment.

- Un rendez-vous important? dis-je.

- Oui, avec une charmante personne.

Sa voix se brise. Me brise. Je l'entends qui contourne lentement le banc où je suis assise. Il prend place à côté de moi, son corps tout entier appuyé délicatement contre le mien. J'ai les yeux toujours fermés. Quand je les ouvre enfin, il est là, et ses yeux qui me rentrent dans l'âme. Nos mains se joignent.

- J'ai des choses à te dire, comme tu le sais. Je te propose une escapade en Toscane cette fin de semaine. Cortona. Deux à trois jours. Chacun notre chambre, bien sûr.

Je presse sa main en guise d'approbation, ce qui déclenche une volée de cloches dans tout Rome.

13

Cortona, samedi le 27 mai 1978.

Hier
Un vendredi
Partir vers le milieu de la journée
Une sensation d'écolier buissonnier
Et la peur d'avoir à m'ouvrir
Qui me fait faire gaffe sur gaffe
Elle avait raison en me demandant si directement
« Que protèges-tu avec autant de violence? »
Dans quoi est-ce que je m'embarque?
N'étais-je pas bien protégé
Par mon silence confortable
Pourquoi faire remonter des tréfonds un passé si lourd
Elle va tomber malade
Quand je déposerai entre ses mains
Cette boîte de Pandore
Et moi aussi je vais tomber
Aspiré par l'abîme derrière
Qui est comme un immense aimant
À la manière de ces trous noirs
Que Schwarztschild avait décrit
Suite à son interprétation des équations d'Einstein

Dans quel état reviendrai-je
De cette escapade en Toscane?

J'ai chassé le doute
Avec de grands gestes de Quichotte maladroit

J'ai préparé notre souper
Une salade de tomates fraîches avec mozzarelle
Olives, huile d'olive
Et l'incontournable fromage de brebis
Sans oublier l'ail, le basilic du jour
Et les noix de pin grillés
Quelques tranches de proscuito
Une salade de fusilis avec des anchois
Des cœurs artichauts et de l'oignon rouge
Quelques câpres, d'autres olives
Et le reste du basilic frais
Un pain du matin
Une bouteille de Brolio
Et les accessoires : nappe, serviettes, assiettes
Ustensiles, verres italiens
J'ai tout rangé dans le panier d'osier
En passant devant le miroir
J'ai vu que j'avais vingt ans
Mais j'ai feint de ne pas me reconnaître
Je suis ensuite passé chez Leibovici
Pour lui emprunter, tel que convenu
Sa Fiat 500 jaune 1965
Je sens que ce prêt va me coûter
La peau des fesses un jour prochain…
Ramassant ce qu'il me restait de courage
Je me suis rendu Viale delle Mura Aurelie
Pour cueillir une fleur

Car fleur c'était
Avec cette petite robe toute simple, toute ensoleillée
Et son pashmina rouge en guise de corolle
Qui irradiait et empourprait mes joues irlandaises
J'étais si troublé derrière mon armure
Que j'ai trébuché en sortant du minuscule ascenseur
Normal après six étages à frôler cette femme si…
Il n'y a pas de mots pour la décrire

Un petit monsieur édenté à grosses lunettes
A ri de bon cœur dans sa loge de concierge
Et a salué Frédérique comme on salue un vieux pote

Presque aucun mot
Presque aucun geste
Durant tout le trajet sur la A1
Qui relie la capitale à Florence
Le plus exquis des silences de toute ma vie
Rempli de tous les possibles
Embrasant tout sur son passage
Arbres, oiseaux, collines, nuages
Les fenêtres ouvertes portaient à mon nez son parfum
J'ai tenu fermement le volant avec mes deux mains
Pour ne pas qu'elles s'affolent
J'aurais tant voulu crier
Qu'après 70 km
J'ai lancé un cri fort et totalement dément
Qui fut immédiatement suivi
Par un cri de même nature
Qui venait de ma droite
Et elle m'a regardé avec complicité
Un seul regard
Puis le retour du plus exquis des silences
A rendu possible tous les possibles
Sans qu'aucun mot
Ou aucun geste
Ne froisse l'air

La voiture a quitté la A1 à la hauteur de Chiusi
Puis a emprunté la route N 71
En direction du lac de Trasimène
Elle voulait voir l'eau, la Fiat, je crois bien
Pour diluer sa chaleur
J'ai pensé à Hannibal
Deux siècles avant notre ère

À ses méditations solitaires
À son génie de tacticien
À sa capacité à mener les hommes
Et bien sûr j'ai pensé aux 15,000 jeunes romains
Massacrés après trois heures de violences inouïes
Idiot que j'étais d'errer dans le bellicisme
En cette heure où il y avait là à mes côtés cette fleur
À quoi pensait-elle
Quand j'ai tourné vers elle
Mon regard d'égaré historique?
Elle a tout simplement souri
Un sourire comme je n'en avais jamais vu
Si simple, si pur
Qui m'a ramené à moi
Moi qui suis fait de rages et de combats
De morts et de bombes
Et de silences bien trop lourds
Pour des yeux comme ceux-là
D'où l'âme s'échappe à chaque cillement

Vers seize heures
Après avoir quitté la N 71
Nous avons emprunté la petite route qui serpente
À travers les oliveraies
La voiture s'est garée
Au bas de la cité perchée de Cortona
De ce point de vue
Nous pouvions voir l'imposante suite
Des remparts médiévaux
Qui ceinturaient la ville
Elle a dit tout bonnement
« Va ton chemin, et moi le mien
On se retrouve là-haut »
Je n'ai pas compris
Mais j'ai obéi
Me fiant à son instinct de félin

J'ai agrippé le panier d'osier
Et j'ai été mon chemin
J'ai pris sur la gauche une route
Qui semblait longer la muraille
Cette lente ascension m'a semblé
Une montée en grâce
À mesure que la campagne toscane
Se révélait à mes yeux
En cette fin de journée magnifique
Le temps s'était arrêté
Rendant la douceur de l'air
Avec ses parfums de fin de printemps
Encore plus enivrante
Jamais je n'avais vécu telle montée
Vers un inconnu qui ne me faisait plus peur
Je respirais calmement
Chose que je n'avais pas sentie depuis des lustres
Depuis la mort de Daithe à vrai dire

Intérieurement une voix a chuchoté
Que l'horizon n'avait de limites
Que celles que l'on veut bien lui donner

Là-haut
J'ai débouché sur la Piazza Signorelli
Avec son Palazzo Communale surmonté
D'une horloge géante
Et sa volée de marches abruptes
Il y avait dans l'air ce petit quelque chose d'unique
Quelque chose qui vous prend tout entier
Qui vous calme
Qui vous élève
Oui, qui rend tous les possibles possible
Devant le Palazzo, la charmante via Nazionale
Avec ses cafés et ses boutiques
Quelques touristes seulement

Des enfants qui revenaient de l'école en courant
J'ai arpenté mollement la rue et me suis attardé
Devant quelques maisons de vins
Un mariage était sur le point d'être célébré
Près du Palazzo
Puisque j'ai croisé des gens qui s'y dirigeaient
Formellement vêtus, fleurs à la boutonnière
Un couple princier, enlacé
S'attardait devant certains étals
Tous les deux étaient d'une beauté à jeter par terre
Pourquoi la beauté a-t-elle cette faculté
De nous émouvoir si profondément?
Pourquoi, quand on la croise
Nous inspire-t-elle les meilleurs sentiments?
J'ai pensé à Frédérique
Elle ne le sait pas vraiment
Mais elle est d'une telle beauté
Qu'elle m'a inspiré les meilleurs sentiments
Dès le moment où je l'ai aperçue
Pour la première fois
Et depuis ce jour où une impulsion
Que je ne comprenais pas s'était emparée de moi
Depuis ce jour, oui
J'ai dû me concentrer très très fort
Pour ne pas faire d'elle une Sabine
Que j'aurais enlevée
Pour l'enchaîner dans mon enfer

J'ai acheté deux fleurs chez une fleuriste
Puis je suis arrivé au bout de la Via Nazionale
Qui se terminait sans se terminer
Puisqu'elle s'ouvrait sur une vue à l'infini
Depuis la Piazza Garibaldi
Le lac de Trasimène tout au fond
Je pouvais voir les toits de tuiles
Les figuiers et les cyprès

Les oliveraies bien alignées
Et les quelques vignobles bien alignés aussi
Tout concourrait à former une nature morte
Terriblement vivante
Un tableau si parfait
Que mes yeux se sont remplis d'eau
En cette heure où tout se dépose

Accoudé sur le muret de pierre
J'ai pleuré au nom de la beauté

Et puis un effleurement
Une aile de colombe
Cette main qui s'est glissée autour de ma taille
Et qui est entrée si profondément dans ma chair
Que j'ai frissonné
Gloussé même
J'ai attendu un moment avant de la regarder
Parce que c'était si intense
Parce que je savais qu'elle avait les yeux plein d'eau
Elle aussi
Nous nous sommes appuyés l'un contre l'autre
Laissant quelques siècles passer
Nos regards perdus sur cette Toscane bénie

Lentement
Quelques pas vers l'arrière
Un banc
La nappe déployée entre nous
Les deux fleurs déposées
La salade et les pâtes
Le prosciutto et le pain
Le toc du bouchon tiré qui aspirait le vin vers le haut
Le tchinnn des silices qui se choquaient délicatement
La communion
En silence

Ceci est ton corps
Et ceci est le mien
Et nous avons fait l'amour
Durant un très long moment
Sans même nous toucher

La nappe repliée, toujours en silence
Ce silence qui rend tous les possibles possible
Elle de son côté
Et moi du mien
Pour la descente

Je l'ai croisé vingt minutes plus tard
Devant une ouverture dans la muraille
À l'entrée d'une vieille école
Elle m'a fait signe de m'approcher
De la musique s'échappait de la porte grande ouverte
Des dizaines d'enfants d'une dizaine d'années
Répétaient un concert
Les consignes rassurantes du chef
C'était d'un autre âge
D'une autre époque
Ô Abbie
Il faut que je lui parle d'Abbie…

Extra muros
Nous avons demandé à la Fiat
Qui a dit « Soit », n'est-ce pas
De nous reconduire là-haut, à l'hôtel San Michele
Piazza Garibaldi
Là où j'avais fait les réservations
L'établissement surplombe la plaine
Et la vue est imprenable
Enregistrement
Elle sa chambre
Moi la mienne

On se retrouve au bar vers 20 h
Bien sûr, qu'elle me répond

La chambre est simple, magnifique
De la fenêtre, je voyais plus loin que l'horizon
J'ai poussé le lit vers l'ouverture
Pendant une bonne heure
J'y ai rêvassé, étendu, les bras en croix
En attendant de la retrouver

Vers 20 h
J'ai pris son bras
Et elle le mien
Ma main sur la sienne
Et la sienne sur la mienne
Tous les maux de la terre
Ont fui d'épouvante
Nous avons fait ensemble
Le court trajet aller-retour
Sur la Via Nazionale
Pour revenir Piazza Garibaldi
Et regarder le soleil se faire prendre
Entre les mandibules du scarabée sacré
Qui le ramènerait du domaine des morts
Le lendemain à l'aube

Nous n'en pouvions plus
C'était clair
Des marées de bras tendus entre nous
Tous ces liens qui se nouaient
Fallait faire quelque chose
Et la meilleure chose était de laisser la nuit
Faire son travail
Alors, malhabilement, chacun sa chambre
Toujours en silence
Ce silence qui rend tous les possibles possible

Si lent les gestes de la séparation
Qui n'en était pas une
Derrière moi
Les fils invisibles
Traînaient dans le corridor
Bien à la vue de tous ceux
Qui croient encore en l'amour

Sur le coup de minuit
Je les comptais un à un
Tant mon lit brûlait de sa présence absente
Soudain j'entendis un treizième coup
Puis un quatorzième
À ma porte
Je me suis levé, ai ouvert
Elle était là
Bien sûr
Avec sa robe de chambre blanche
Et tous les fils invisibles derrière

Derrière la porte close
Nous nous sommes épiés en silence
Durant d'interminables fractions de secondes
À peine un petit centimètre de peau
Avait-il été mis en contact
Avec la peau de l'autre
Que la réaction en chaîne était déjà hors de contrôle
Les fauves avaient été lâchés
Nous nous sommes littéralement jetés l'un sur l'autre
Nous avons roulé par terre
Renversant la chaise du pupitre
Et tous les autres obstacles visibles et invisibles
Indivisibles
J'ai retiré sa robe de chambre
Les griffes plantées dans nos chairs réciproques

Tout n'était que soupirs profonds
Je l'ai touché partout, lentement
Centimètre par centimètre
Au bout d'une heure, ou de mille
Sa jugulaire entre mes lèvres
Elle avait fini par renverser le cou
Ses cheveux léchaient le plancher
Sa poitrine était mortellement offerte
Ses hanches se sont mises à trembler
Emportées par des convulsions soutenues
Puis, parfaitement enlacés
Nous avons perdu toute conscience

Au petit matin
Le soleil est revenu du monde des morts
Avec des explosions de rêves
Je savais qu'elle était belle
Mais là, j'ai eu droit à la révélation
J'ai lentement caressé sa nuque parfaite
Ses cheveux défaits
J'ai embrassé toutes les cavités
Que formaient ses clavicules
Frôlé ses petits seins laiteux
Compté une à une les taches de rousseur
Sur sa poitrine
Elle était couchée de profil
J'ai glissé mon index
Sur son os iliaque culminant de rondeur
Et j'ai déposé mes joues sur ses chevilles
Elle s'est retournée
Nous nous sommes imbriqués
Et un sommeil éveillé
Nous a emportés durant une éternité

14

En ce matin de mai, je somnole dans ses bras.

Je le savais. Depuis le premier jour. Oui, depuis le premier jour, je savais qu'il m'emporterait. J'ai lutté durant trois mois contre ce sentiment complètement irréaliste qui veut qu'une femme sente qu'un coup de foudre vient de se produire. Que le destin agit sur nous. C'était trop bête. Trop arrangé avec la fille des vues. Mais je savais que ce jour allait arriver, je savais qu'une quelconque Cortona allait allumer le plus gigantesque feu d'artifice de toute ma vie. Parce que nos corps ne mentent jamais. Parce que l'instinct le plus pur ne fait pas de faux pas ou de mauvais calcul. Il EST. S'il m'a pris le bras Via della Fornaci ce jour de mars dernier lors de mon arrivée à Rome, et si j'ai perdu toute contenance, ce n'était pas le décalage. Si nous nous sommes quittés ce matin-là avec autant de maladresse, c'est que l'ange avait passé à son heure. Nous avons lutté férocement, de toute notre raison et de toutes nos histoires passées, pour ne pas croire à la simple évidence. Cette évidence qui se terre derrière des blessures, des décorums, des personnas, des emplois, des nationalités et des idéologies.

En ce matin de mai, je somnole dans ses bras. Je roucoule. Je flotte. Je suis plus légère que toutes les plumes de cet oreiller sur lequel nos deux têtes reposent en paix. Car la paix, c'est cette acceptation tacite de l'inévitable. Je somnole, roucoule et flotte, mais un chardon ardent brûle en mon plexus. Il dégage du plutonium vif. Il ensoleille la pièce, le village, la plaine toscane. Il traverse l'océan et enveloppe ma mère à Montréal. Il nous confond lui et moi. Et nous protège. Comme si une épaisse couche de pureté se déposait sur la surface de cette bulle et garantissait à notre amour naissant toute la protection dont on a si souvent besoin pour affronter les périls de ce voyage trop souvent imprévisible.

La journée d'hier a été un pur enchantement. La route, la montée vers Cortona, l'envoûtement que procure la vue des paysages toscans, le pique-nique, la promenade du soir. Et cette attraction lunaire qui nous faisait perdre pied au moindre geste. Plus je m'éloignais de lui, plus il entrait au plus profond de moi. J'ai joué à faire durer cette pénétration. Quand j'ai glissé ma main quelques instants auparavant autour de sa taille Piazza Garibaldi, mes doigts écrivaient la chronique détaillée d'une journée qui était déjà inscrite au grand journal de notre histoire. Quand nous nous sommes laissés pour regagner nos chambres respectives, ce n'était que la toute dernière réplique de cette mise en scène de notre faux déni qui avait pour unique but de mousser notre embrasement. Ivre de désir, j'étais déjà complètement entourée par ses grands bras et liquéfiée par son irradiation aimante.

Somnambule translucide, j'ai senti les douze coups syncopés de minuit me soulever et me déposer à sa porte, moi, une Ophélie moderne glissant sur le fil de l'eau de ce corridor. Il a ouvert. Il était si ouvert. Nous avons fermé. Et tous mes pétales se sont ouverts, éclatés comme la corolle de l'amaryllis à Noël. J'étais un fruit mûr. Une conflagration totale a suivi. Et j'ai sombré dans le plus apaisant des comas.

En ce matin de mai, je somnole le plus longtemps possible dans ses bras.

*   *   *

Le déjeuner est arrivé. Nous l'avons pris au lit, comme il se doit. Inutile de dire que les fraises étaient plus fraises, que l'odeur du café plus qu'odeur. Que la fraîcheur des croissants plus que fraîcheur. Que ses centaines de petits baisers partout sur mon corps plus que des baisers.

Maintenant...

En ce matin de fin mai, maintenant, oh oui, il va falloir se parler !

- Pas tout de suite, dit-il.

Je lui pardonne.

Car je sais qu'il y viendra en son temps.

Autrement, la Fiat jaune, minuscule citron dans une oliveraie géante, roule gracieusement sur les routes serpentantes du Chianti. Elle est chez elle ici. Elle va de collines en vallons, croisant d'innombrables vignobles, sautillant, faisant tourner le cou à tous ces tournesols naissants dans les champs qui la prennent pour un petit soleil, et les cyprès sont autant de points d'exclamation qui saluent ses cabrioles d'éternelle adolescente. Est-ce l'amour, ou tout simplement cela la Toscane? Chose certaine, le mélange des deux est le plus parfait des cocktails qui puisse se brasser pour vous assurer une bonne dose de bonheur. Qui a peint tous ces tableaux grandeur nature? Et quel était son but sinon de faire pousser des caresses aux arbres? Il passe sa main dans mes cheveux... Mes pieds trépignent! Je glisse la mienne sur sa cuisse... Il hurle! Puis il siffle un air irlandais. J'entends des flûtes et des violons, comme au temps de ma jeunesse chez mes oncles du côté des Corcoran.

Montepulciano en vue. La ville trône sur une crête entre deux vallées. Après nous être garés, nous montons lentement à pied vers la Piazza Grande par une longue rue étroite flanquée de boutiques et d'oenetecas, ces bars à vin des vignobles des alentours qui vendent leurs produits; en avant-plan de tous les présentoirs, le *Vino Nobile*, l'un des vins toscans les plus appréciés dans le monde. Dégustation. Hum! Achats : oui. Deux bouteilles. À ce prix-là, faut faire attention à la dépense. Cette petite ville typiquement Renaissance a définitivement son charme bien à elle. Le centre historique est entouré de remparts et de fortifications construits au XVIe siècle. Entre les maisons, surgissent des vues à faire se pâmer même les chats : on y voit Pienza, Cortona, Sienna, le lac de Trasimène. Assis à une petite terrasse sur la grand place, nous savourons le temps qui passe de manière si différente au cœur de cette Italie d'un autre âge. Oh le charmant petit couple d'étrangers, que je crois entendre, probablement en voyage de noces. J'accepte. Pour l'instant du moins. Tant qu'à y être. En réalité, j'essaie d'y croire. Et ma foi, je semble y arriver assez facilement. Il y a, le lendemain de la première fusion d'un couple naissant, de puissantes hormones secrètes qui vont et viennent; elles sont si intenses qu'elles transfigurent les amants et génèrent un égrégore capable de faire s'embrasser entre eux de purs étrangers qui circulent autour.

Au pied des fortifications, nous gagnons l'église de la Madonna di San Biagio en arpentant la belle et noble allée bordée de cyprès qui y mène. Cette église, inaugurée en 1529, est considérée comme l'une des plus belles églises de la Renaissance italienne. En forme de croix grecque, tout en rondeurs, et avec son revêtement de briques blondes, elle nous semble bien attirante. Suffisamment pour que nous ayons l'envie d'y pénétrer. Voici qu'après Cortona, un autre mariage nous est donné. Une grande famille, nul doute. Et riche! Les gens sont d'un chic. J'entends un hommage au marié en français. Ler cligne des yeux en se moquant. Mais que voulez-vous, les amoureux que nous sommes désormais semblent être confirmés dans leurs sentiments par les évènements extérieurs. Nous flottons, en espérant que ça ne se voit pas trop.

Alessandra, à qui j'ai confié le secret de notre escapade, en soulignant qu'il n'y avait rien entre Ler et moi, bien entendu, qu'il s'agissait d'un repérage pour un futur reportage, m'avait très vivement recommandé de nous rendre à Pienza où elle a de la famille. Pienza. Les mots peuvent-ils suffire à décrire ce que le visiteur peut ressentir en déambulant dans les rues étroites de cet autre village perché, solidement adossé à ses fortifications datant elles aussi de la Renaissance. C'est petit. On ne peut pas s'y perdre. On s'y sent bien après seulement quelques minutes. De la promenade qui longe la muraille côté sud, Ler et moi embrassons le VRAI paysage toscan; on dit souvent que la campagne autour de Pienza est l'une des plus belles d'Italie. Je peux le confirmer. Dans la ville, les rues sont toutes fleuries : de larges urnes laissent pendre des géraniums multicolores à tous les deux mètres. Chaque porte est encadrée de fleurs. Chaque escalier est une échelle chromatique. Chaque fenêtre est une paire de bras tendus avec un bouquet dans chaque main. Un grenadier par ci. Un cyprès par là. Des lauriers partout. Dans le *cortile* du palais Piccolomini, sous les arches, nous testons notre capacité à retenir notre souffle lors de baisers volés. Via della Fortuna, Via del Amor : Pienza, c'est tout cela.

Maintenant…

En cette fin après-midi de mai, maintenant, oh que oui, il va falloir se parler !

Une terrasse. En retrait. Plus de retraite possible.

- Parle-moi de ta fille, s'il te plaît…

Un silence gros comme une bombe, juste avant qu'elle n'éclate. Le sifflement caractéristique qui nous fait nous protéger la tête avec nos bras quand elle fond sur nous. Les yeux qui plissent. Elle n'a pas de détonateur finalement: une larme silencieuse sur la joue de Ler. Froide. Qui lui brûle la joue. Ça se voit au rictus qui lui tord les lèvres. Une grande respiration. Les yeux révulsés, qui regardent vers le passé, vers le dedans.

- Elle est magnifique. Regarde.

Il a sorti son portefeuille et en a tiré une photo toute fanée; il me pointe du doigt les yeux verts de la petite, la tignasse blonde, les taches de rousseur.

- Elle parle le français, comme moi. Je l'amenais en Bretagne chez une tante tous les étés. Parfois même, elle y restait un mois ou deux de plus que moi. J'ai toujours aimé le français.

Après un moment, pendant lequel il se perd dans une pensée, il lève vers moi les yeux et lance :

- Tu vas la rencontrer un de ces jours.

Il plante ses yeux dans les miens. Et il a un cœur sur la main.

- Je sais déjà que ce sera le coup de foudre entre vous deux.

Je prends délicatement la photo des mains de Ler, pour ne pas effaroucher le père… Je l'examine attentivement.

La petite est adorable. On sent l'espièglerie, l'intelligence. Et aussi la profondeur.

- Elle a huit ans. Elle s'appelle Abiageal, Abbie pour les intimes.

- Je sais, Sandra me l'a dit.

- Tu le savais.

- Fais pas l'idiot. Sa photo trône sur ton bureau et tu ne cesses de t'y perdre en pensée au moins huit fois par jour.

Il me prend dans ses bras, et je sens qu'il tremble. Et le voilà qui s'ouvre enfin. Comme j'ai bien fait de ne pas l'avoir bousculé.

- Elle vit à Belfast chez sa grand-mère, la mère de mon ex-femme. Daithe est morte il y a six ans, en 1972. Un cancer du sein, du type fulgurant. Toute cette affaire a été un choc terrible pour Abbie et moi. Si jeune. Daithe n'avait que 30 ans au moment de son décès. La petite et moi, nous étions totalement désemparés. Après l'enterrement, nous nous sommes jurés de ne jamais nous quitter. Et c'est ce que nous avons fait. Durant les cinq années qui ont suivi, j'ai vécu seul avec elle. Je te jure qu'on formait un couple du tonnerre. Elle est si facile, si intelligente. Et tous les étés, nous allions chez ma tante en Bretagne au mois d'août. Nous adorions nous promener le long de la mer, faire toutes sortes de jeux, et surtout apprendre le français. Pendant cette période, j'ai reçu de nombreuses offres pour devenir correspondant à l'étranger. Je les ai toutes refusées pour ne pas éloigner la petite de la famille de sa mère. Mais il est arrivé des choses au bureau du Belfast Catholic Chronicle, un changement de direction : un patron pas trop compréhensif, trop conservateur, trop conciliant avec les orangistes : « Ler, pas de bêtises avec les Brits. Tu gardes la tête froide. Tu as déjà assez gaffé par le passé...» Il est vrai que je disais la VÉRITÉ. Et que toute vérité n'est pas bonne à dire aux Anglais. Alors ce travail ne correspondait plus vraiment à mes vues. On m'a offert un poste à Rome à l'automne dernier, le Chronicle de concert avec Reuters. Et comme tu vois, je l'ai accepté. Non sans vivre un déchirement épouvantable. En réalité, j'ai d'abord refusé. Je trouvais inconcevable de vivre séparé de la petite. Et plus inconcevable encore de la déraciner, de la soustraire à ses amis, son milieu, et de l'amener avec moi à l'étranger. Ça m'a pris deux mois avant de me décider. Finalement, avec les assurances de la belle-mère, et l'aide promise de mes deux frères, j'ai finalement dit oui, mais pour une période d'essai d'un an.

Un long silence suit ce récit assez émouvant. Je suis un peu surpris d'apprendre la mort de sa femme, et je sens bien la force de la relation avec sa fille. Mais il me fixe d'un drôle d'air, comme s'il attendait de moi un signe d'approbation, un acquiescement à ses confidences. Curieux comment cette manière d'agir me fait penser à ma mère. J'ai le pif, moi qui me suis fait mentir depuis des décennies par une mère surprotectrice. Je sais exactement ce qu'il y a derrière ce genre de demande. Je lui donne le signe dont il a besoin. Il se sent soulagé. Pas moi. Tout ça se tient, mais il y a quelque chose de louche dans la façon dont il m'a parlé du cancer de sa femme. Je ne sais pas s'il essaie de m'épargner des choses, comme ma mère l'a toujours fait, mais avec moi, ça ne colle pas. Je sens ces choses-là. Or je juge que ce n'est pas vraiment le moment de le confronter. Gâcher une si belle journée serait un sacrilège. D'un autre côté, j'ai assez d'intuition pour me rendre compte que c'est un type bien; je l'ai côtoyé suffisamment ces derniers mois pour sentir de quel bois il se chauffe. C'est un tempérament fort, très fort même : il est droit, il va au bout de ses idées et de ses convictions. Je le sens capable de beaucoup de courage, probablement d'actes héroïques au besoin, voire même de gestes téméraires tant il est entier. Je connais aussi son immense tendresse sous ses allures de dur. De toute façon, à l'usure, et je suis tenace, je verrai assez rapidement s'il s'en tient constamment à la même version des faits. Là aussi, j'ai appris à détecter les failles. Alors je tirerai la sonnette d'alarme. Pour le moment, je lui donne le bénéfice du doute. Et un baiser.

Peine perdue : il sent que je passe en ce moment son récit au polygraphe féminin. Je perçois la plus grande des peurs qui traverse son cœur, celle de voir cet amour naissant, après tant d'années d'abstinence, s'évanouir aussi vite qu'il est né. Je le sais, parce que je suis tout aussi terrorisée à l'idée que tout cela pourrait se dégonfler en une seconde. Et comme nous avons commandé des penne arrabiata et du vin rouge, il se trouve que le serveur intervient au moment opportun. Tous les deux, nous faisons semblant. Tous les deux, nous savons qu'il y aura d'autres conversations. Que nous n'en sommes qu'à l'apéritif. Une vie, ça ne se résume pas en deux minutes. Un drame et une séparation douloureuse ne se confesse pas complètement entre deux sites touristiques, si toscans soient-ils.

Bon. C'est bon.

Bon, mon tour s'en vient... Une fois les pâtes engouffrées -ça brûle des calories ces nuits de *teenagers*-, il va m'assiéger à son tour, ça c'est évident.

Tout mon intérieur brûle encore des braises de la nuit dernière. Comment garder toute sa contenance dans de telles circonstances?

- Alors, quelle est ta blessure, petite Athéna? Pourquoi ce casque d'acier? Que caches-tu derrière cette intelligence si prompte à élever des barrages entre toi et ton entourage?

Petite Athéna! Je fais quand même 1 m 80. Paternaliste, va.

Il me plaît. Et je sens tout l'effet que mon corps lui fait. Ou est-ce mon esprit? Ou encore mon âme? Alors que dire? Par où commencer? Quelle stratégie adopter? Finalement, après un rapide tour de mon arsenal, je me laisse tenter par le simple laisser aller. Si je me fais rouler une autre fois par un mec, je prends contact avec la mafia et je mets un *contrat* sur sa tête.

- Je n'ai pas de père. Alors ne t'avise pas de même oser penser une seule seconde à jouer ce rôle.

Il rit.

- Tu vois, tout est dit. C'est aussi simple que ça, que je lui dis.

- Fais pas trop simpliste, petite pythie. J'ai moi aussi un gros couteau pour creuser d'énormes ouvertures dans la chair tendre. Alors, crache, qu'il vocifère théâtralement.

- C'est tout vrai! Je n'ai pas de père. Enfin, c'est ce que ma mère tente de me faire avaler depuis des lunes. Mais la lune ment, comme tu sais. Elle me cache des choses, ça se sent à 3 444 km à la ronde. Un père, c'est l'axe du monde pour une fille. C'est toute sa façon de se voir à travers le regard de l'autre. Moi, je suis aveugle. Je trébuche partout où je mets les pieds. Alors, tu comprends, j'ai un énorme problème d'identité. Et je compte me servir de toi pour le régler ce petit problème. Est-ce clair?

- Clair que je suis un père. Je ne crains pas de le dire, et encore moins de l'être. Clair que ton charmant petit inconscient l'a détecté dans la configuration de mon pouce, ou est-ce l'index? Alors, du calme. On peut pactiser... Ou marchander... Que préfères-tu?

- Pactiser pour l'instant, que je lui réplique. Comme ça on pourra faire l'amour sans trop d'arrière-pensées. Et ça, ça me tente beaucoup. Marchander, ça viendra dans quelques jours quand l'incendie sera sous contrôle.

- Bon sens que je t'aime.

- As-tu bien entendu ce que tu viens de dire?

- Oui, et je m'en excuse, dit-il en m'embrassant. Je ne le dirai plus jamais.

- Seulement une fois encore, s'il te plaît...

Et il le dit en silence, en détachant chaque syllabe du bout des lèvres.

Une explosion thermonucléaire d'une amplitude inouïe se produit à cet instant même à la surface du soleil. Nos regards fondent et se confondent dans ce caramel si doux des nouveaux amoureux. Mon bas-ventre tressaille, comme si Gabriel venait tout juste de dire à Marie qu'elle était enceinte de lui et de ses ailes immaculées d'archange top modèle masculin.

Bon... Je lui confie que toutes ces histoires m'ont rendu suspicieuse, que je n'ai confiance en personne, que je me débrouille toute seule, comme ma mère et moi l'avons toujours fait. Il ne connaît rien de la grande noirceur, de Duplessis, mais je fais rapidement son éducation sentimentale. Je lui raconte comment cette femme a dû lutter dans un Québec dominé par le clergé, comme dans sa verte Irlande. Je lui brosse le portrait des préjugés qui accablaient une mère monoparentale en 1950. Lui narre comment nous nous sommes débrouillées toutes les deux, comment nous avons affronté toutes les tempêtes en gardant la tête haute, comment notre intelligence a dû nous servir de bouclier contre la petitesse morale de nos semblables. Isolées, différentes, fortes, unies... et complètement tordues dans notre relation. Je le mets en garde contre mon petit côté destructeur, celui qui ne croit en rien, qui est prêt à tout dynamiter, principalement les relations affectives. Je lui crie mon besoin maladif de reconnaissance. Je lui affirme haut et fort que je suis une bipolaire du cœur. Que la gestion de cette tare ne sera pas une sinécure. Que la ballade ne sera pas de tout repos. Avis vous est donné, père monoparental. Ce marchandage vous convient-il en fin de compte?

Silence. De vie. La mort ne peut rien contre l'amour. Demandez-le à Juliette, ou à son Roméo! Ler avance sa monnaie en lires vers moi, comme on mise au poker. Il marchande en me fixant. Et je sais qu'il ne bluffe pas. Tant et si bien que nous retournons vivement vers Cortona, vers la chambre, emportés par cette vague bien trop forte pour de simples mortels.

Je suis un océan d'amour. Vague après vague. Marée montante. Marée descendante.

*   *   *

Le retour sur Rome avait un parfum de spleen. Fallait désormais gérer minimalement la puissance à peine décroissante de cette réaction en chaîne sur= nous.

Alors, dans les jours qui ont suivi l'escapade toscane, nous nous sommes investis tous les deux dans notre travail, tout en confiant tacitement aux vues et aux sus de Leibovici et de Sandra le penchant qui était désormais le nôtre. Et ça penchait de façon si évidente, beaucoup plus que la tour de Pise. La complicité de nos collègues penchait aussi vers nous, si bien que Sandra a accepté d'avoir un nouvel amoureux, je crois bien, délaissant en cela le service attentionné et dévoué qu'elle accordait prioritairement à sa dévorante mère malade. Fiou!, une autre tragédie d'opéra italien de moins. Elle a toute ma complaisance, la brune Sandra.

Début août : Ler est chez moi pour le souper, comme à son habitude. Je n'ai pas encore le droit de fouler son territoire. Mais il sait que cette planque ne lui servira plus pendant bien longtemps de coffre-fort. J'ai la clef. Sur mon matelas… L'huître va bien ouvrir un jour ou l'autre. Je vais bientôt en apprendre plus sur ses cachotteries. Nous préparons ensemble le repas, comme nous aimons le faire. Un copieux minestrone, puis des aubergines grillées à point et leurs tomates, le tout accompagné de pain trempé dans l'huile et le vinaigre de Modène. Le quotidien file un doux coton entre nous.

Promenade en direction de la Piazza Garibaldi. Regards mous sur les toits de Rome. Regards de feu entre nous. Vitement les vêtements enlevés. Et l'orage si puissant qu'il fait trembler le Colisée.

À 21 h 30, le téléphone nous tire des limbes : Leibovici semble être la victime involontaire d'un violent choc nerveux. Jamais vu comme ça. Il nous annonce que Paul VI est mort il y a quelques instants. Encore au bureau, ce bourreau. Il danse de joie. Son existence de journaliste a finalement un sens. Les fils de presse pétaradent. Le papier en jonche le plancher de notre officine. Le conclave sera un grand cirque, nous annonce-t-il. Il a hâte. Je l'imagine dansant. Quel cardinal va diriger un des plus grands empires du monde? Un disciple de Jean XXIII et de la réforme? Ou un révisionniste qui va nous priver de nos chères messes à gogo pour nous ramener le latin, le dos tourné aux fidèles? Qui va compter les milliards de la Banque du Vatican, cette caisse secrète dont on dit qu'elle est LA porte de sortie vers tous les paradis fiscaux de cette petite planète. Quel cadeau il vient de nous faire, le pauvre successeur de Pierre. Tout comme une élection dans nos pays respectifs, ce sera une véritable manne pour nous de la confrérie des scribouilleurs.

Et rebaise! Sorte de marquage de notre lieu pour contrer l'avancée éventuelle de la faucheuse : la vie contre la mort, ce fut toujours le meilleur remède des véritables épicuriens.

*   *   *

Au matin, je n'ouvre pas les yeux. Je préfère attendre, me laisser emplir les narines par les odeurs de la chambre et les effluves de sa chair, me faire bercer par les sons désormais apprivoisés des voisins qui palabrent depuis les premières lueurs de l'aube, m'étirer mollement, muscle par muscle, pour aborder ce jour nouveau avec une énergie nouvelle.

Puis je tends les bras vers LUI. Je tâtonne un instant. Le vide. J'ouvre les yeux. Je rêve ou quoi : il ne semble pas être là. Instant de toute petite panique. Dans la salle de bain? « Ler, tu es là, mon trésor? » RIEN. Instant de très très grosse panique. Du calme. Faut dire que le téléphone de Leibivici hier avait de quoi se faire aller les index sur la dactylo. Il est probablement déjà au bureau, via della Fornaci. Et son petit côté macho aura eu raison de Sandra qui lui aura versé son petit expresso noir habituel. Je vais à la fenêtre, mais chemin faisant, MÉGA panique : une note sur la table, courte, incisive, inquiétante : « Je dois partir de toute urgence. Une affaire de famille. Je reviens sous peu, quelques jours, peut-être quelques semaines. Ne panique pas, amour. Tout va bien. Je t'embrasse. Ler. »

« Ne panique pas. » Mais je suis totalement paniquée! Il aurait pu choisir un autre mot. « Une affaire de famille », c'est l'euphémisme de circonstance pour un homme en début de relation : ça veut souvent dire « je vais voir ailleurs pour valider la force de ce que je suis en train de vivre ». Bref, la panique me fait élaborer tous les scénarios possibles d'abandon. Le rejet, la négation : mon talon d'Achille. Je suis complètement hébétée. Une flaque d'eau, sans forme ni consistance. Mon regard ne cesse de se perdre dans les formes que son corps a dessiné sur les draps défaits. Je me jette sur ce fantôme et l'embrasse.

Il s'écoule de longues minutes avant que je ne reprenne contrôle de la situation. SERGIO!!! Bien sûr, Sergio lui aura adressé la parole, l'aura vu sortir. J'enfile le premier vêtement venu et je descends les escaliers à vive allure : pas question d'attendre la cage du hamster. Ouf! Il est là, fidèle gardien des âmes, sirotant son café.

- Vous l'avez vu ce matin?

- Monsieur l'Irlandais?

- Qui d'autre?... Excuse-moi, Sergio. Excuse le ton. Il est parti tôt ce matin et je m'inquiète un peu. Vous l'avez vu sortir?

- Oh que oui, madame Frederica, il semblait pressé. Avec un petit sac de voyage sur l'épaule. Mais le plus curieux, c'est qu'une grosse voiture noire semblait l'attendre. Me suis dit que c'était une sorte de taxi de luxe... Un Monseigneur plus gros qu'un gorille en est sorti. Il lui a bloqué le chemin. Ils se sont parlés en anglais, je sais ce que c'est l'anglais, moi, mademoiselle; le ton a monté et le gorille l'a poussé avec son ventre, à la hauteur du ceinturon rouge, jusque sur le mur ici en bas de ma fenêtre. Il a menacé monsieur Ler de l'index en l'injuriant très très fort. Ce doit être un très gros péché, mademoiselle Frederica. Finalement, monsieur a contourné le gros ventre du gorille et est parti très rapidement à pied vers la piazza della Fornaci. Le monseigneur est remonté dans la grosse voiture en claquant bruyamment la portière. Son chauffeur, un simple curé, pas de ceinture rouge ni rien là mademoiselle, a décollé en trombe.

« Une affaire de famille! »

15

Ça recommence
Comme si une teigne de mauvais sort
Me collait à la peau
S'acharnait sur moi
Une tare génétique indélogeable

Quoi que je fasse
Où que je loge
On me poursuit, me talonne, me harcèle
On empoisonne ma vie
Je suis une cible ambulante
Un aimant à menaces
Un maelström où se concentrent
Et tourbillonnent les magouilleurs
Qui veulent imposer leur justice
Pour gommer leurs propres injustices
Tout cela crée chez moi de la parano à la fin
Bien que je ne le sois pas du tout
Alors pas du tout…

La brute au ceinturon empourpré de dollars
De bœuf américain et de colère
M'a menacé sans retenue
« Attention à ce que tu écris, faux catho
Tu pourrais devoir ravaler tes mots.
Certains sacrements laissent des taches indélébiles
Sur l'âme comme tu le sais.
C'est alors l'enfer qui vous attend. »
Avec assurance et connaissances

Avec force détails sur ma vie
Sur mon départ d'Irlande
Sur mes « écrits merdiques »
Sur mon frère Bobby qui risque la prison à vie
Sinon la pendaison
Avec saupoudrage de détails
Sur ce fameux vendredi de 1972
Et même sur Abbie en Bretagne
Allant même jusqu'à mentionner Frédérique
Je ne sais pas qui l'alimente
Mais ça vient sûrement de très haut
Juste à côté de Dieu
À la droite du trône céleste
Ça doit coûter une fortune
Et ça ne sent pas très bon
Le bon fils du Père, ce cher Jésus
A de toute évidence de mauvaises fréquentations
Et ses disciples contemporains forment des clans
Qui ont pour nom Cosa Nostra
Ils prient très fort
Pour que leurs millions fructifient à l'abri de tous
Et ces autres servants de messe au Pentagone
Qui trinquent à leur santé
Dans toutes leurs burettes d'armements et de banques
Quel beau minestrone que ce mélange de prêtres
D'espions et de mafieux

Au moins mon amour n'a pas eu à subir le cirque
Et voir le Gorille bien dompté
Faire son savant numéro
Dans ses habits d'apparat
Qui suintent la sainte odeur de sueur acide
Et son haleine de croqueur de cigares
Bon sens, je m'en allais tout bonnement
Honorer une promesse
Après une nuit remplie d'amour

Comme toutes ces autres nuits
Depuis des semaines et des semaines
Moi, un éclopé du coeur en pleine floraison nouvelle
Je m'en allais rejoindre mon Abbie bien aimée
Pour les vacances d'août
En toute discrétion
Et ce malgré le décès de l'Homme en blanc
Faut le faire
Moi, un professionnel
Mais je sais qu'elle va prendre la relève
Qu'elle écrira NOS articles malgré mon absence

Je ne voulais pas l'affoler
La faire se sentir délaissée
Ou encore lui imposer ces retrouvailles émouvantes
Ni la forcer à délaisser son travail
En ces temps historiques
J'ai donc laissé une note
Prétextant *une affaire de famille*
Je sais qu'elle ne me croira pas
Qu'elle sera paniquée
Mais il faudra bien
Qu'elle devienne une adulte un jour
Cette si belle femme
Cette si savoureuse personne
J'ai suffisamment d'une enfant sur la conscience
Faudra bien en reparler, elle et moi

Dans le train vers la France
Je vois Abbie partout
À travers le brouillard de mes yeux
Et je souhaite si vivement
La soustraire à tous ces mécréants de croyants
Afin qu'il ne lui arrive jamais rien
Parce que si quelque chose de travers se produisait
Je ne réponds plus de moi

16

Je ne dors plus. J'ai perdu 400 kilos. Je suis une ombre. Toute la sève vitale s'est écoulée de mon corps. Où es-tu, mon trésor? Et c'est là, en écoutant la petite voix du dedans, que je me rends compte oh combien il s'agit d'un trésor. Cela fait maintenant une semaine que ton *affaire de famille* m'occupe l'esprit. Aucun signe de vie. Mon feu au ventre me dévore; les braises scintillent la nuit venue et m'empêchent de trouver quelque repos que ce soit. Mais je sais que tu mens, comme pour ta défunte femme. Comme pour ce passé dont tu ne parles jamais. Et que dire de cette visite du monseigneur dont m'a parlé Sergio. D'après mes conversations avec Leibovici, il ne peut s'agir que de Mgr Markus, le banquier du Vatican. J'imagine qu'il n'a pas apprécié qu'on le nomme littéralement dans nos articles. Est-il lui-même victime de menaces venues de plus haut? Le Pape ou un Parrain? Ou les deux?

J'ai évidemment ameuté le bureau, demandé conseil à Leibovici : doit-on alerter la police? Parler avec l'ambassade d'Irlande? Rencontrer le cardinal secrétaire d'état du Vatican? A-t-on les coordonnées de la belle-mère à Belfast? La caricature qu'est la personnalité de David Leibovici ne bronche pas. Petit, vif, intelligent, cultivé, renseigné. Parfait. Donc éclopé lui aussi. Et lui aussi ment. Il sait des choses que je ne sais pas. Entre hommes, on se confie de petits secrets… Il reste totalement impassible, puis ajoute : « Ne faites rien de tout cela. Vous m'entendez, Frédérique! Si c'est un truc louche, la police sera de mèche : tout est corrompu dans ce foutu pays. Ce n'est pas les States ici! Encore moins votre cher Canada. Pour ce qui est de l'ambassade, je vous le déconseille fortement : je sais des choses qui lui nuiraient considérablement. Quant à la curie romaine, l'omerta y est plus sacrée que dans les clans calabrais ou siciliens. Prenez votre mal en patience. Croyez-moi, ce sera beaucoup sage. Cet Irlandais a des forces intérieures insoupçonnées comme vous serez appelée à le découvrir si vous savez attendre. De grâce, calmez-vous. C'est là un conseil d'ami. »

Un ami! Pour qui il se prend celui-là? Je l'enguirlande de belle manière en lui disant que je ne suis pas sa fille, que j'ai suffisamment de jugement pour entreprendre les actions que je jugerai les plus appropriées, qu'il y a matière à inquiétude, qu'une vie est peut-être en danger, qu'il faut, au contraire de son flegme, faire montre d'un minimum de compassion envers nos semblables qui sont probablement exposés aux pires calamités. Il faut agir, et immédiatement avant qu'il ne soit trop tard... Après un long silence, je me calme. Parce qu'il n'a pas bronché. Parce qu'il a raison, *le petit Juif,* comme disait ma mère.

Assise seule dans la pièce qui nous est réservée au bureau, je suis catatonique et en larmes. La porte s'ouvre : Sandra. Elle referme. Elle tient une bouteille de grappa et deux verres. C'est sérieux, que je me dis. Elle tente de me rassurer en me disant qu'il s'agit fort probablement d'Abbie. Ne peut voir autre chose. « Nous sommes en août. L'école est finie. C'est les vacances... Il a dû lui promettre de la rejoindre pour une semaine ou deux. Il l'a eu l'an dernier à la même période. Allez, prends un verre de ce petit remontant. Si je me fie à mon instinct, il sera là vers le 21, ou le 31 au plus tard. »

Le 31 : une éternité, et pas celle des dévots et autres grenouilles de bénitier. Comment vais-je survivre?

Puis, chose étonnante, elle tire de sa brassière un double de la clef de l'appartement de Ler. La clef du Saints des Saints. « Il me l'a confiée à son arrivée. Il m'a dit : « Au cas où. Mais seulement si c'est très grave. » L'heure est venue, je crois. La voici. Va voir si tu peux y détecter quelqu'indice qui pourrait te rassurer. Cependant, promets-moi de tout remettre en ordre. De ne laisser aucune trace de ta visite, et de me remettre la clef. » Promis, juré, craché. J'enfile la grappa derrière mes perles, me lève d'un bond, agrippe la clef, l'embrasse et file subrepticement sans même saluer Leibovici qui se demande ce que deux femmes peuvent bien tramer après deux verres d'alcool.

Bien que vidée de toute énergie, je cours jusqu'à la loge de monsieur sur via della Fornaci, non loin du bureau. En parcourant les inscriptions des boîtes aux lettres, je remarque qu'il y en a une au nom de Cathy O'Dowd, quatrième, numéro 422. Encore elle… Je grimpe les marches deux par deux jusqu'au quatrième sans même être essoufflée. Tourne la chevillette. Le noir. L'odeur de vieux garçon. Quelques relents de scotch. La planque masculine typique. Petite, mal foutue, bordélique, et les murs épinglés de nombreuses photos de la petite.

Dans le tiroir du petit secrétaire, des piles de lettres. Oserais-je? Bien sûr, il s'agit d'une question de vie ou de mort après tout. Je tire les volets, ouvre les portières qui donnent sur son minuscule balcon, m'assois sur le lit. Et je lis. Et lis encore.

Rome, le 16 mars 1978.

Sept mois
Voilà maintenant plus de sept mois
Que je suis séparé de toi, mon Ange
Tante Gaëlle m'a dit que tu as passé de belles fêtes

Que tes études vont magnifiquement bien
Je suis fier de toi
Et comme j'ai hâte de te voir
Tu sais que Papou doit être discret
Alors ne le dis à personne
Mais je serai là au mois d'août...

Et cette autre...

Rome, le 10 mai 1978.

Ange
J'ai si hâte de te revoir
Comme tu dois être grande et belle
Une vraie princesse, aux dires de tante Gaëlle
Et elle me dit que tu es devenue
Une vraie petite française, presque sans accent
C'est vrai?
Sur mon mur, je compte les jours
Je suis rendu à 89...

Des dizaines encore. Il garde des copies de ce qu'il envoie et les place méticuleusement dans les enveloppes de réponse de la petite ou de la tante Gaëlle. Je suis à la fois très touchée et extrêmement en colère. Mensonge numéro 1 : toutes les lettres de la petite ont été postées en France, en Bretagne plus spécifiquement. Donc, de toute évidence, Abbie ne vit pas à Belfast chez la belle-mère, mais bien en Bretagne. Ce qui confirme qu'il a des choses à cacher, que son passé est entaché par quelque chose de suffisamment gros pour lui faire élaborer toutes sortes de scénarios fictifs quand il en parle avec des étrangers. Des étrangers?! Est-ce cela que je suis pour lui : une étrangère? Une menace à sa sécurité?

Mensonge numéro 2 : une pile encore plus imposante de lettres proviennent d'une prison en Irlande du Nord. Un village qui m'est inconnu : Maze. On le devine à la façon dont elles ont été réadressées après avoir été ouvertes. Toutes signées de la main de Bobby. Qui parlent des bassesses de ses geôliers, de la torture dont il est ponctuellement victime à tous les vendredis matin. Pourquoi les vendredis? Il parle de ses écrits, de poésie. Il demande des nouvelles de la petite, il demande pardon à son frère « pour tout ce qui est arrivé, mais qui devait se faire de toute façon, surtout après tout ce qui s'était produit. Ces salauds ont tué ta Daithe, rappelle-toi!»

Ces salauds ont tué ta Daithe... Mensonge numéro 3 : sa femme n'est pas morte d'un cancer « du type fulgurant ».

Un peu sibyllin tout ça quand même. Or, moi qui ai eu des amis emprisonnés lors des évènements d'octobre 1970 au Québec, une cloche sonne dans ma petite tête : ça sent l'IRA.

Leibovici! Il sait tout. Je dois lui faire cracher le morceau. Je replace tout en ordre comme me l'a recommandé Sandra. Double vérif avant de quitter la planque de monsieur. Nouveau record romain du 200 m pour le retour vers le bureau. Entrée fracassante, remise discrète de la clef à Sandra. Et mon index qui fait signe au petit juif de bien vouloir sur le champ entrer dans mon bureau et de fermer la porte.

*   *   *

- Qui est Bobby?

- Tu ne veux pas savoir. Tu ne veux pas que je sois le fossoyeur de ta romance. Tu ne veux pas être un personnage de roman noir qui ne te concerne en rien. Alors restons-en là, s'il te plaît.

- Crache, ou je t'étrangle.

- Tu pourrais m'embrasser à la place.

- Ne joue pas cette carte, ce n'est pas le moment, et ce n'est pas à la hauteur de ton personnage : tu n'es qu'un homme parmi les autres hommes.

Silence. Il me dévisage. Pour la première fois depuis des mois, je perçois un peu d'humanité derrière ses petites lunettes rondes en acier et ses lentilles qui doivent bien approcher le -7 de myopie. Je sens qu'il hésite, pour ne pas me faire mal. Un membre de la diaspora, ça s'y connaît en secrets de famille et en drames innommables. Je le rassure du regard et d'un geste des deux bras qui veut dire : allez, vas-y, je suis prête.

Il se lève presque théâtralement, sort du bureau et réapparaît rapidement avec la bouteille de grappa de Sandra et deux verres. Il verse d'abondance. Avale une gorgée en grimaçant et en secouant la tête, laisse aller un souffle de buffle et entreprend de me *renseigner*.

- Bobby, c'est Bobby Dands, le frère de Ler. Ton beau prince charmant ne m'a pas tout dit de son passé, et encore moins sur sa famille. Ce que j'en sais est en réalité un rapiéçage de ma part, une sorte de reconstitution des faits après avoir recueilli de lui, certains soirs d'extrême désoeuvrement, quelques confidences échappées sous l'effet du scotch. Or j'ai fait mes recherches. Je sais que son frère et lui ont joint les forces de l'IRA en 1972, probablement après le Bloody Sunday. Déjà dans leur enfance, la famille est marquée par les sempiternels affrontements entre catholiques et protestants en Irlande du Nord.

- Pas trop vite... Que s'est-il passé de si bloody ce Sunday-là?

- Une manif qui a mal tourné, comme cela arrive si souvent lorsque deux communautés qui revendiquent le même territoire depuis des siècles en viennent aux coups. Le 30 janvier 1972, un dimanche, à Londonderry, quatorze manifestants pacifiques ont été tués par des tirs de l'armée britannique. Dans cette ville, il y avait souvent des marches organisées par l'Association des droits civiques d'Irlande du Nord. Il s'agit d'un mouvement qui revendiquait l'égalité de tous, une participation des catholiques au pouvoir politique et économique. Disons que ça pouvait ressembler un peu à ce que les Noirs ont vécu aux States avant Luther King : il y avait vraiment ségrégation là-haut. Et de fait, les catholiques se sont inspirés du mouvement des droits civiques aux States dans leurs démarches. Des lois discriminatoires avaient été votées au début du siècle : au chapitre de l'emploi, de la police, de droit de vote. Les Protestants avaient de facto une surreprésentation et décidaient de tout. Les Irlandais voulaient en quelque sorte déconfessionnaliser la politique. Il y avait donc souvent des marches, des sit-in. En 1971, lors de marches pacifiques, les autorités loyalistes avaient emprisonné plusieurs centaines de catholiques dans des camps d'internement. Alors, on continuait de manifester pour demander la libération des prisonniers politiques.

- Discrimination, camps d'internement, j'imagine que tu as reconnu un peu de ta propre histoire là-dedans...

- Bien sûr. Mais on n'est pas là pour parler de plusieurs dizaines des miens qui ont péri à Auschwitz. Fin de la parenthèse. Donc ça discutait ferme. Les Unionistes d'une part, et finalement les paramilitaires de l'IRA de l'autre. Parce que pareille situation amène toujours son lot de fanatiques, en uniforme ou pas... Les Catholiques ne prêchaient la violence au départ. Mais en ce dimanche de janvier 1972, ce triste Bloody Sunday, la manifestation a dégénéré : une trentaine de blessés par balles et, malheureusement, quatorze morts. Et là, tiens-toi bien : on nage en pleine désinformation puisque les Britanniques ont affirmé avoir essuyé des tirs de la part de l'IRA, auxquels ils auraient tout bonnement riposté. Or l'IRA a affirmé que l'armée britannique avait délibérément tiré sur une foule sans armes. On n'a jamais retrouvé sur les lieux des armes ou des explosifs chez les catholiques. Les victimes ne sont que du côté des Irlandais. Une enquête leur a d'ailleurs donné raison : un déserteur britannique a révélé après les faits que ses supérieurs leur avaient donné l'ordre explicite de « faire des morts » lors des prochaines manifestations pour faire grimper la tension, et éventuellement justifier leurs interventions musclées.

- Et Ler là-dedans?

- Il était parmi les manifestants, avec son frère. Mais aussi avec sa femme et sa fille.

Un silence. Il me regarde avec un regard mouillé, ce genre de regard que je connais trop bien.

- Sa femme a reçu une balle en pleine poitrine. Elle est une des quatorze victimes. Elle est morte sur le coup.

C'est moi qui a le regard mouillé maintenant. Pauvre Ler. Pauvre petite. Et pauvre Daithe.

- Tu voulais savoir, alors voilà : tu sais maintenant. Une autre grappa?

- Non, merci.

- Bon... Cette journée est passée à l'histoire et a marqué une nouvelle étape dans l'escalade de la violence en Ulster. Pas compliqué : les parties sont entrées en guerre civile dans les mois qui ont suivi. Ça jouait très dur, et des deux côtés. Les Brits avaient aussi leurs milices secrètes, la Ulster Volunteer Force entre autres, responsable d'attentats ciblés, comme *notre* cher Mossad. Les rangs de volontaires du côté de l'IRA se sont gonflés. Et l'inévitable engrenage des attentats et des représailles s'est enclenché. Il est clair que Bobby, le frère de Ler, a rejoint les forces de l'IRA. Peut-être que Ler a fait de même... Mais il ne m'a jamais parlé de cela. Tu lui demanderas...

- Pour cela, il faut qu'il daigne se présenter au procès que je lui ferai à son retour, si retour il y a...

- Donc Bobby a été arrêté la même année, soit en 1972. Les Britanniques le soupçonnaient d'être l'un des cerveaux du Bloody Friday, ce tristement célèbre vendredi de juillet 1972, journée au cours de laquelle 22 bombes de l'IRA ont explosé à Belfast en guise de représailles à la tuerie du 30 janvier précédent. Neuf personnes sont mortes et une centaine furent blessées, et ce malgré les avertissements de l'IRA. Selon certaines sources, les Brits auraient ignoré sciemment les avertissements lancés une heure avant les faits. Ironie du sort, plusieurs Catholiques figurent parmi les morts. Bobby restera en prison durant quatre ans. À sa libération en 1976, il reprend son rôle de leader et d'activiste. Les Britanniques l'ont à l'œil. L'année suivante, en septembre 1977, ils vont l'emprisonner à nouveau : il est accusé d'avoir commis un attentat. Mais les charges sont abandonnées, faute de preuves. Ils ne vont pas le laisser partir pour autant : ils le condamnent pour possession d'une arme de poing. Il croupit actuellement dans la prison de Maze en Irlande du Nord. Mais il reste actif : il écrit des articles et des poèmes. C'est un héros national pour tous les Irlandais, et Ler souffre beaucoup de le savoir là, incapable de faire quoi que ce soit pour soulager sa peine.

Je ressens soudain toute la souffrance qui accable en silence mon bourru d'Irlandais déserteur. Comme la douleur doit être infinie lorsque la personne que l'on aime meurt dans de telles circonstances. Comme sa situation de père absent doit le culpabiliser. Ma si petite cohabitation avec des nationalistes québécois enragés soulève également toute mon empathie envers Ler : cette autre douleur, celle de perdre son pays, de voir ses semblables constamment rabaissés au rang de porteurs d'eau silencieux, sans aucun levier social ou économique à leur disposition parce que tout le terrain est miné par le racisme, le capital et les armes. Québec-Irlande : même combat au bout de compte. Avant les années '60, nous vendions les ressources de la belle province un sous la tonne, tous les contremaîtres ne parlaient que l'anglais et malmenaient la main d'œuvre docile, et tout le pouvoir financier derrière les richesses du Québec étaient entre les mains des anglais. Tous nos ancêtres ont été finalement des esclaves pour la bourgeoisie écossaise et britannique de ce qui était encore une colonie, malgré la Constitution de 1867. Alors, j'ose penser que je peux ressentir un peu de compassion pour lui, même s'il m'a laissé choir comme un vulgaire pilleur d'âme.

- Et Cathy O'Dowd?, que je demande en tentant de retrouver une certaine contenance. Pourquoi ce subterfuge?

- Honnêtement, je suis un peu perplexe. Bien sûr, il a cette explication du syndicat, de son affectation à l'étranger qui aurait pu créer de la jalousie, etc. Un prête-nom donc pour sauver l'honneur auprès de ses collègues, tout ça en complicité avec son éditeur en chef. Mais je n'achète pas. Moi, ce que tout cela me dit, c'est qu'il ne veut pas que l'on sache en Irlande où il est planqué, où vit sa fille. Ce que j'en déduis, c'est qu'il y a fort probablement des gens qui lui courent après, ce qui laisse supposer qu'il a des choses à se reprocher... Mais ici s'arrêtent mes extrapolations : ce sera à toi de lui tirer les vers du nez.

C'est à moi maintenant de faire cul sec avec ma rasade de grappa. J'avale le feu de cet élixir pour mieux faire fondre, par sympathie, la masse de tourments qui obstrue les organes de mon amoureux.

C'en est assez pour aujourd'hui. Vous êtes un être libre, monsieur Leibivici. Soustrayez-vous de ma vue, je vous prie, afin que je puisse recommencer une autre fois ma vie. Voilà ce que je lui dis sans dire un mot. Je me lève et je le serre dans mes bras un instant : il est plus raide qu'un manche à balai, se tient à distance pour ne pas toucher à un centimètre de mon corps, incapable qu'il est de recevoir toute forme d'affection. Exit la science infuse à lunettes. Je veux être seule.

*   *   *

Je m'assois sur la chaise de Ler et contemple en silence sa dactylo durant une bonne heure. Que faire maintenant? Je me dis qu'il serait absurde de rester là à attendre. À l'attendre et de m'infliger une souffrance inutile. La guerrière reprend le dessus. Et, à bien y penser, c'est probablement un autre trait qui me rapproche de lui, qui cimente notre union : la lutte pour la justice et la vérité. La défense du veuf et de l'orpheline.

Sur la dactylo de monsieur, je me ramasse et je rédige cet article sur le conclave qui s'annonce...

Rome, lundi le 7 août 1978

De nos correspondantes Cathy O'Dowd (Reuters) et Frédérique Cyr (Presse Canadienne)

Flavia Brunelli remonte ce matin la via della Concilabuale qui mène place Saint-Pierre. Il est six heures du matin. Rome s'éveille à peine de cette nuit où un pape est mort. Le soleil levant semble endeuillé dans ce brouillard. Comme des centaines de romaines croyantes, elle traverse la grande place et pénètre dans l'immense basilique Saint-Pierre pour un premier chapelet. Elle assiste par la suite à la messe du matin, pleurant sous son voile noir durant les chants de l'Agnus Dei la mort de son père spirituel, le guide suprême et infaillible de sa petite vie de femme de ménage. Comme toutes ses sœurs dans la foi, sa vie est réglée à l'horloge du Vatican. Et aujourd'hui, son berger n'est plus.

Telle est la vision qui s'offre à ceux qui foulent les rues de la capitale italienne en ces jours de cérémonies diverses qui vont se dérouler tout au long de la semaine. Suivra la messe funèbre, le conclave, la fumée blanche et l'annonce du : « Annuncio vobis gaudium magnum: habemus Papam! Cardinalem XY... » (je vous annonce une grande nouvelle, nous avons un Pape en la personne du cardinal XY...)

La mort d'un pape constitue toujours un moment historique. Quand un règne prend fin, on assiste à un changement de garde, à des remises en question, à des confessions diverses, à la révélation de secrets, à des remaniements « ministériels » qui font rouler des têtes. Et c'est bien ce qui se trame dans les officines du Saint-Siège ces jours-ci. Mais ce qui fait surtout jaser, c'est le testament : que faire des milliards de la banque du Vatican?

Comment faut-il désormais gérer cette noble institution pour mieux mettre en œuvre l'évangélisation du monde et l'avènement d'un monde meilleur?

Le pape est mort hier à 21 h 40. Le trône de saint-Pierre est maintenant vacant. L'immense paquebot de l'Église vogue donc sans gouvernail pour quelques jours. L'agonie du Souverain Pontife a fait crépiter les dactylos des journalistes en poste à Rome qui couvrent les affaires du Vatican : nos confrères et nous avons déjà dressé au cours des dernières semaines toute une liste de questions à l'intention du successeur de Pierre. Elle va paraître aujourd'hui dans plusieurs quotidiens du monde entier. Voici quelques extraits de cette lettre ouverte au nouveau Pape.

« Nous, journalistes de la presse nationale et internationale, adressons en ces jours tourmentés pour l'Église catholique une liste de questions au souverain pontife en devenir. Nous croyons de notre devoir de sensibiliser les fidèles sur la situation actuelle au Vatican et de les inviter, tout comme nous, à exiger des réponses concernant des affaires de toute première importance. Nous demandons au nouveau souverain pontife de nous dire comment il entend intervenir pour redonner ordre et moralité aux affaires financières du Vatican. Comment le nouveau Pape entend-il faire taire les rumeurs de spéculations dans des eaux malsaines. Nous réclamons du cardinal secrétaire d'état, le cardinal Villon, des éclaircissements concernant la façon dont Monseigneur Markus, le banquier du Vatican, dirige la sainte organisation de l'Istituto per les Opere di Religione. Nous voulons savoir s'il a des liens avec Michele Sidano, considéré par plusieurs comme un proche de la mafia, celui-là même qui fut à l'origine d'une faillite retentissante avec la Franklin National Bank aux États-Unis, une banque réputée être la machine à blanchir l'argent tiré du trafic de l'héroïne? Nous voulons savoir pourquoi

Markus, un important membre de la curie romaine, siège sur le conseil d'administration de la Banco Ambrosiano Overseas à Nassau aux Bahamas, invité dans ce cénacle restreint par nul autre que ses amis Michele Sidano et Roberto Clavi qui lui auraient fait cadeau de plusieurs milliers d'actions? Quelle sera la ligne de pensée que suivra ce gestionnaire en ce qui concerne les immenses avoirs du Saint-Siège, avoirs qui sont, rappelons-le, la somme de tous les sacrifices de millions de fidèles au cours des siècles qui nous précèdent? Le futur Souverain Pontife ordonnera-t-il des enquêtes concernant ces allégations fort ennuyeuses pour une organisation qui se veut la gardienne de la morale? Lèvera-t-il enfin le voile sur toutes ces choses qu'on a voulu entourer du plus grand des mystères? »

Mais de toutes ces questions, Flavia Brunelli ne se soucie guère. Après le Ite missa est, elle va maintenant à pied vers les villas cossues du Janicule pour y laver des brassées de linge sale que ces grands bourgeois lavent en famille. Flavie se soucie peu de questions d'ordre administratif qui n'auront aucun impact sur sa foi de charbonnière. Les jours qui suivent seront des plus passionnants. Ainsi va l'Italie. Et vogue le navire!

17

Rome le 26 août 1978.

Le train roule
Et roule encore
Les battements du cœur de la locomotive
Et de sa longue file de wagons
Se font sentir à chaque section de rail
Les cris répétés de son sifflet géant
Fendent l'air et annoncent à mon amoureuse
Que je reviens

Je roule
Je suis bercé et bien au chaud
Dans le ventre de ce dragon
Qui fait défiler les paysages
Et les souvenirs encore fumants
Des derniers jours
Des dernières semaines
Au gré des longues heures d'une interminable rêverie
Je roule
De la Bretagne vers Rome
De mon ange vers mon amour

Quels beaux jours j'ai passés en compagnie d'Abbie
Qu'elle m'est précieuse
Que notre complicité est grande
Et plus grand encore notre désir
De nous réunir à nouveau
Dans un avenir prochain

Bien que tante Gaëlle et elle s'entendent à merveille
Bien qu'elle grandisse en âge et en grande beauté
C'est son papou qu'elle souhaite avoir
Auprès d'elle au jour le jour
Je compte bien
Après le cirque papal à venir
Effectuer un virement de bord
Pour mettre la cap vers une vie plus familiale
En espérant que cette femme
Que je suis en train de me rentrer dans la peau
Jusqu'au plus profond de moi
Veuille bien entrevoir une nouvelle vie
Entre Abbie et moi
Quelque part entre Paris et la Bretagne
Ou encore entre Montréal et New York
Ma voile claque et claque encore
Au vent du changement
Que je hume par la fenêtre
Dans le ventre de ce dragon
Qui m'emmène enfin vers mon nouveau destin

*   *   *

Je suis revenu hier…

Pour fêter mon retour, j'ai eu droit
À l'élection surprise d'un nouveau Pape méconnu
Et à un procès en cour martiale du cœur

Interrogatoires et intimidations
Violation de domicile et révélations chocs
Conspirations au bureau
Poses de mines antipersonnel
Sur mon territoire extérieur et intérieur
Chantage
Et, au final, la froideur d'une nouvelle ère glaciaire

Je suis défait
Aucun repère
Et aucun repaire
Qu'elle est forte cette si belle femme
Moi qui m'attendais à un festin
À l'esquisse d'un nouveau destin
N'ai eu droit qu'à une table rase
J'ai eu beau lui parler d'Abbie
Du désir de la petite de la rencontrer très bientôt
Du grand plaisir
Que nous aurions tous les trois ensemble
À vivre un grand partage
Rien n'y fit
Elle cognait à poings fermés sur mon poitrail
Sans faire un geste
J'étais meurtri jusqu'aux os
Jusqu'au néant
Et emportant dans mes narines
Le doux parfum de sa peau
J'ai fixé mon regard une seule seconde
Sur la beauté du monde
Avant de me retourner lentement
Et de regagner mes quartiers
Qui n'ont ni lumière ni vie
Et j'ai frappé mon oreiller
Avec la rage du père esseulé
Du frère emprisonné
De tous mes frères morts au combat
Du père fait veuf avant l'heure
J'ai frappé inutilement tout ce vide
Il y avait
La peine immense, insupportable
De l'amoureux éconduit
Qui tenait encore une fois
Dans ses bras inutiles

Une femme inerte
Morte d'une blessure d'amour
Assassinée par le mensonge
Par la lourdeur de mon passé
Par la fatalité que je charrie
Dans ce monde que je comprends si peu

*   *   *

Le soleil s'est couché sur Rome
Sans savoir s'il avait envie de revenir
Et dans le silence le plus criant
Fait de toute cette force d'attraction entre elle et moi
Fait de tous ces souvenirs récents
Si purs et si empreints de complicité
Fait de suppliques
Pour que le dieu des amours entende ma prière
Sur les douze coups de minuit
Les treizième et quatorzième coups
Une porte qui s'ouvre à nouveau sur la vie
Elle est là
Offrande tant de fois imaginée
Et quand les chairs se frôlent à peine
Après les pas maladroits
C'est le cataclysme initial qui se rejoue
Que la lumière soit
Que le Tao soit nommé
Que le verbe se fasse chair
Nous voici réunis
Étoiles ardentes
Étoiles filantes sur fond de cosmos
Qui tournoient
Et nous emportent infiniment

18

Je lui ai tout dit. Tout balancé au visage. Mes conversations avec Leibivici, mon invasion de sa planque, mes lectures indiscrètes pour tenter de le retrouver et le sauver de quelque infortune, mes déductions personnelles et tutti quanti. Je lui ai remis son paquet de mensonges bien ficelés en main propre : Daithe, son frère Bobby, l'IRA. L'artillerie lourde, quoi! J'ai tout détruit en quelques minutes. Il avait l'air si perdu. Et curieusement si amoureux. Je ne l'ai pas compris. Ne s'attendait visiblement pas à cette charge de la brigade légère.

Pour quelques interminables secondes, je lui ai donné droit de réplique. Le récit douloureux de la mort de Daithe, ce triste jour du Bloody Sunday, a été bref, chirurgical, comme une balle pas perdue du tout qui atteint le cœur bien visé de l'avocate du diable que je suis. Elle est morte dans les bras de Ler, touchée au torse, comme il se devait, la petite juste à côté d'elle qui pleurait en silence. Elle a laissé aller son dernier souffle vers eux en forme d'un ultime baiser. La promesse de prendre soin d'Abbie, quoi qu'il arrive. Cette femme que j'imagine d'une grande beauté a fermé à jamais les yeux sur l'amour, sur sa progéniture et sur son Irlande tant aimée. Quand la foule se fut dispersée, il ne restait qu'une douzaine de cadavres sur la chaussée, beaucoup trop de sang, des veufs et des veuves ahuries, et des enfants qui ne comprenaient rien à ces jeux d'adultes. Et de l'autre côté, quelques rangs de trop jeunes soldats, aux canons de fusils encore fumants, surpris eux-mêmes d'avoir obéi à des ordres odieux, et qui ne comprenaient rien à ces jeux de militaires obsédés par le racisme et la vengeance.

Ler n'a pas répondu à mes questions sur Cathy O'Dowd, et encore moins sur son passé, notamment sur les soupçons qui pèsent sur lui concernant la fuite de sa terre natale à cause de sa participation présumée à des actions pas très catholiques des Catholiques d'Irlande. C'en était assez. Bien que touchée par le récit de la mort de Daithe, j'avais besoin de le mettre à la porte pour qu'il sente que je ne tolère plus le mensonge. Au prix de mettre un terme à cette passion qui pourtant nous brûlait le ventre à tous les deux.

Je me suis retrouvée encore une fois au point zéro de moi-même, sans amour, sans projets d'avenir, sans identité propre, avec l'envie de fuir Rome, de me fondre à la première vague quelque part dans un paradis tropical artificiel et de vivre d'inexistence. J'ai compté les heures, puis les minutes, enfin les secondes jusqu'à ce que je n'en puisse plus, et mue par une force d'attraction qui fait perdre toute aptitude à raisonner, je suis sortie dans la nuit romaine, j'ai frappé à sa porte sur le coup de minuit et j'ai laissé le cataclysme initial se rejouer. Nous fûmes réunis à nouveau, étoiles ardentes, galaxies tournantes sur fond de cosmos, tournoyant infiniment.

*   *   *

Au lever, l'invasion des hordes de Barbares de la veille n'avait laissé aucune trace sur Rome. Nous étions lovés l'un dans l'autre, masse informe et vibrante; puis le soleil a fait son œuvre en faisant éclore deux orchidées prêtes pour le café du matin.

Nous avons pactisé : un pacte de solidarité inaliénable entre journalistes et humains pour dénoncer jusqu'au bout les injustices en cours au Vatican sans nous laisser intimider. Et un autre pacte qui stipule que nous allons quitter Rome aussitôt que les faits auront été imprimés noir sur blanc. Nous irons alors nous établir au Québec avec la petite pour recommencer une autre vie.

Quand j'ai enfin pu reprendre le large, je me suis retrouvé quelques minutes plus tard devant la loge de Sergio, tout excité, brandissant une lettre et en prononçant lentement chaque syllabe du mot Ca-na-da.

Dans la cage, j'ouvre l'envoi, une lettre de mère évidemment : « Je t'écris pour t'annoncer que l'on a détecté chez moi un cancer. Il se peut que je ne puisse pas m'en tirer. Tu sais que j'ai des choses à te dire : il va falloir qu'on se parle. En attendant d'avoir de tes nouvelles, je t'embrasse affectueusement. Maman. » Sans m'en rendre compte, la cage du hamster redescend, syncope du temps oblige. Je dois donc remonter avec le propret monsieur Mariani du quatrième pour finalement gagner mon antre, histoire d'y refuser toute seule l'invitation de ma mère : je suis incapable de subir son chantage, encore moins capable de la croire quand elle écrit cette phrase tant de fois prononcée, et tant de fois restée lettre morte : « Tu sais que j'ai des choses à te dire : il va falloir qu'on se parle. » J'en viens même à me demander si ce diagnostic de cancer est réel. Je suis hésitante à me rendre directement à son chevet, et en même temps j'éprouverais une culpabilité sans borne si la lettre disait vrai. Je ne sais plus quoi penser, quoi faire. Je me résous à lui écrire pour avoir plus de détails. C'est tout ce que j'ai le courage de faire.

19

Le guerrier en moi est réveillé

La magie du sort
Nous a donné un sauveur
En la personne de Albino Luciani
Dit Jean-Paul 1er

Personne ne s'attendait à l'élection
Du Patriarche de Venise
Pour diriger le navire amiral
Voici qu'un homme du peuple
Veut faire le ménage dans la vaste maison

Si les choses se passent
Comme partout à travers le monde
Comme dans ma chère Irlande
Je ne donne pas cher de la peau
De ce berger au sourire d'ange
S'il dit vrai
Nous aurons
Frédérique et moi
Et tous les autres journalistes en poste
Dans la ville éternelle
Beaucoup de pain béni sur notre table
À vos dactylos
Confrères et consoeurs
Le moment est historique

*   *   *

Rome, le 27 août 1978.

De nos correspondantes Cathy O'Dowd (Reuters) et Frédérique Cyr (Presse Canadienne)

Au moment de paraître à la fenêtre du balcon papal place Saint-Pierre, le nouveau Pontife, sa sainteté Albino Luciani sait déjà qu'il va diriger un empire qui regroupe pas moins de 800,000 fidèles, soit un peu moins de 25 % de la population mondiale. Pas un seul chef d'état temporel ne peut prétendre à un tel rayonnement et un tel pouvoir. Et la fortune qu'il a entre les mains pour gérer ce vaste empire atteint plusieurs dizaines de milliards de dollars.

Selon des sources fiables, les cardinaux réunis en conclave l'auraient élu parce que, en tant que fils de pauvres, et berger des plus pauvres d'entre les pauvres, il en avait assez entendu sur les allégations de fraude, de relations douteuses, d'extorsions diverses, de faillites et d'assassinats. Il désirait mettre un peu d'ordre dans les finances de la Sainte Église et lui redonner sa crédibilité morale, si nécessaire à la mise en œuvre de sa mission divine.

Le Patriarche de Venise a été élu pape le 26 août dernier, et ce dès le premier jour du conclave. Deux camps étaient en présence : les conservateurs, menés par l'archevêque de Gênes, le cardinal Giuseppe Sori et les libéraux, représentés par l'archevêque de Florence, le cardinal Bellini. Ce dernier avait déjà rencontré Luciani pour discuter entre autres de la vente de la Banco Cattolica del Veneto. Le Patriarche de Venise avait été tenu à l'écart de cette grande manœuvre financière de la part de Monseigneur Markus, le banquier du Vatican, les financiers Roberto Clavi et Michele Sidano qui chacun avaient tiré plusieurs millions de profits de la transaction. Pour tirer les choses au clair, Luciani s'était mis à la tâche de fouiller le dossier en détail pour connaître les noms et le modus operandi de ces artisans du mal. L'humble serviteur du Christ avait fait une sainte colère en apprenant que plusieurs petits épargnants avaient été lésés dans cette opération du Saint-Esprit. Il avait ensuite rencontré le cardinal Bellini, pour apprendre que « le patron », Paul VI en l'occurrence, avait donné son aval à la transaction. L'opposition de Bellini à la transaction lui avait valu de perdre le prestigieux poste de Secrétaire d'état et d'être « nommé » archevêque de Florence l'an dernier. Il a cependant exercé une grande influence lors du conclave pour se venger de Markus en faisant élire son ami qui allait sûrement « muter » celui qu'on surnomme le Gorille.

Luciani a été élu au quatrième tour de scrutin, obtenant entre 99 et 107 voix sur 110 votants. Les résultats officiels dorment déjà dans les caves du Vatican, à l'abri du regard des simples mortels. Il accepta le poste en disant : « Que Dieu vous pardonne ce que vous avez fait à mon égard... J'accepte. » Et du même souffle, il ajouta : « tempesta magna est super me » (une grande tempête est sur moi). Tous savaient ce que cela voulait dire et à qui s'adressaient ces paroles prophétiques.

Toujours selon nos sources, il aurait dès hier convoqué ses principaux lieutenants, au grand affolement de certains d'entre eux, et aurait demandé dans les meilleurs délais un compte-rendu complet des avoirs de la Banque du Vatican, de même que des « détails » concernant certaines transactions douteuses.

Il semble évident que dans les prochains jours, l'évolution de cette passionnante affaire risque de causer un tsunami.

*   *   *

Les menaces du Gorille à mon endroit
Avant mon départ pour la Bretagne
Et les récentes révélations d'un deuxième informateur
Ont eu pour effet de fouetter mon ardeur
Et celle de Frédérique
Nous jubilons à l'idée de jeter un peu de lumière
Sur ces scandales aux proportions insondables

Que le Gorille se le tienne pour dit
Nous parlerons
Et nos dires couleront de source
Car cette source est à l'intérieur de ses propres murs
Et elle est intouchable

*   *   *

Après la rédaction de ce court article
Nous sommes allés, mon amour et moi
Comme aux beaux jours de notre rencontre
Prendre un verre dans le Trastevere
Chemin faisant
Et nous l'attendions avec une certaine hâte
La même limousine noire
Nous a accostés près de la muraille aurélienne
Le Gorille en est descendu
Flanqué cette fois-ci de deux gardes du corps
Qui nous ont coupé le chemin
Qui ont clairement fait miroiter à nos yeux incrédules
L'acier luisant de leurs armes
Il avait désormais besoin de cette protection
Le Gorille
Lui qui avait été la cible récente
D'une tentative d'enlèvement
De la part des Brigades rouges

Nous lui avons ri au visage
Lui rappelant que tout le monde savait désormais
Quel genre d'homme il était
Et quel genre de commerce était le sien
Et que nous attendions avec impatience
Le jour de sa destitution
Il m'a frappé si violemment au visage
Que je me suis retrouvé en sang par terre
Abasourdi
Puis je me suis lancé en un éclair sur lui
Arrêté seulement par ses sbires
Qui m'ont empoigné solidement
Il m'a demandé qui était notre source
Lui ai crié que c'était le Saint-Esprit
Il m'a rappelé que le silence est d'or
Puis s'est approché
A commencé à faire les gestes
Et à prononcer les mots de la bénédiction
Qui se sont terminés par un coup de poing expert
Du côté de mon oreille
Et j'ai alors perdu conscience
Tandis que Frédérique l'injuriait
De mots sacrés propres à sa culture
Et que la voiture démarrait à toute allure
Pour disparaître dans la nuit romaine

20

Rome, le 28 août 1978.

Matinée fraîche
Chauds les cœurs qui se raidissent contre l'adversité
La Source est venue aux petites heures
Et nous a laissé un message pour un rendez-vous
Vers 10 h à un lieu convenu
Petit billet doux qui nous laisse croire
Que les choses se précipitent
Celle qui aime plus que l'amour
Semble prête au combat
Par solidarité sans doute

Comment l'épargner

Pas le temps de réfléchir
Seulement agir

*   *   *

En buvant les paroles de notre contact
Fred et moi avons bien vu cette nuée d'archanges
Dans les volutes de notre café
Une sombre volée revêtue de pourpre cardinalice
Converger vers la chapelle Sixtine
Pour une rencontre discrète et urgente

Vite vers notre nid
Vite, vite, la plume

*   *   *

Rome, le 28 août 1978.

De nos correspondantes Cathy O'Dowd (Reuters) et Frédérique Cyr (Presse Canadienne)

    Hier, nous mentionnions la convocation par le nouveau pape Jean-Paul 1er d'une réunion urgente au sujet des finances du Vatican. Or, fait inusité, cette rencontre extraordinaire a déjà eu lieu en soirée hier, ce qui laisse croire à une crise majeure au sein de la Curie romaine. C'est un fait exceptionnel que les principaux lieutenants de cet état se rencontrent après vêpres... Tout porte à croire que le nouveau pape a voulu profiter de la présence à Rome de tous ses lieutenants dans le cadre du conclave pour agir rapidement.

    Avant même de rendre compte de ce que notre source nous a laissé savoir ce matin, il importe de tracer un bref portrait de ce qu'est la Curie.

    La cité du Vatican est enclavée dans Rome. Cette cité est aussi un état indépendant depuis les accords du Latran. Il s'agit donc d'un état souverain qui a son gouvernement interne et son corps diplomatique, les nonciatures apostoliques. Or cet État créé à la faveur du traité de 1929 est pour le moins unique : il fait plutôt figure d'État-symbole si l'on considère son si petit territoire. Mais en même temps il fait figure d'organisation supranationale qui règne sur des millions de sujets dans plusieurs pays du monde. À la différence que ses sujets n'ont pas sa nationalité...

    Ainsi, le Pape est-il aussi un chef d'État. Autour de

lui gravite toute une organisation « gouvernementale » qui compte de nombreux « ministères » et « offices » de toutes sortes. Les ministères les plus importants portent le nom de Congrégations. Elles sont au nombre de neuf et sont dirigées par un préfet, en général un cardinal.

Mais au-dessus des neuf congrégations trônent la Secrétairerie d'État : le plus important ministère, et aussi le poste le plus influent du Vatican après le Pape. Le cardinal Secrétaire d'État gère les affaires générales de l'État et de la Curie, le gouvernement. Ce cardinal est aussi responsable des relations diplomatiques avec les autres états du monde via les nonciatures apostoliques. En poste : le cardinal Jean-Marie Villon.

Hier soir donc, le Pape, le secrétaire d'état et les neufs cardinaux des sacrées congrégations ont pris le chemin de la Chapelle Sixtine pour une rencontre au sommet afin de revivre à leur manière la création de l'homme sous la fresque de Michel-Ange. Ne furent pas convoqués les dirigeants des trois tribunaux, des onze Conseils pontificaux et encore moins les valets qui vaquent aux sept Commissions pontificales. C'est que l'affaire est sérieuse et ne doit pas être ébruitée. Surtout, il faut éviter les fuites... Mais fuites il y a eu.

Nous pouvons affirmer qu'il y avait un invité d'honneur : nul autre que le dirigeant de l'Institut pour les œuvres de religion, en d'autres mots le patron de la banque du Vatican, Mgr Markus, ennemi juré du cardinal Bellini, qui justement est assis à la droite de son ami le nouveau pape. Il faut dire ici qu'en 1977, Mgr Bellini, alors substitut du cardinal Secrétaire d'état du temps, le cardinal Cicogni, trop vieux pour s'acquitter de ses tâches, avait tenté à plusieurs reprises de faire révoquer Markus. Une cabbale interne avait joué contre lui, et le pape Paul VI, inconfortable avec les pressions internes et comprenant trop bien que trancher le nœud gordien qui liait la banque à toutes sortes de placements douteux pourrait nuire gravement aux finances du Vatican, avait dû éloigner Bellini de la Curie en l'envoyant à Florence. Il avait du même souffle confié le poste de secrétaire d'État au Cardinal Villon, un « ami » de Markus. Voilà qui montre bien ce qui se passe au sein de tous les gouvernements du monde, qu'ils soient temporels ou spirituels : les jeux de coulisse sont choses du quotidien, l'argent mène encore le monde, et les lames des couteaux dépassent des soutanes comme ils le font des complets trois pièces.

Le Pape avait annoncé lors du conclave que s'il était élu, il apporterait des changements majeurs au sein de cet Institut de moins en moins catholique. L'heure du grand ménage avait sonné. Il en avait fait sa priorité. Une conférence au sommet sur le sujet nécessitait la présence des témoins les plus importants...

La soirée commença à l'heure. Mais rapidement, le ton a monté, nous a-t-il été rapporté. La soirée aurait été ponctuée de nombreuses citations de l'Ancien et du Nouveau Testament, numéros de versets à l'appui, de force latinismes que seul ce gratin pouvait comprendre. En somme, chacun tentait de faire passer son message d'une manière faussement polie. Trois clans s'opposaient: les tenants du statu quo, les réformateurs et ceux pour qui il fallait continuer à faire fructifier « à tout prix » les avoirs du Vatican. Tous ont tenté de faire valoir leur point de vue, de consolider leur petit cercle d'influence, et au final de sauvegarder toute la pompe et la somptuosité de l'emploi. D'autres n'ont pas manqué de proférer des menaces suffisamment claires à ceux qui ne joueraient pas le jeu, évoquant même le risque qu'il puisse y avoir des morts : certains « amis » avaient trop à perdre. La priorité des priorités pour eux : sauvegarder le faramineux patrimoine financier du Vatican.

Après quelques tours de pistes et quelques numéros de bravoure, le Pape au sourire, qui en avait assez entendu sur la cupidité humaine et qui croyait rêver en revivant la scène du veau d'or du temps de Moïse, se leva et frappa du maillet, symbole de pouvoir, de force et de tempérance : « Assez! », avait-il crié. Il était de toute évidence profondément écoeuré par le manque d'humilité de ses ouailles tout de pourpre vêtus. Dehors, la presse était aux aguets et les rumeurs les plus folles allaient bon train : allait-on finalement faire le grand ménage dans la banque du Vatican?

Il laissa le silence emplir le lieu saint, et fort de ce moment de grâce et de gravité solennelle, il prit en main une simple feuille manuscrite qu'il avait devant lui. Après avoir croisé le regard de chacun des cardinaux et de Mgr Markus, il lit :

Je veux :

- *Une enquête de fond sur la vente de la Banca Cattolica del Veneto; où sont passés les avoirs des ouvriers de mon ancien diocèse*
- *Un rapport sur les états financiers de l'Istituto per le Opere di religione, ses placements, ses avoirs divers, ses liens avec d'autres banques, avec la mafia. D'où proviennent ses fonds?*
- *Un rapport sur la Banco Ambrosiano et les raisons qui ont poussé cette dernière à prendre le contrôle de la Banca Cattolica del Veneto.*
- *Un rapport sur Michele Sidano et Roberto Clavi, deux financiers à la solde de l'IOR et de Mgr Markus ici présent.*
- *Une enquête sur la loge P 2, ses ramifications, ses membres et ses liens avec l'IOR, la politique et la mafia.*

Le Souverain Pontife prit une grande respiration, déposa sa feuille, fit une courte pause, puis posa un regard lourd sur Villon et Markus et les intima de lui produire un plan de redressement des avoirs de l'IOR en conformité avec l'esprit de dépouillement de Jésus-Christ; il demanda aussi qu'on évalue les impacts financiers « complets » de ce redressement si l'IOR se départissait de certains avoirs et larguait certaines de ses relations. Et il proposa un calendrier pour le dépôt du rapport : 30 jours. Pas un de plus. ·

Le maillet résonna à nouveau, suivi de la psalmodie d'un Gloria qu'entonnèrent bien malgré eux les cardinaux à la suite du successeur de Saint-Pierre.

Tous les participants se retirèrent en silence pour une longue méditation sur le sens d'une vie consacrée, sur la pauvreté et sur le sens du service envers les plus démunis de ce monde. Seul bruit audible, celui du froissement des riches étoffes sous les pas allongés de ces princes de l'Église dans les interminables corridors du Vatican. Aucune odeur de sainteté n'effleurait les narines au-dessus des mosettes de ces éminences dont les têtes ployaient sous le poids des remontrances et qui fixaient les dalles de marbre sans oser croiser le regard de leur prochain.

21

29 septembre. Matinée fraîche. Quelques journées à saveur automnale déjà. Déjà! Chaleur des corps pour parer au pire. Qui eut cru que l'amour aurait pu enfin donner un peu de repos et de tranquillité à mon âme tourmentée. Toutes ces relations qui ne sont allées nulle part, tous ces hommes que j'ai maudits de mon verbe acerbe pour me venger d'avoir été abandonné par mon premier homme, toutes ces fuites en avant parce que je n'ai jamais pu croire que quelque chose pouvait durer. Alors j'abandonnais avant d'être rejetée. Pour sauver la face. Pour garder la tête haute. Pour incarner la force que ma mère n'a pas toujours eu, pour devenir l'image même de l'autonomie et de la constance. Seule. Forte. Libre. Mais jamais en paix.

Ler et moi avons passé le reste du mois d'août à peaufiner nos recherches, à écrire des articles. Mais surtout, je me suis lancé dans l'art épistolaire pour enfants. Presque tous les jours, j'écris à Abbie. Des collages d'images, des petits mots gentils, parfois des photos de Ler et moi en train de lui faire des grimaces. Les réponses ne tardent pas, tout aussi ingénieuses, drôles, remplies de surprises. Nous le faisons en français, et je constate que ce n'est même plus une langue seconde pour elle tant sa maîtrise est grande. Hier, elle nous a envoyé une photo d'elle dans le poulailler, une pondeuse perchée à côté d'elle et deux œufs dans chacune de ses petites mains, un foulard bleu ciel dans ses cheveux couleur or : quelle beauté, et quelle coquinerie! J'en fus tout émue. Que j'ai hâte de la rencontrer. Aussitôt régler la succession de Markus à la banque du Vatican, aussitôt le remaniement ministériel complété, Ler et moi projetons de nous rendre en Bretagne pour une rencontre que j'ai terriblement hâte de faire.

Partout en ville, surtout au Vatican, les rumeurs vont bon train. Les quotidiens italiens sont déchaînés. Surtout depuis que l'archevêque de Florence, le cardinal Bellini a été aperçu çà et là en ville. Le nom du cardinal Villon, le secrétaire d'état et celui de son ami, Monseigneur Markus, sont tout en haut d'une nouvelle liste noire. Ces deux-là ont des relations partout, autant chez les financiers, les politiciens qu'au sein de la Curie. Ça va chauffer.

Au bureau où je travaille en ce moment, je tourne çà et là le regard vers mon trésor, qui est concentré à déchiffrer les méandres d'une série de comptes bancaires douteux, à comprendre les mécanismes de transferts de fonds entre sociétés du Liechtenstein, des Bahamas, du Panama, à évaluer les relations entre la Banque du Vatican et la Banco Ambrosiano de Milan. Son directeur, Roberto Clavi est considéré par plusieurs comme le nouveau banquier du Vatican depuis quelques années. Et l'IOR aurait des intérêts majoritaires dans cette vénérable institution milanaise qui fait ces jours-ci l'objet d'une enquête en profondeur par une douzaine de hauts fonctionnaires, essentiellement des vérificateurs de la Banque d'Italie. Il est encore une fois question de quelques centaines de millions de placements frauduleux… Quant à moi, je planche sur les spéculations concernant la formation du nouveau cabinet de sa Sainteté : qui est qui, à quel poste il sera affecté, quelles seront les positions par rapport à Vatican II? L'Église catholique aura-t-elle enfin une position nouvelle sur la délicate question de la contraception qui divise actuellement les théologiens, gardiens de la doctrine de la foi? L'infaillibilité papale devra bien trancher un jour et prendre une position officielle. Surtout qu'il est bien connu que Jean-Paul 1er est passablement ouvert au changement en ce qui concerne certaines problématiques liées aux femmes, à la population mondiale, au contrôle artificiel des naissances. Il a déjà commis des articles sur la question qui ont été fort mal accueillis par son prédécesseur, le gérontocrate et octogénaire Paul VI. Vraiment, la soupière est sous pression de tous bords tous côtés, aux limites de l'éclatement. C'est à se demander comment le nouveau Pape fait pour trouver du temps pour une prière du soir! Va falloir qu'il s'adresse très très haut s'il veut être entendu et exaucé.

Soudain, un cri de l'autre côté. Sandra! Un scorpion? Un homme de main de Markus a-t-il fait intrusion dans notre antre?... Elle défonce notre porte en brandissant une dépêche qui traîne jusqu'à terre, arrachée à la volée au fil de presse, à moitié déchirée. Leibivici suit, une radio portative collée à son oreille : « Il Papa, muerte, muerte, muerte a noce… » Et elle fond en larmes. Ler lui arrache le parchemin et dévore les lignes. Je me faufile derrière lui pour en faire tout autant. Regards incrédules échangés entre nous tous. Relecture pour nous assurer que nous ne rêvons pas. Le Pape est bel et bien mort. Dans son sommeil. Trouvé inerte aux petites heures du matin par la religieuse responsable de son bien-être. Son secrétaire qui est accouru en toute hâte, qui a alerté Villon, qui en a informé Markus. Et toute la curie. Le grand branle-bas. Après seulement 33 jours de règne.

Je console Sandra, inconsolable. Ah ces Italiennes et leur Pape! Puis je regarde Ler, et Ler me dévisage avec l'intensité d'un faucon; tous les deux, nous semblons avoir la même révélation : aurait-on assassiné sa Sainteté?

*   *   *

Rome, le 4 octobre 1978.

De nos correspondantes Cathy O'Dowd (Reuters) et Frédérique Cyr (Presse Canadienne)

Dans la nuit sensément tranquille et sans histoire du 28 septembre 1978, un pape est mort à Rome après seulement 33 jours et 4 heures de règne. Pour la seule journée d'aujourd'hui, pas moins d'un million de fidèles ont défilé dans la basilique de Saint-Pierre de Rome devant la dépouille du pape au sourire, l'humble Albino Luciani. Des milliers d'autres attendent dans les longues files sous les colonnades de la Place Saint-Pierre. Des longs rubans de croyants monte la rumeur de chapelets récités sans arrêt depuis les premières lueurs de l'aube. Même le ciel s'en mêle : il pleut et de lourds nuages ont jeté un linceul sur le dôme de l'immense basilique.

Lorsqu'on s'adresse au plus simple dans cette masse de fervents disciples, les mêmes questions sont sur toutes les lèvres : aurait-on assassiné notre bon Pape? C'est du moins le doute que laisse planer le Corriere Della Sera, le quotidien le plus lu au pays. Les fidèles veulent savoir qui sont ces personnages étranges dont les noms apparaissent dans les colonnes de leur journal, et dans leurs vies pour la première fois: Roberto Clavi, Michele Sidano, Licio Genni, et même celui d'un gros monseigneur américain à la tête de la Banque du Vatican? Tous n'en reviennent pas. Mais qui pourrait bien en vouloir à cet homme si attachant, si près du peuple? Qui oserait s'en prendre au chef suprême? Pour eux, la rumeur n'est tout simplement pas crédible. Ou, même si elle est vraie, ils ne veulent pas la croire.

Pourtant... Pourtant tout porte à croire que cette rumeur, inimaginable il y a quelques jours à peine, du moins pour le commun des mortels, a peut-être des fondements. Pour ceux qui suivent la direction des vents dans les corridors pontificaux, plusieurs signes pointent vers la thèse du complot, et les noms des criminels en cause semble écrit au sang sur les murs. De source interne, nous avons appris que la veille de sa mort, Jean-Paul 1ᵉʳ avait enfin sur son bureau le rapport tant attendu sur les activités de la Banque du Vatican. Aussi avait-il en fin d'après-midi convoqué son secrétaire d'état, le cardinal Villon, pour lui faire part de plusieurs décisions importantes dont il aurait à s'acquitter dans les prochains jours. Il lui a d'abord demandé de destituer le cardinal Cory de Chicago qui gérait de façon un peu trop cavalière les millions de son diocèse. C'était un secret de polichinelle connu de toute la curie : il avait une maîtresse qui l'accompagnait parfois à Rome et à qui il avait déjà versé des centaines de milliers de dollars. C'en était assez.

Autre dossier, capital cette fois, et dont la mise en oeuvre entrait en vigueur sur le champ : le renvoi de Monseigneur Markus de la direction de la Banque du Vatican. Comble d'ironie, il lui « offrit » le poste d'évêque auxiliaire du nouveau cardinal du diocèse de Chicago. Du même souffle, le pape au sourire demanda que tout commerce entre la banque du Vatican et la Banco Ambrosiano de Milan cesse dès le lendemain, quitte à perdre des millions. En réalité, le Pape avait appris dans la semaine que le montant pourrait dépasser le milliard de dollars. Il était tout à fait scandalisé de voir où en était rendue l'église des pauvres. Il avait appris la veille, comme tant d'autres Italiens, que le juge chargé de l'instruction sur les fraudes de cette banque, Emilio Alessandrini, avait été assassiné dans son auto à un feu rouge en plein cœur de Milan. Albino Luciani en savait déjà trop sur Roberto Clavi qui avait comploté avec Sidano et Markus pour lui retirer la Banca Cattolica del Veneto. De plus, Clavi était présentement sous enquête par le fisc italien. Des laïcs proches du pape lui avait dressé le portrait peu reluisant de cet homme qui avait subtilisé à ce jour pas moins de 400 millions des coffres de différentes banques pour ses besoins personnels : trafic d'influence dans plusieurs pays d'Amérique du Sud, trafic d'armes, liens avec la mafia, blanchiment d'argent, fraudes diverses. Plusieurs des banques dont il était l'actionnaire dans de nombreux pays étaient également « propriétés » du Vatican grâce à ses bons soins.

Luciani fit ensuite la lecture de quelques autres décrets concernant d'autres dirigeants de la curie : deux cardinaux influents seraient affectés dans la semaine à des postes moins «sensibles».

Enfin, après avoir pris une gorgée d'eau et en gardant le sourire, il avait signifié à ce cher cardinal Villon qu'il serait muté vers un poste à déterminer et qu'il nommerait le cardinal Bellini à son poste dès le lendemain à la réunion du conseil. Notre source nous a confié que la colère de Villon fut entendue bien plus loin que les 19 appartements pontificaux.

Quand le pauvre Albino Luciani fut trouvé mort, Villon constata le décès; il circule une autre rumeur à l'effet que Markus fut aussi présent... La morgue fut appelée très tôt pour l'embaumement, car il n'y a pas d'autopsie pratiquée sur un pape. On a certainement voulu faire disparaître dès les premières heures toutes traces incriminant qui que ce soit. L'acte de décès nous permet d'apprendre que le souverain pontife est mort d'un infarctus du myocarde, après simple examen « visuel » du médecin traitant. Vu les circonstances, un poison est si vite bu... Et les vipères qui l'ont craché ne peuvent avoir lové leurs spirales conspirantes que dans l'antre même du plus humble serviteur du Christ.

La presse italienne réclame aujourd'hui une enquête officielle sur tous ces faits. Il y a fort à parier qu'il s'écoulera une éternité entre la demande et la livraison des résultats de cette enquête, si enquête il y a. Peut-être même, qui sait, que l'ensemble de la curie voudra tout simplement passer le balai, élire une nouvelle marionnette et tout pousser sous de lourds tapis offerts à l'Église par les Patriarches d'Orient. Ainsi, les affaires de l'Église continueront leur cours comme s'il ne s'était rien passé.

*   *   *

Suite aux récents évènements, j'ai ma montée de lait hebdomadaire. Qui se change en colère, moi qui suis femme. Je songe à la place de la religion sur cette bonne vieille terre et à tous les torts qui lui reviennent. La religion... Ou plutôt les institutions religieuses des humains. Les guerres de religion ont tué bien plus d'humains que toutes les shoahs de cette terre. Par millions. À coup de croisades, de chasses aux sorcières, de manipulations de gouvernements, de jihads. À coups de machettes, de mitraillettes, de gaz mortels, de missiles de croisière. Beau petit nom pour un missile. On dit que le dieu suprême sur cette planète fut d'abord une femme. C'était sûrement dans des temps très très anciens, au moment où les espèces vivaient en relative harmonie dans le paradis terrestre. Joli mythe que ce partage pacifique entre mammifères extrêmement territoriaux, ces mâles alphas particulièrement doués pour toutes les foires d'empoigne imaginables.

Depuis que les hommes siègent au firmament, c'est la guerre : dogmes, lois stupides, obéissance aveugle, foi du charbonnier, rituels magiques fondés sur la peur et l'ignorance et autres sacrifices humains. Le véritable animisme avait son sens, mais des tas de petits princes dans des tas de petits royaumes sont devenus des as du gourdin pour décapiter tout ce qui dépasse. Alors sont apparus des cultes solaires! Les pharaons. Les naissances virginales, ces femmes fécondées par des anges immaculés venus de dieu sait où! Alors sont apparus les livres saints sensément dictés par entités extraterrestres, et transcrits par des illuminés que les circonstances historiques ont élevés au rang de prophètes inspirés. Souvent, il s'agissait de simples illettrés, ou pire, de guerriers. Puis les siècles qui suivent gomment, au fil des découvertes scientifiques et des humeurs des empereurs, tous les passages irritants ou dépassés de ces torahs, de ces bibles, de ces corans, et en avant la nouvelle fournée de rites et de dogmes au goût du jour. À mort les insoumis. Ce bon vieux barbu sur son nuage, quelque soit son nom, Yaveh, Dieu ou Allah, comme il doit rire de nous quand il voit s'en aller à vau l'eau la sainte, catholique et UNIVERSELLE Église, cette église que son *fils* unique a créé du néant, Église hors de laquelle il n'y a point de salut. Toutes les croyances sont peuplées d'infidèles à occire de l'autre côté de la clôture. Comme il doit se taper sur les cuisses ce vieillard anthropomorphe quand il voit son église baignée dans les scandales financiers, main dans la main avec les malfrats, les bandits et les assassins de tout acabit; oh oui! il doit bien rire, si bouche il a. Et nous, simples mortels, avons-nous oublié chemin faisant que le cerveau reptilien en nous gouverne toujours nos bas instincts, et probablement aussi nos nobles pensées? Que l'indélogeable bêtise côtoie la plus pure lumière, et que nous n'avons pas encore trouvé l'équilibre entre ces pôles si éloignés. Pas étonnant que les bien pensants aient voulu nier le corps et valoriser l'esprit, aient voulu opérer une coupure en plein centre de la totalité de l'être. Pas étonnant que Galilée fut contraint à nier ce qui lui était une évidence depuis qu'il avait lu Copernic et qu'il avait fait ses propres calculs, que Darwin fut traité de singe, que Freud fut classé dans la catégorie des maniaques sexuels. Toutes les églises de tous les temps ont eu maille à partir avec la science, excommuniant tous les véritables observateurs de notre nature et de notre cosmos. Faut-il donc que tout soit blanc, ou noir? Il ne faut pas perdre son pouvoir, son contrôle, son argent. Il faut se battre par tous les moyens pour le conserver!!! Conserver. Conservateurs... Finalement, c'est Marx qui a épinglé le bobo en claironnant que la religion était l'opium du peuple.

À quand le règne de la sagesse? De la tolérance? Du partage réel entre les hommes et les femmes? Entre les humains et la nature?

Pas étonnant que tous les cathos se déchirent entre eux en ces heures de double deuil : un pape contre la pilule, un autre pour. Un pape pour le latin dans les églises, et un pape pour le renouveau des rites. Un pape pour le secret financier et ses magouilles douteuses, et un autre pour la justice, la morale et la transparence. Il m'apparaît que pratiquer une religion saine soit un rêve impossible! Sinon, nous aurions trouvé la clef au fil des siècles. Ainsi, les vétustes institutions tentent désespérément de s'adapter à notre monde moderne, constamment en rattrapage idéologique; ou pire encore, elles se démènent avec encore plus de vigueur pour nier toute évolution des connaissances. À leurs yeux, la révolution féministe de mes consoeurs et moi à la fin des années '60 n'étaient qu'une nouvelle plaie d'Égypte, une hérésie des temps modernes. Que la juste place des femmes dans la société n'est qu'une nouvelle maladie contagieuse grave. Que la contraception et le contrôle des naissances constituent des crimes contre l'humanité surpeuplée. Que le fait que les églises se vident et que les vocations chutent au point mort ne soient pas des signes des temps. Qu'il faut redresser la situation tout de go.

Et nous, journalistes *objectifs*, nous sommes appelés à relater les faits *tels qu'ils sont*, et non tels qu'ils se produisent réellement. Ler, mon trésor, vite, allons prendre un verre de rouge avant que je ne mette le feu à cette chère basilique, à ses caves et ses similis secrets, incluant le fameux troisième secret de Fatima.

*   *   *

Et verre de rouge il y a eu. Dans l'accueillant et charmant Trastevere. Nous rions un bon coup pour ne pas pleurer. Quelques échanges tordants avec des intellos à la table voisine. Une dizaine de baisers volés entre mon amoureux et moi. Je m'appuie sur Ler pendant une bonne demi-heure, comme une chatte, et je ronronne. Il pavane de bonheur simple.

Main dans la main, lentement, oh si lentement, nous avons repris le chemin de notre radeau accosté là-haut dans cet appartement du Janicule par cette exceptionnelle soirée d'automne. À la hauteur de la fontaine de Garibaldi, nous faisons la rencontre surprise de Leibovici. Il dit contempler les toits de Rome. Pas son genre, mais bon… Probablement un coup de cafard et le besoin de voir du monde. Je me dis qu'il doit bien y avoir une vie intérieure tout de même dans cette machine à pondre des articles. Nous déconnons sur les évènements récents, et ensemble, le trio de scribouilleurs va son chemin pour cueillir sa manne de rêves.

Et voici qu'une petite voiture arrive en trombe à contresens Viale delle Mura Aurelie : un type vêtu de noir en sort et fait feu immédiatement dans notre direction. La première balle de cette tentative de jambisation frappe le sol et ricoche pour déchirer le mollet de Ler qui s'effondre sur les pavés. Une autre réduit en miettes un de mes talons de souliers tout neufs. Je n'ai pas le temps d'évaluer ce qui se passe tant les choses se déroulent à vive allure, mais Leibovici sort une arme de poing, pas étonnant qu'en ces temps agités cet américain se soit prévalu du second amendement, et il fait feu en direction de notre agresseur,

161

l'atteignant à l'épaule droite. La balle perce le complet, le type fait un 180, palpe la plaie et voit le sang, tire à bout portant une balle qui se loge dans un arbre en jetant en l'air une volée de pigeons. Puis d'un bond, il se jette dans la voiture qui démarre rapidement. L'Alfa Romeo prend sur la droite pour disparaître dans la nuit romaine.

Après évaluation des dégâts, Ler n'a qu'une blessure superficielle. Ouf! Tremblants, nous trouvons refuge dans la loge de Sergio, qui était sorti sur les entre faits. Quelques grappas plus tard, nous ne tarissons pas d'éloges à l'endroit de notre sauveur, le brave Leibivici. Nous concluons qu'il s'agit d'une mascarade : la mafia, probablement sous contrat avec Clavi et Sidano, ou mieux encore avec l'énigmatique Lucio Genni, et bénéficiant de la bénédiction de Monseigneur Markus, a voulu faire croire à une jambisation à la manière des Brigades rouges dans cet attentat destiné à nous avertir de façon encore plus directe de nous taire pour de bon.

Bien sûr, nous nous demandons si nous devons fuir. C'est la réaction attendue. Mais nous, nous sommes des guerriers, non. Appeler la police? Ça ne ferait que compliquer les choses, d'autant plus qu'ils sont de mèche la plupart du temps avec ce type de criminels. La situation se corse. Désormais, les choses ne seront plus pareilles.

Leibivici a dormi sur le divan. Nous avons dormi dans le lit. En réalité, nous avons fait semblant tous les trois de dormir, égrenant stratégie sur stratégie pour nous en sortir sans trop d'égratignures.

22

Rome, le lendemain du 4 octobre 1978

Ça recommence
Comme si une teigne de mauvais sort
Me collait à la peau
S'acharnait sur moi
Une tare génétique indélogeable...

Or cette fois-ci
On a tiré dans le tas
Avec distinction
Et une autre femme innocente à mes côtés
A failli y laisser sa peau
Encore
Ça continue
Oui encore
Et toujours

Après cette nuit trop noire
Frédérique et moi avons fait nos bagages
En silence
Sans rien dire
Comme si le scénario était écrit
Nous nous sommes rendus à la gare
Pour y attendre le premier train du matin
En direction de Paris
Ensuite la gare du Nord vers la Bretagne

Les seuls mots échangés durant tout ce trajet

Le furent par mon amour
Qui n'a demandé qu'une seule chose
« Cela en vaut-il la peine?
Pense à la petite
Pense à moi
Et de grâce, pense à toi, espèce de justicier enragé. »

Des heures de silence…

Justicier enragé
Elle et son petit Québec
Sous la férule du bon clergé
Sous la main de fer des anglos
Ils n'ont jamais connu là-bas
Ce qu'est le vrai racisme
La vraie persécution
Le véritable apartheid
La honte des marches orangistes
Les confiscations de terres
Les maisons brûlées par centaines
Comme ce triste jour d'août 1969
Ou la tuerie sans nom du Bloody Sunday de 1972

Elle n'a pas connu
Les assassinats ciblés des milices secrètes
Les violations répétées des traités

Elle n'a pas subi dix siècles d'outrages
Les premiers troubles de 1155
Puis Henri VIII, l'antipapiste
Qui prend possession de l'Eire en 1509
Avec son armée
Et le grand schisme qui dure encore aujourd'hui
Entre catholiques et protestants
La spoliation des terres en 1609
Au profit de colons loyaux

L'échec de nombreuses rébellions
Et l'inénarrable Guillaume d'Orange
Au tournant du XIXe siècle
Dont les marches annuelles rappellent
Aujourd'hui encore le cynisme enraciné
Suivi de son non moins célèbre Union Act
Qui nous fit passer sous contrôle britannique
Encore une fois
Une autre
La liste est longue
Trop longue
Et compte aussi, bien sûr
La naissance du Sinn Fein en 1905
Et le tragique dimanche de Pâques 1916
Où nous avons proclamé la République d'Irlande
Un cri à l'unisson qui a fauché
Encore quelques centaines de vies
Des milliers d'arrestations
Des procès fantoches et des exécutions sommaires
En 1920, après neuf mois de guerre civile
Mes grands-parents m'ont parlé de 4,000 morts
Oui, la liste est longue
Oh combien trop longue

Et les parents de mes grands-parents
Qui avaient vu leurs enfants mourir
Lors de la terrible famine du siècle dernier
Ô la douleur de l'asservissement complet
De tout un peuple
Économique, culturel, social
La négation d'exister dignement

Ma peine est immense
S'étend sur des siècles de douleur
À ma manière
Je suis comme Atlas qui porte sur ses épaules

Le destin des miens
Et tout le poids de l'histoire
Qui répète à la manière d'une roue sans fin
Ses bêtises, ses châtiments, ses morts
Et répand la désolation
Qui fait pleurer le ciel de toutes les larmes du monde

Elle n'a rien vu, la belle Frédérique
Elle n'a pas vu les yeux de Daithe
Ce jour de janvier 1972
Quand la vie à tout jamais se retirait d'elle
Elle n'a pas vu les yeux de la petite
En qui la grande blessure historique entrait
Bien malgré elle
Et se logeait insidieusement
Dans le cœur d'une autre génération d'Irlandais
Alors quand
Quand tout cela va-t-il arrêter?

« Cela en vaut-il la peine? »
« Justicier enragé »
Tout mon corps crie vengeance
Toute ma tête appelle à la justice
Je brûle
Je suis consumé de l'intérieur par cet élan pur
Je suis foncièrement intolérant à la bêtise
Intrinsèquement enragé, oui
Parce qu'il faut bien que quelqu'un le soit
Bon dieu
Pour la petite
Pour Bobby qui croupit dans leurs sales geôles
Pour honorer Daithe
Pour elle

Pour elle?
Finalement

Finalement, pour conjurer le sort
Mettre fin à cette tragédie qu'est ma vie
Semblable à la tragédie grecque de l'Orestie
Où le destin se transmet de génération en génération

Finalement
Mon amour a posé l'ultime question
« *Cela en vaut-il la peine?* »
Et tout à coup
En la regardant, si belle, si émouvante de sensualité
Si irrésistiblement attachante
Il m'apparaît qu'elle a peut-être raison
Et que je suis le roi des cons
Que toute cette joute
Ce donquichottisme
Est un cirque inutile
Une grimace à la face impassible
De la grande horloge du temps

Des heures de silence…

Comme le silence est vaste
Lui qui peut contenir tant de vies
Tant d'histoires

Sa main presse la mienne
Car elle sait
Le silence, elle connaît aussi
Des milliers d'évènements
Des milliers de souvenirs
Heureux et douloureux
Passent en ce moment par le fil ténu
Le fil invisible
Le fil inviolable
Du grand amour
Qui se tisse entre nos doigts noués

Dans le ventre du dragon
Kilomètre par kilomètre
Ton visage s'agrandit
Sur le grand écran de notre histoire
J'avance vers toi
Ange chérie
J'arrive
Chargé d'une corne d'abondance
Aux cheveux ébènes
Aux yeux pairs
Au teint vermeil
Et au cœur plus large que la Voie lactée
Je suis là dans un instant pour te serrer dans mes bras
Et pour te présenter
Celle qui nous accompagnera
Pour des heures et des heures
Pour des jours et des jours
Et quelques éternités

23

Après une seule question et une journée et demie de silence, nous sommes enfin arrivés en Bretagne dans le petit village de Dol ou tante Gaëlle et Abbie vivent en paix. Quel beau silence ce fut, même si je sentais chez mon trésor une intensité hors du commun; j'imagine que la rencontre de sa fille avec ce substitut de mère lui pesait. Évaluait-il la jalousie de cette enfant qui perd l'exclusivité de son père adoré? Et la manière de la contrer? Ou était-ce autre chose d'autre, un souvenir venu de son passé de « journaliste » à Belfast – il me reste des choses à éclaircir avec lui? Toujours est-il que je me suis sentie plus près de lui, comme jamais je ne l'ai été auparavant. Comme si une main invisible filait nos destins pour créer une toile forte, un tissu incorruptible et impossible à déchirer, une voile d'amour battant au vent et menant notre barque vers des horizons tranquilles.

Tranquilles... Le serons-nous vraiment après les récents évènements? Je me suis dit que j'allais lâcher prise pour un temps, que je laisserais cette rencontre m'enseigner le prochain pas de danse.

Depuis la gare de Rennes, le taxi serpente le long d'une route de campagne où des dizaines de vallons font place à des dizaines de prairies lourdes des blés de l'été pour s'arrêter au bout d'une petite demi-heure en plein cœur du village. L'appartement de tante Gaëlle est situé là, plus précisément au premier étage de l'édifice de la petite mairie. C'est aussi à cet endroit qu'elle donne des cours de violon celtique à de nombreux élèves des alentours; les passants s'arrêtent souvent sous les fenêtres de la bonne professeure et gobent tout leur saoul de ces airs entraînants et joyeux avant de reprendre leur chemin. C'est de là aussi que la tante sort chaque matin pour prendre soin de quelques vieilles dames du village afin de s'assurer un petit supplément de revenu. Et c'est là que la petite fait ses devoirs chaque jour en regardant les enfants qui jouent sur la grande place en bas ou dans le petit parc adjacent. L'endroit est tout à fait charmant. Lorsqu'on lève les narines au vent, on sent la mer non loin du côté du Mont Saint-Michel.

Le bruit des portières a alerté Abbie qui descend à vive allure et se jette dans les bras de son père. Ça virevolte, ça hurle. Ça s'embrasse et ça se serre très fort. Les jambes de la petite fendent l'air, éolienne qui répand son parfum de tendresse. Tante Gaëlle paraît à son tour, tablier à la taille et cuillère de bois à la main : sommes-nous dans un conte de fée? Ler enserre maintenant la tante : le trio est réuni et ne fait qu'un. Seule, à l'écart, j'attends. Puis la ronde s'ouvre et s'avance vers moi, me happe, et je suis eux. Et je suis moi. Et je suis amoureuse.

Quand l'émoi se dissipe, le groupe se détache et la petite s'arrête pour me fixer droit dans les yeux. Je la fixe aussi. Elle avance très lentement vers moi. Et moi vers elle. Elle s'arrête à un pas, puis me prend ma main; je prends la sienne.

- Frédérique, j'avais si hâte de vous rencontrer. Je savais que vous seriez aussi belle que ce que papa m'en avait dit...

- Moi aussi, très chère Abbie, je suis très contente de faire ta connaissance. Et je vois aussi que tu es très belle, comme ton papa me l'avait juré.

Un silence. Fragile moment où tout peut arriver. Ça y est, l'ange passe. Troublant.

Elle me fixe très très intensément. Puis elle fait oui de la tête. M'entraîne vers l'appartement tandis que Ler se charge des valises. Tante Gaëlle lui fournit l'aide nécessaire. Abbie ne le voit pas, mais c'est une larme qui me fait trébucher légèrement sur le seuil. Et c'est elle qui me soutient!!! Triste revirement des choses quand une orpheline de mère redresse l'orpheline de père que je suis. Je voudrais tant qu'elle me donne un peu de sa peine secrète pour que je la prenne et la lance vers Saturne, ce cruel croqueur d'enfants. Comme ce fut le cas avec son père, c'est le coup de foudre entre elle et moi, à la différence que cette fois-ci, je l'accepte. Et réciproquement, me semble-t-il. Ce qui fait que l'escalier me semble un nuage à gravir. J'ai d'ailleurs passé quelques jours sur l'Olympe en compagnie de cette bande d'Irlandais festifs. Oh les beaux jours! Que les mortels me semblent soudain tristes et lourds, moi la froide Athéna changée en sensuelle Aphrodite.

Évidemment, tante Gaëlle a fait sa petite crise de jalousie; normal, elle adore son grand Ler qu'elle chouchoute depuis qu'il a deux ans. Et pas question que je touche à sa cuisine. Évidemment, c'est Ler qui a lu l'histoire à la petite le premier soir, mais elle a insisté pour que ce soit moi le deuxième soir. Gna gna! Je retombe en enfance. Finalement, c'est elle qui a lu les autres soirs. On s'amuse comme des folles, Abbie et moi. On rit tout le temps, on se chatouille au lit, on court dans le parc, on se bat pour la balançoire. Hier, après le souper, morte de fatigue, elle s'est même endormie dans mon giron sur le divan; j'ai jeté sur elle mon châle couleur azur : un tableau parfait! Je ne lui dirai pas, mais elle ronflait. Moi, je savais que désormais nous étions devenues des complices. Ler aussi le savait. À croire que cette escapade était programmée depuis des mois, qu'il avait conçu cette visite comme un test de maternité à me faire subir. Grande distinction est la note de passage.

Plus tard en soirée, Ler m'invite à prendre une marche au bord de la mer. C'est la pleine lune. La lumière réfractée de notre bonne vieille accompagnatrice se reflète sur l'écume des vagues. Tout est murmure, même dans mon cou plein de bisous. Au bout de la plage, nous nous assoyons sur une grosse pierre et, face à la mer, avec l'Irlande qui nous imaginons de l'autre côté de la Manche, par-delà le pays de Galle, Ler prend un air grave et tout doucement me demande :

- Chère amour, promets-moi que s'il m'arrivait quelque chose, tu prendras soin de la petite pour le reste de ta vie.

Je le regarde, un peu confuse, conjurant le sort de ne pas me faire vivre le sacrifice de le perdre. Il voit tout ce qui s'écrit dans mon cœur... À la fois pour le rassurer, mais surtout par amour et pour lui et pour Abbie, j'acquiesce d'un simple signe de la tête. Il sait. Désormais il sait qu'il peut compter sur moi, quoi qu'il advienne. Le pacte est scellé et inscrit au cœur des étoiles. Il sait que je serai toujours là, il le sait jusqu'au plus profond de cet amour inimaginable et pour lui et pour moi il y a quelques mois à peine.

*   *   *

Il fallait y mettre un terme. Mais comment met-on fin au bonheur? Simplement en achetant un billet de traversier? Semble que c'est aussi simple que ça. Nous le savions, Ler et moi, que ce séjour au paradis ne pouvait s'éterniser, qu'une simple pomme de discorde pouvait nous obliger à nous rhabiller et à quitter cet éden breton pour l'Irlande. Tante Gaëlle a reçu des nouvelles fraîches de la prison de Maze :

Bobby subit un nouveau procès. Et Ler veut y assister. Comme la « justice » britannique n'a pas de preuves concrètes contre lui, ils ont changé l'acte d'accusation : il est accusé de possession illégale d'arme au lieu de terrorisme. Une lueur d'espoir point.

- Nous amenons la petite. Elle doit tremper ses racines dans la terre de nos ancêtres au moins une fois tous les deux ans, n'est-ce pas?

- Je ne suis pas sûre de cela, vu les circonstances... Mais d'un autre côté, je me sens un peu égoïste : j'avoue que je profiterais bien de sa présence pendant quelques jours encore.

Tante Gaëlle, qui fait semblant de ne rien entendre, veille. Elle lève les yeux vers Ler et, doucement, elle exprime quelques réticences à l'idée de ce voyage.

- La petite n'a pas à subir d'éventuelles menaces comme ce fut le cas il y a un an à peine. Elle est bien ici. Je ne veux pas te dicter comment agir, cher neveu adoré, tu es un père attentionné, mais pourquoi risquer de lui faire vivre des tensions quand la paix est possible ici en France?

Qu'il est difficile de noircir un ciel si bleu avec des questionnements de ce genre. La vie ne pourrait-elle pas être, l'espace d'un amour, un long fleuve tranquille. Les enfants ne pourront-ils donc jamais échapper aux rancunes des grands? N'avoir rien à cirer de l'histoire, du passé, de l'hommerie? Nous devrions tous retrouver notre cœur d'enfant devant le miracle de la vie. Mais cette façon de voir les choses est beaucoup trop simpliste et naïve, n'est-ce pas?! Une révolution de ce genre interdirait tout gouvernement, et tout conclave pour l'élection de papes et autres banquiers. C'est ça : il faut faire face à la musique, plaquer au visage d'une jolie blonde de huit ans la triste réalité de la mort de sa mère, de sa patrie d'origine occupée par l'ennemi éternel; lui faire comprendre comment se déroule l'infernale spirale des attentats et de leurs représailles, lui décrire l'horreur des tortures que subissent les prisonniers politiques. C'est ça oui : plongeons! Alors, vite, faisons nos bagages et jetons nous dans la gueule du loup pour y apprendre ce qu'est vraiment la vie. Devenons les héros de notre propre histoire, allons au bout de notre quête, défaisons l'écheveau de nos misères, souffrons les milles affronts du destin pour mieux reconstruire ce monde inachevé. Pourtant, je ne suis pas sûre que l'illumination est la récompense qui nous attend au bout de cet itinéraire initiatique. Que faire? À vrai dire, je ne sais pas. Qui pourrait de toute façon?

Finalement, je me laisse aller à l'énergie du père, à son sens du devoir, à mes propres convictions à l'égard de ce constant combat pour la justice. Allons dans l'antre du dragon. Elle devra bien un jour ou l'autre, la brave Abbie, devenir une femme comme moi, forte, indépendante et libre. La fierté de son papou. La résurrection de sa mère.

J'ai mal. Mal à l'âme ce matin devant la lourdeur de vivre. Devant la finalité morbide de toutes choses. Mais, moi qui ne connais pas le courage de l'homme devant l'adversité, ne l'ayant jamais eu en modèle, je me fis à l'élan de mon gaillard. Et en avant la compagnie. Finies les circonvolutions stagnantes de la machine à évaluer. Bougeons! Les valises sont déjà devant la porte. Le taxi en route. Notre présence ici est désormais une absence. Et tante Gaëlle, auréolée d'un sombre nuage, qui nous fait ses adieux à tous les trois.

*　　*　　*

Le trajet vers Belfast est long. Le traversier de Saint-Malo vers Porstmouth. Le train à travers la campagne anglaise jusqu'à Liverpool. Le traversier à nouveau vers l'Irlande du Nord. La longue nuit du trio tissé serré. Nous jouons à des jeux, nous lisons. Nous regardons au loin par-delà les vagues pour voir si l'avenir est plus rose.

Nous gagnons finalement Twinbrook, à l'ouest de Belfast, où nous sommes accueillis par Susan, la femme de Bobby. Les retrouvailles entre Ler et sa belle-sœur sont remplies d'émotion à peine contenue, elle qui souffre depuis des années du militantisme engagé de son enragé de mari. Tous essaient d'éviter les sujets douloureux, comme la mort de Daithe, les procès de Bobby, les tensions raciales palpables à chaque sortie, les amis emprisonnés ou assassinés. La guerre civile n'est pas toujours empreinte de civilités. Abbie redevient une enfant au contact de sa cousine : tant de choses nouvelles, de jouets nouveaux, de nouvelles expressions anglaises, de comparaisons entre deux univers, celui de la Bretagne et celui de la Grande-Bretagne. Le soir venu, nous nous gavons de steak and kidney pie. Ler et moi finissons la soirée au pub du quartier pour avaler des bières au goût amer de silence et de combats discrets avec les compagnons d'armes d'autrefois. Il boit. Il boit encore, maigre baume sur des blessures si vives. Je décide de rentrer sous prétexte de retrouver Abbie. C'est que je supporte mal les niveaux élevés d'ivresse et les dérives futiles qui en résultent toujours. Je veux aussi le laisser seul afin qu'il puisse tremper son courage à la fontaine de la solidarité retrouvée.

Quand je mets les pieds dans la maison, Susan semble m'attendre; elle savait trop bien comment cette soirée allait se terminer, et comment j'allais réagir. Elle sait qu'elle a du temps devant elle pour engager la conversation; elle ne manquera pas cette chance. Elle veut me mettre en garde, elle qui a tant souffert. Et elle veut aussi protéger la petite. J'écoute d'abord d'une oreille polie et discrète, mais à mesure que les confidences deviennent plus accablantes, je suis sous le choc. Après m'avoir demandé si je savais des choses sur le passé de Ler, et que ma réponse fut stratégiquement négative, elle commence à me faire le récit du *grand jour*, celui du point tournant de l'engagement des deux frères. Il est bien sûr question du Bloody Friday dont Leibovici m'avait parlé en évoquant une potentielle participation de Ler à l'évènement... Confirmé! Susan me raconte en détail les faits de cette journée planifiée de très longue date en représailles au Bloody Sunday, journée où elle a perdu sa belle sœur et un ami.

- Les gars en parlaient en secret. Tout ça a duré des mois. Et puis ils ont rassemblé suffisamment de camarades pour passer à l'action. Ils ont réussi à voler des explosifs sur plusieurs chantiers en Angleterre via des contacts. Des mois, je te dis, à cacher ces choses dans la maison. J'avais constamment peur que tout saute ici dedans. Alors le 21 juillet, tout fut prêt. Belfast allait être touchée de façon spectaculaire, disaient-ils. Le 21 juillet 1972, je m'en rappelle comme si c'était hier, les gars se sont levés de bonne heure et sont partis avec un gros paquet. Ils voulaient faire péter leurs trucs sur des objectifs économiques et militaires. Vingt-deux bombes ont creusé encore plus profondément le fossé entre deux nations cet après-midi-là. Le gars responsable des communications avait téléphoné aux autorités une demi-heure avant le premier pétard. Ils ne voulaient pas tuer, les braves gars. Ils voulaient juste faire un geste d'éclat. Mais les salauds de Brits ont fait exprès pour ne pas aviser les pauvres gens de la rue. Ils voulaient absolument envoyer nos jeunes en prison, les exécuter. Ils ne leur manquaient que ce prétexte pour passer tous nos jeunes à tabac dans les semaines qui suivraient. Les Protestants voulaient que l'IRA soit qualifiée d'organisme terroriste. Certains ont même dit qu'ils avaient déplacé des gens des zones sécurisées pour les envoyer dans les zones piégées.

Faut le faire. Alors, il y a eu vingt-deux bombes. Vingt-deux, je te dis, pas une de plus, pas une de moins. Entre 14 h 09 et 15 h 30, je m'en souviens comme si c'était hier. J'écoutais la radio et je pleurais parce que je savais qu'un jour Bobby serait pris au piège et que nous allions souffrir pour le reste de notre vie. Il y a finalement eu neuf personnes qui sont mortes et plus de 130 blessés à cause de ce sacré feu d'artifice. La bombe de Bobby a explosé à 15 h 10 en plein dans Oxford Street. Une voiture piégée, une vieille familiale Volkswagon : il l'avait volée deux jours avant à Belfast et la cachait dans la cour juste en bas. Ça fait qu'il a traîné cette ferraille à l'extérieur du dépôt de bus du transporteur Ulsterbus. Malheureusement, c'est ce pétard-là qui a fait le plus de dégâts et le plus grand nombre de morts. Fallait que ça tombe sur mon Bobby. Deux soldats britanniques ont été tués sur le coup. Quatre protestants qui travaillaient pour la compagnie des bus sont aussi morts de leurs blessures dans la nuit. Ton Ler a été plus chanceux, lui : son pétard visait une ligne de chemin de fer, près de Lisburn Road; son machin a explosé à 15 h 25. Zéro dégât, mis à part quelques rails tordus. Ça fait que les salauds de la Ulster Volunteer Force ont tout fait pour éliminer Bobby par la suite. Et ils ont foutu la paix à ton Ler, jusqu'à l'an dernier à tout le moins. C'est pour ça qu'il a amené la petite chez sa tante en France et qu'il est parti de là pour aller à Rome; les gars avaient commencé à le harceler et à le menacer, en le traitant de sale Dands. Ils ne me lâchaient pas pour autant : combien de fois ils sont venus ici avec leurs armes dans leurs trench coats, en crachant sur moi et la petite avant de sortir. Ils voulaient que je leur dise où se trouvait mon homme. Je leur disais que je ne l'avais pas vu depuis des années. Malheureusement, ce n'était pas un mensonge. Il se cachait, mon Bobby. Je recevais de temps à autre une lettre par courrier spécial. Et des sous. Je devais brûler la lettre après l'avoir lu devant le gars. Puis un jour, ils l'ont finalement trouvé. À Dublin. Dans une auto avec trois autres membres de l'IRA avec lesquels il écrivait des articles pour mobiliser les jeunes. Et hop à Maze, leur enclos à cochons, comme ils disent. Je vais le voir de temps à autre. Il est tout amaigri. Il a toujours des bleus. Il pue. Je ne le reconnais presque plus. Je n'amène jamais la petite; je lui dis que je vais faire des ménages par là quelque part. Mais c'est horrible ce qu'ils lui font dans ce trou. Bobby et ses compagnons refusent les vêtements des prisonniers en guise de protestation. Ils veulent être considérés comme des prisonniers politiques et non des terroristes, ce que leur refusent les Brits. Alors ils n'ont droit qu'à une couverture. Après une semaine dans un trou où ils les isolent deux par deux, ils les font sortir un à un pour les « laver »! Les gars baignent dans leur merde à cœur de jour. Heureusement qu'ils peuvent au moins déverser leur urine dans le corridor par la très mince ouverture sous la porte. Quand ils sont dans le corridor le jour du lavage, ils les arrosent copieusement avec des boyaux à incendie. De l'eau glacée. Tout au long du corridor, des policiers de l'antiémeute sont plantés de part et d'autre avec leurs matraques et leurs boucliers : ils sont invités chaque semaine par les gardiens pour la journée de « partage » et ils se vident le cœur sur les gars. Les gars sont roués de coups durant de très longues minutes; arrivés au bout du corridor, humiliés, affaiblis, Bobby et les autres sont reçus à coup de poings au visage par un de leurs gorilles attitrés. J'ai vu Bobby un lendemain d'une séance de lavage : il avait des ecchymoses partout sur le corps, il avait le visage tuméfié avec plusieurs entailles profondes à peines soignées, il boitait, il avait les yeux perdus dans le vide. Un vide de plusieurs siècles. Il ne parlait pas ces jours-là. Il ne faisait que serrer ma main très très fort tandis que je pleurais à chaudes larmes. C'est ça Maze, madame, un enclos à cochons. De temps à autre, des Irlandais du coin, on ne sait jamais qui, réussissent à identifier un bourreau et ils lui font la fête. Mais ça ne fait qu'empirer les conditions de ceux qui sont en dedans. Ça n'a jamais de fin, cette histoire-là. Œil pour œil, mort pour mort. Et là, ils veulent lui faire un autre procès. Ils n'ont pas de preuves, seulement des racontars de mouchards. Ils vont le coller au max là-dedans pour possession d'arme, c'est sûr. Tout le monde en Irlande a une arme de nos jours : est-ce que toute l'Irlande est en prison? Des jours, je me dis que oui...

Un temps. Elle pleure. Elle a vidé son sac. Parce que la catharsis n'est de toute évidence pas suffisante. Parce qu'elle voit bien que je suis en amour avec le Ler en question. Et avec la petite. Et que c'est son Bobby qui paie la note, et pas nous, du moins pour l'instant. Et et et...

Et moi je suis en colère d'apprendre de la bouche de cette femme brisée que mon trésor est un terroriste poseur de bombe. La chance a voulu qu'il ne soit pas un assassin, mais il n'en reste pas moins qu'il est un complice... et un sacré menteur. Un menteur? En réalité, il ne m'a jamais menti: il m'a seulement caché des choses. Drôle de sensation : me voici en train de faire le procès de mon amoureux dans ma petite tête. Dois-je éprouver de la fierté pour son courage? Ou dois-je condamner toute action violente, voire même la simple complicité dans des gestes entraînant mort d'hommes? Au final, c'est l'ensemble du truc qui me répugne: la bêtise humaine qui engendre de telles situations, des situations qui vont empoisonner deux peuples pendant des siècles. Ça finit fatalement par éclater dans la violence la plus inimaginable à tous les cent ans. NORMAL! Normal?... La norme du mal, c'est ça qu'il faut conclure? L'innée, l'intrinsèque, l'héréditaire nature belligérante de la race humaine? Misanthropie, quand tu me tiens! Pourquoi ne pourrais-je pas être un dauphin à l'occasion? Faire des cabrioles, des courses entre congénères. Rire. Manger un peu de hareng frais... Je me sens bien triste tout à coup d'être mêlée bien malgré moi à tout ce bordel.

Et bordel c'est : il vient de rentrer. Saoul. Désarticulé. Désoeuvré. Lui qui croyait recharger sa batterie de noble redresseur de torts en bonne compagnie, il se retrouve plutôt dans un cul-de-sac, désarçonné. Il a tenté d'avaler sa peine et tout son passé. Peine perdue. Il est passé à côté, ça va de soi. Il tombe sur le divan et ronfle au bout de quatre secondes en jetant des bras impuissants en ma direction.

Il voit déjà dans ses rêves que son réveil sera plutôt brutal demain...

*   *   *

L'odeur m'a tiré des bras de Morphée. Il est remonté, probablement aux aurores, pour recharger sa batterie, à la bonne source cette fois-ci. Pour demander le pardon. Recevoir l'absolution. S'attend-t-il à une pénitence? J'ouvre les volets et je me rassois dans le lit, le dos appuyé sur les oreillers, bras croisés ...

- C'est terminé!

- Quoi, terminé?...

- Terminé la table ronde, les chevaliers de plume, la confrérie journalistique. Fini la croisade pour la justice. Je sauve ma peau, et celle de la petite. Si tu veux fanfaronner ici ou encore à Rome, oublie-moi. Ta belle-sœur et moi on a eu une brève conversation hier soir pendant que tu buvais tes derniers verres de la ciguë locale. Je sais pour ta charmante petite fête un certain vendredi il y a six ans; je sais pour la charge de 15 h 10 dans Oxford Street avec la vieille Volkswagon ; je sais pour les morts que l'engin de Bobby a causés; je sais pour ta charge de 15 h 25 sur la ligne de chemin de fer près de Lisburn Road. Et je sais que j'en ai soupé de tout cela. De cela et de notre charge contre le mariage béni entre la mafia et le Vatican. C'est terminé. J'ai été programmée pour sauver ma peau. Si tu n'arrêtes pas ce grand théâtre, je rentre dans mes neiges éternelles. Capiche?

- Amour, ne nous fait pas ça. Malgré les parfums éthyliques que j'ai ramené du pub, j'ai beaucoup réfléchi hier, imagine-toi donc. Comme je n'ai plus besoin de te faire un portrait de la situation, espèce de monstre de compréhension, sache que je tiens à la petite et à toi comme jamais je n'ai tenu à quelqu'un. Comprends-moi bien : essaie un seul instant de te mettre à ma place, à la place de Susan, ou mieux encore celle de Bobby! Je me sens infiniment coupable d'être là où nous sommes aujourd'hui, Abbie, toi et moi. Coupable de les laisser tomber. De laisser tomber un passé fait de siècles d'asservissement. Que veux-tu, c'est plus fort que moi. C'est assez fort pour mobiliser tout mon peuple et le pousser au bord du gouffre du suicide collectif. C'est le sang chaud de notre terre qui rougit nos veines. On ne peut laisser l'histoire nous balayer de la carte sans y écrire notre page! Alors, bon dieu, c'est presque impossible à me sortir des tripes ces élans-là. Et à cause de toi, oui, à cause de toi, je dois faire une croix sur tout ce qui m'a porté jusqu'à ce jour... Tu veux faire de moi un Phoenix, mais je ne sais pas si ma peau va passer à travers ce feu purificateur. Et le pire du pire, c'est que je sais que tu as raison, espèce de beauté ensorcelante. Tu as raison pour la petite, pour moi, pour notre amour.

Puis rien.

Ou presque.

Il tombe. Il descend dans une chute immémoriale. Il n'est plus qu'un minuscule point noir dans l'infiniment sombre. Je viens de vider le reste de sève vitale qui circulait dans ce grand tronc maladroit. J'ose...

-Tu m'as demandé de faire un pacte avec toi concernant la petite. Eh bien moi, je vais te proposer un autre pacte, un engagement qui te sortira de l'engrenage infernal du mal. Nos ennemis actuels sont au-delà de nos forces. Leur arsenal politique, économique et militaire nous dépasse. Il faut savoir choisir nos combats, sinon, nous devenons des martyrs. Nous évaluerons un autre moyen de faire connaître la vérité. Plus tard. Quand la soupe sera moins chaude. Nous écrirons un livre, si tu veux. Mais pour l'instant, nous nous poussons, tu m'entends! Voici ce que je propose : après notre visite ici, nous retournons à Rome en passant par la Bretagne. Là-bas, nous écrirons un dernier article sur l'élection du nouveau pape et sur notre vision de l'avenir de la Sainte Église Catholique. Puis nous plions bagages, nous prenons la petite et nous allons nous installer au Québec.

- C'est un ultimatum?

- En plein ça. Je te laisse trois heures pour me donner ta réponse. Tu vas à la prison voir ton frangin, tu reviens et tu craches le morceau. Pas d'extension du couvre-feu. Tu m'entends?

Rien.

Ou presque.

Enfin ce presque rien, en forme de regard, comme à la première heure. Un éclair qui nous soude d'amour. Oh mon cher Ler...

Je conjure le sort de ne pas me faire vivre le sacrifice de le perdre. Il voit tout ce qui s'écrit dans mon cœur...

*   *   *

Il est parti pour Maze.

Seul.

Le dos voûté.

Sous la pluie.

Il en est revenu trois heures plus tard. Seul. Le dos encore plus voûté. Mouillé jusqu'à l'âme. Sur ses joues, l'eau n'était pas de la pluie.

A tenté d'avaler quelques bouchées du ragoût de mouton.

Quand Susan s'est retranchée dans la cuisine, il a parlé d'une voix caverneuse, lentement.

- Bobby n'est plus. Enfin, il ne reste qu'une toute petite flamme. Je ne donne pas cher de sa peau. J'étais là, de l'autre côté de cette minuscule table dans la salle des visites, et je ne pouvais pas le prendre dans mes bras. J'ai posé ma main sur le verre en attendant que sa main épouse la mienne. Nous nous sommes regardés longuement, jusqu'au fond, jusqu'au XIe siècle, jusqu'à demain. Nous n'avons presque pas parlé. M'a demandé des nouvelles de la petite, et de toi dont il avait entendu parlé par Susan, via tante Gaëlle. M'a interdit de pleurer. M'a laissé savoir que toute l'Irlande était derrière lui, qu'il allait se présenter aux prochaines élections : « Une première ! Penses-y, un député au trou! Je serai élu et toute la planète en parlera... » Les gardes m'ont reconnu. Fallait s'y attendre. Ils ont rapidement téléphoné à leurs « amis ». À la sortie de leur saloperie de porcherie, trois hommes sont venus me saluer avec leurs 9 mm et quelques paroles d'encouragement : « Qu'est-ce qu'on t'avait dit, le

frère de l'autre? Le traversier est à 15 h. Voici trois billets :
un pour toi, un pour la petite et le dernier pour la grenouille
francophone. » Ils ont sifflé leur malédiction en tirant chacun
une balle à mes pieds, perçant une fois de plus le cœur mal
rapiécé de ma chère Irlande. Nous partons à trois heures, mon
amour. L'amour est plus fort qu'eux. C'est toi qui a raison.

- Quittons ton Irlande adorée, mon trésor, nous y
reviendrons en des temps plus verts, quand pousseront à
nouveau les trèfles à quatre feuilles...

Susan. Avec le thé. Nos buvons dans le malaise. Ler
murmure à l'oreille d'Abbie d'aller faire sa valise et de dire
adieu à sa cousine. Il ne dit rien à Susan. S'il prononçait une
seule parole, il vomirait. Il m'embrasse sur la joue, se lève,
enserre Susan dans ses grands bras pendant un bon moment,
puis monte à l'étage.

Après le thé, et après avoir tenu la main de Susan
pendant une bonne quinzaine, je suis la piste tracée par mon
gaillard.

J'ai sauvé ma vie. Et la leur.

24

Rome, printemps 1979.

Les Étrusques
C'est si charmant
Ils invitaient leurs charmantes épouses
Pour les agapes
Ce qui leur valait les sarcasmes des Grecs
Leurs voisins
Et une bonne dose de rivalité
Bien que derrière tous ces traits culturels
Le commerce était la vraie pomme de discorde
Comme toujours
Alors ils étaient plus « évolués »
Diraient les féministes contemporaines
On sait aussi que leur panthéon a été adopté
Par les Romains par la suite
Leur langue qui s'écrivait avec un alphabet grec
Légèrement modifié
A donné naissance à l'alphabet latin
Pas si mal pour des Barbares, des autochtones

*« Venus du Nord? Ou venus d'Asie mineure, les
Étrusques? Il est donc assez probable que la civilisation
étrusque soit venue d'Asie Mineure par des marins qui
l'aurait transmise à des peuples autochtones, comme la
civilisation grecque l'a été aux Latins et la civilisation
punique aux habitants de l'Africa. »*

Frédérique et moi

185

On s'amuse à poser ce genre de questions
À écrire ce genre de commentaires
Puisque nous sommes devenus
Des journalistes *culturels*
Nous nous sentons en vacances
Plus d'articles sur les finances du Vatican
Fini les enquêtes sur des banquiers voleurs
Fini les limousines noires et les tireurs à gages
Adieu mafia bien-aimée

Alors on nous fout la paix
Nous n'existons plus à leurs yeux
Ils sont sûrs que nous avons compris
Et nous filons le parfait bonheur
Abbie est venue passer le nouvel an à Rome
Pour la première fois
On a fait la fête durant deux semaines
Tous les films de Disney
Toutes les foires de passages
Toutes les librairies pour enfants
Quelques trucs scientifiques avec plein d'énigmes
Et quelques grands restos
D'ailleurs, nous écrivons aussi des livres de cuisine
Le lapin aux olives
Une gremolata bien personnelle
Notre osso bucco
Et nos côtelettes favorites, Marsala ou pas
Sans compter la centaine de variantes
Pour servir les pastas
Longues ou spiralées
En papillons ou en roues
En sauce ou pas
Des kilos d'huile d'olive par chapitre
Des dizaines d'antipasti par page
Et autres canoli pour le dessert
Un grand éditeur français a lu nos trucs

Il nous a fait une proposition
Un grand livre, papier glacé
Meilleur photographe au monde
Traduction en une quinzaine de langues
Pour le premier tirage
Il veut que nous intercalions des « impressions »
Des pages d'histoires sur la ville
D'où origine la recette
Des critiques d'œuvres d'art d'une région donnée
La cuisine romaine, et tous les monuments
La cuisine toscane, et tous les villages médiévaux
La cuisine florentine
Et tous les peintres de la Renaissance
La cuisine des montagnes du Nord et toutes ses brebis
Quelques accords mets/vins
Bref
Des millions en recettes pour nous
En dollars sonnants
Avec lesquels nous achèterons une villa à Corfu
Pour faire un pied de nez à Durrell
Nous écrirons des recettes en vers
Quand nous irons à Anvers
Ou en alexandrins quand nous irons à Alexandrie

Ce n'est pas tout
Nous écrivons aussi des articles faussement savants
Qui font des parallèles
Entre la chute de l'Empire romain
Et la chute à venir de l'Empire américain
Les colonies de plus en plus éloignées
Les soldats d'origines « étrangères » qui se rebellent
Les matières premières
Qui viennent de plus en plus loin
Et qui fragilisent le centre
Quand toute cette énergie de première qualité
Va manquer

La bouffe, la main d'œuvre, les matières premières
Quand le pétrole sera entièrement sous contrôle arabe
Quand la planète va exploser
Sous le poids de toute cette production
Et cette surpopulation
Alors on tente d'imaginer
Quelle sera la nouvelle Gênes
La nouvelle Amsterdam
Le nouveau Londres
Le New York de l'an 2000
Bref, on suit un filon pavé d'or
Et on en redemande

Mais ce qu'on s'ennuie…

Ne manquait qu'une bonne nouvelle
Pour couronner le tout
Et elle est venue d'Irlande
Accompagnée d'une mauvaise, très mauvaise
Il va de soi
Comme un rappel à l'ordre
Bobby a effectivement été élu depuis sa prison
Sa pub : une grève de la faim
Que tous les médias ont suivie à travers le monde
D'autres prisonniers ont emboîté le pas

Les supporters de son combat
Se servent de l'évènement
Pour cimenter toute la communauté catholique
Dans leur campagne
Parce qu'un siège est tout à coup vacant
Et hop! Bobby se lance
Il en sort vainqueur
Avec une faible majorité
Les Brits sont pris de court
Le gouvernement change la loi électorale

Interdit aux prisonniers de se présenter à des élections
Requiert une période de cinq ans
Entre la fin de la condamnation
Et la possibilité de se présenter
Mais le mal est fait

Oui, le mal est fait
Le très grand mal
La santé de Bobby s'est brusquement détériorée
Il a tenu le coup durant de longues semaines
Quelques codétenus sont morts
Et voilà
Que l'inéluctable
L'indicible
L'insupportable
S'est produit il y a deux jours à peine
Le Télex nous en a averti il y a quelques heures
Bobby Dands est mort à l'hôpital
De la prison de Maze
Après 66 interminables jours de grève de la faim
Sa mort a provoqué de nombreuses émeutes
Dans les quartiers nationalistes en Irlande du Nord
Plus de 100 000 personnes ont suivi le cortège
Lors de ses funérailles

Et nous qui sommes là à étrusquer, à cuisiner
À prospectiver
À nous étourdir à la manivelle de l'inutile
Quand la vie s'en va
Oui, le mal est fait
Le très grand mal
Nous avons tout arrêté
Assaillis de mille regrets
De n'avoir pu honorer son geste
De n'avoir pas été là pour saluer son ultime départ

Voilà
Ça y est
Ça me rentre dedans
Avec un drôle de décalage
Avec encore plus de force
J'ai perdu mon frère au combat
Sang de mon sang
Fierté de ma fierté
Mon frère a fondu au point de disparaître
Sous le regard jubilatoire de ses hyènes
Il n'est plus
Mais il vit plus que jamais
Nous étions siamois
Unis par cette même pulsion de faire régner la justice
Un de ces grands jours
Sur notre verte Irlande
Nous étions faits des mêmes espoirs
Des mêmes humiliations
Des mêmes vengeances
Des mêmes rêves brisés
De la chair même de nos proches tombés
Sous les balles assassines

Oui, le mal est fait
Le très grand mal
C'est moi qui meurt aujourd'hui
La plus grande part de moi
La meilleure
Voici que je me redemande
Où est la frontière entre lui et moi
Entre sa bombe qui a tué
Et la mienne qui n'a que tordu le froid métal
De quelques rails insensibles
Je suis aussi coupable que lui
Et c'est lui qui meurt
C'est lui le héros

Alors que moi je suis invisible
Et quand mon amour me demande
À quoi tout cela a servi
J'en suis rendu à ne plus savoir quoi répondre
Comme si cela était
Dans l'ordre des affaires humaines

Oui, ces affaires humaines
Me voici qui descend
Dans le ventre de l'histoire
Alors chère histoire, qu'as-tu à nous dire
Dis-moi, seulement pour ce siècle
Pour ce seul siècle
Sans mentionner la grande guerre
Dis-moi, petite histoire
Pourquoi les 1,2 millions de morts en Arménie
De 1916 et 1917
Pourquoi les 5 millions de morts
Lors de la guerre civile
Qui a suivi la Révolution russe de 1917
Pourquoi les 7 millions de morts
Lors de la famine en Ukraine en 1932
Provoquée par le stalinien Staline
Tandis que l'URSS croulait sous les surplus
Pourquoi les 6 millions de gazés lors de la Shoah
Et les 62 millions d'autres soldats
Femmes, enfants, vieillards
Que la rage du petit moustachu mal aimé
A entraînés avec elle dans *l'au-delà*
Au-delà de toute imagination
Ou les 20 millions d'exécutés à partir de 1966
Lors de la très rouge Révolution culturelle de Mao
Et pourquoi le Biafra de 1966 à 1970
Pourquoi ces guerres entre ethnies
Ce million de pauvres paysans
Qui ont fait les frais d'une guerre provoquée

Par la cupidité des 7 sœurs
Les 7 grandes compagnies de pétrole de l'époque
Pourquoi toutes les familles du Cambodge
Ont un mort dans la cour
Est-ce pour le seul bénéfice de l'humble Pol Pot
Qui voulait atteindre le chiffre magique
De 2 millions de tués
La liste est trop longue
Du Liban à la Palestine
De l'Afrique du Sud en passant par le Kashmir
Sans parler des deux Corées
Où regarder
Où poser le regard pour sentir le bonheur
En faisant rouler mon globe terrestre
Ce n'est pas le bleu qui domine
C'est le rouge de tout ce sang
Qui remplit tous les océans

Je suis mort avec toi, mon Bobby bien-aimé
Ils m'ont finalement eu
Je fonds, allongé dans mon lit
Je descends dans cette rue, dans ces caniveaux
Dans ces strates souterraines de la vie
Je ne suis plus un père
Un amoureux
Je suis un grand singe
Puis un reptile
Une cellule
Une pierre
Le feu originel
Une énergie sur le bord de s'incarner
À partir d'une pression initiale insoutenable
Une conscience qui ne sait pas qu'elle existe
Qu'elle va devenir une autre atrocité dans le temps
Dans l'espace
Et qu'elle va

Après quelques siècles d'évolution
Posée une bombe dans la cour de son semblable
Pour la CAUSE
Et ainsi perpétuer les drames
Oui, tuer à perpétuité

Je suis mort avec toi, Bobby bien-aimé
Ils m'ont finalement eu
Ô mon amour
Sauras-tu me ressusciter
Et faire en sorte que l'ascension de mon corps
Nous unisse au paradis de notre si pur amour

25

La nouvelle de la mort de Bobby a littéralement terrassé Ler. Il n'est plus que l'ombre de lui-même. Un épouvantail. Sur lequel se posent les noirs corbeaux du désoeuvrement le plus total. C'est l'été dans quelques jours à Rome, mais lui ne voit que des nuages. Tout ce qu'il a vécu dans son enfance, tout ce qui l'a construit, tout ce qui l'a dynamisé, tout ce pour quoi il s'est battu des années durant comme militant et plus tard comme journaliste, tout, absolument tout meurt avec Bobby. Et la maigre distraction que constituait notre récente incartade dans le journalisme un peu plus alimentaire, au propre et au figuré, n'a certes pas ralenti la vitesse de cette chute. A contrario, elle l'a précipitée davantage.

Je l'ai bercé comme une pauvre épave. Toute la nuit, en chantonnant. Va et vient. Comme les vagues d'un océan de peine. Les larmes n'ont cessé que ce matin à l'aube, grâce à l'intransigeance du soleil romain, si cuisant. Les orbites restent creuses, les yeux rougis, le cœur désynchronisé. Je l'ai drogué à l'expresso et je l'ai traîné vers la vieille ville, vers le Colisée, plus précisément; comme si je voulais lui laisser entendre par là que les choses passent, que les grands cirques politiques et culturels deviennent un jour ou l'autre une ruine où les touristes et les intellos viennent réfléchir en se demandant quelle sera la prochaine civilisation à connaître un déclin. Je lui ai surtout dit que le Québec et l'Irlande survivraient parce que ce sont de petits peuples opprimés, donc des débrouillards, des créatifs, des ingénieux. Des rebelles. Qui ne marchent pas dans le rang. Parce que lui et moi sommes de cette race qui s'adapte, qui reformule, qui redéfinit. Nous survivrons parce que nous avons la tête dure.

Et comme une mort ne vient jamais seule, nous avons appris hier, 18 juin 1979, la mort de Roberto Clavi, le controversé président de la Banco Ambrosiano. Ce décès, relié à sa fuite à Londres après avoir créé un trou estimé à plus d'un milliard de dollars, ne peut-être que le fait de la loge P2 à laquelle il appartenait avec Licio Genni et Michele Sidano. « Bon débarras! », me lance Ler. Et comme il a raison. On ne souhaite jamais la mort de quelqu'un, n'est-ce pas. Mais quand des truands de cette espèce règlent leurs comptes en famille, on a de quoi se réjouir.

Du haut des gradins, le regard posé sur le passé en décomposition, nous n'avons pu nous retenir de formuler un dernier vœu avant de quitter Rome. Cette grande ville qui est en train de voir son autre empire s'effriter : le Vatican! En témoigner une dernière fois! Dire les choses crûment. Puis hop, vivement le Québec. Un dernier soubresaut pour *nous faire du bien*, pour nous conforter dans nos rôles de redresseurs de torts : ça nous évitera de ne garder de ce passage dans la ville éternelle qu'un souvenir d'insipides cuistots mélangeant les Étrusques à la sauce napolitaine. La mort de Clavi est venue relancer nos esprits batailleurs… Et pour la première fois de notre relation, Ler signe enfin l'article de son vrai nom. Fini la mascarade derrière le nom de Cathy O'Dowd.

*   *   *

Rome, le 19 juin 1979.

De nos correspondants Ler Dands (Reuters) et Frédérique Cyr (Presse Canadienne)

Le rideau vient de tomber sur les pages les plus sombres de la Très Sainte Église Catholique : nous apprenions hier la mort par suicide du président de la Banco Ambrosiano de Milan, une vénérable institution financière, propriété à un haut pourcentage de l'Istituto per les Opere di Religione, la banque du Vatican. Déjà les résultats préliminaires de l'enquête nous permettre de croire plutôt à un assassinat, voire à un règlement de compte. Mais qui donc avait avantage à occire le banquier de Dieu, le grand ami de Monseigneur Markus, le grand argentier du pape.

Le 5 juin dernier, 13 jours avant sa mort, Clavi a écrit au pape Jean-Paul II, Karol Woytila, récemment porté sur le trône de Pierre après l'assassinat de son prédécesseur. Il aurait déclaré : « Votre Sainteté, c'est moi qui me suis chargé du lourd fardeau des erreurs ainsi que des fautes commis par les représentants actuels et passés du IOR... C'est moi qui, ayant été chargé avec précision par vos représentants autorisés, ai commis des erreurs irréparables. »

Rappelons que la curie romaine avait élu le 16 octobre dernier un pape polonais, un pape fantoche, un de ceux dont on était sûr qu'il maintiendrait le silence sur la banque et qui reconduirait rapidement Monseigneur Markus à la tête de la vénérable IOR, malgré les ordres signées de la main de Jean-Paul 1 la veille de sa mort. La communauté journalistique avait conclu que le choix de Wojtyla avait été dicté en partie par la CIA qui aurait offert des millions à ce nouveau venu, tout cela via la banque du Vatican et ses autres filiales suisses ou off shore, histoire de transférer des millions vers le syndicat des dockers polonais Solidarnosc. But avouer : déstabiliser un pays communiste et le faire basculer à l'Ouest, et par ricochet, discréditer l'idée d'un gouvernement communiste en Italie, haut lieu du christianisme. Et pourquoi pas : mettre fin au communisme qui existe sur cette terre, point à la ligne! Bien que le passé douteux de Markus fut désormais connu de tous, et bien qu'il fut récemment sous enquête par les autorités italiennes avec de lourdes accusations pesant contre lui, il fut défendu jusqu'au bout par Jean-Paul II; le pape s'est prévalu de l'immunité diplomatique vaticane pour étouffer toute l'affaire. Et de son charisme de rock star pour faire diversion.

Voilà donc : Roberto Clavi est mort hier, le 18 juin 1979, retrouvé pendu sous le pont des Blackfriars à Londres. Le banquier avait disparu de la ville de Milan huit jours auparavant, sans laisser aucune trace. La gestion douteuse de Clavi venait de creuser un déficit de 1,4 milliard de dollars dans les caisses de la Banco Ambrosiano. La destination des sommes disparues n'a pas encore été élucidée, mais il est bien connu qu'une part importante de cet argent provenait d'activités reliées à la mafia. Clavi et la Banco Ambrosiano détenaient des comptes non publiés au Luxembourg; plusieurs de ces comptes étaient des filiales de banques au Pérou et en Amérique latine. Des sommes importantes de ces comptes auraient été transférées vers certaines de ces filiales. « Un grand nombre de gens ont un tas de comptes à rendre, dans cette affaire », avait affirmé Calvi avant de s'enfuir. Le banquier se vantait ouvertement d'avoir aidé le Pape au cours des opérations financières effectuées pour venir en aide à Solidarnosc.

Alors pourquoi Roberto Clavi a-t-il été assassiné? Les hypothèses les plus plausibles sont au nombre de trois : peut-être a-t-il été éliminé pour sa mauvaise gestion des immenses sommes d'argent que la mafia lui aurait confiées. Peut-être voulait-on tout simplement le faire taire, lui qui connaissait tous les rouages du recyclage de l'argent mafieux à travers sa banque, à travers la banque du Vatican et à travers les nombreuses banques off shore dont il était actionnaire. Peut-être enfin voulait-on que cette mort serve d'exemple à tous les collaborateurs externes à la mafia, notamment certains politiciens et hommes d'affaires bien en vue en Italie.

Mais le grand manipulateur derrière toute cette affaire, celui qui tire toutes les ficelles, est sans aucun doute Licio Genni. Cet ancien volontaire au service des « chemises noires » en Espagne dans les troupes de Franco a flirté avec les fascistes de Mussolini lors de son retour en Italie. Il aurait même été enrôlé par les Américains pour jouer un rôle dans "Gladio", cette milice silencieuse financée par la CIA et qui luttait dans plusieurs pays contre la montée du communisme. Parti en Argentine, il était connu pour avoir des relations avec Peron. Et pendant tout ce temps, il cultivait ses amitiés dans des cercles d'extrême droite partout dans le monde.

Vers 1963, il s'initie à la Maçonnerie; il devient en 1966 membre d'une loge qui existait depuis le siècle dernier, "Propagande 2", la P2. Il en devient Grand Maître en 1975. À partir de là, il double ses efforts de recrutement pour faire de ce club sélect un véritable gouvernement occulte en Italie. Son aversion pour le communisme lui donne accès à du capital venu de partout : église, gouvernement, CIA. Le crack de la Banco Ambrosiano montre hors de tout doute que Genni était un ami intime de Clavi, de Michele Sidano et de Monseigneur Markus.

Genni est l'un des grands maîtres chanteurs de ce siècle : sa capacité à noyauter les plus grands autour de son club pseudo-maçonnique le protégea en plusieurs occasions. Une perquisition récente à sa résidence a révélé l'existence d'une liste de près d'un millier de noms associés à P2, dont 30 généraux, 38 membres du Parlement, 4 ministres influents, et même des anciens présidents italiens. On soupçonne Genni d'avoir trempé dans l'assassinat d'Aldo Moro pour éviter qu'une coalition avec les Communistes ne prenne le pouvoir en Italie l'an dernier. La liste comprend aussi les noms d'agents secrets, de proprios de journaux, de patrons de chaînes de télévision, d'hommes d'affaires, de banquiers, sans oublier 19 juges et 58 professeurs d'universités. Jolie trouvaille, n'est-ce pas? Il y a fort à parier que la publication de cette liste, si elle a lieu (on ne sait jamais en Italie), risque de faire tomber le gouvernement actuel.

Quelles seront les conséquences de l'assassinat de Clavi? À notre avis, aucune. La liste des membres de P2 est si importante que tous les individus concernés s'entendront pour dire que c'est là un ballon des communistes, une rumeur de l'opposition, ou la jalousie de quelque intellectuel frustré. L'église se terrera derrière les accords du Latran et fermera la porte de son confessionnal. Ceux qui jouent avec l'argent de la mafia en pensant se constituer un magot personnel, comme le magot secret de Clavi estimé à 400 millions, eh bien ils connaîtront le même sort. Aujourd'hui, mafia, cardinaux, monseigneurs, banquiers, gens d'affaire, généraux et hommes politiques peuvent dormir tranquille : le nouveau Pape est en spectacle à travers le globe et le président de la République est en vacances au lac de Garde, tout près de ses vignobles du Bardolino. Rien n'a changé dans la manière de gérer notre monde, et rien ne laisse présager que la situation évoluera d'ici quelques siècles...

P.s. : Nous saluons notre lectorat pour nous avoir suivi lors de cette série de reportages en provenance de Rome. Une nouvelle affectation en Amérique nous attend dans les semaines à venir. Nous serons alors heureux de vous retrouver.

*　　*　　*

La rédaction de cet article a constitué pour nous l'ultime catharsis pour expurger de notre âme toute cette culpabilité judéo-chrétienne que le clergé nous a enfoncé dans la gorge dès le berceau. Tous les clergés du monde le savent trop bien : laissez-nous les enfants, et le tour sera joué... Comment avons-nous pu vivre entouré de tant de mensonges?

Bref, nous sommes sortis soulagés de l'exercice après des mois de faire semblant à notre manière. Les collègues du Corriere Della Sera ont aimé aussi : ils ont traduit et publié l'opus. Tout cela a soulevé quelques vaguelettes dans les chaumières, a fait toussoter les gorges chaudes de l'extrême droite et se mouiller les grenouilles de bénitier. Markus doit nous voir dans son vin de messe. Genni doit chercher à qui donner le contrat...

Peu importe les réactions, tout cela ne change en rien nos plans pour le départ en Amérique, en passant par la Bretagne, bien entendu. D'autant plus que j'ai reçu une lettre de mon oncle Gérard ce matin, une lettre qui m'annonce que l'état de santé de ma mère s'aggrave de façon alarmante.

*　　*　　*

Maman... Éternel va-et-vient en moi entre la rage et la complicité salvatrice. Nos forces unies nous ont permis de passer à travers les aléas de l'époque pour deux femmes seules. Nos forces désunies, à cause d'une surdose de proximité étouffante, nous ont éloignées à tout jamais. Même après avoir mis un océan de distance entre nous, je ne peux qu'admettre que je l'aime. La plus grande crainte de ma vie serait de rater son départ sans avoir fait la paix avec elle, sans lui avoir dit ô combien, malgré tout, je l'aime. Sans avoir entendu son maudit secret. Toute cette place qu'elle occupe dans ma vie. Je m'en voudrais tant. En observant cette lettre qui semble coller à ma peau et dans laquelle je me suis perdue, Ler entend tout ce qui se passe dans ma tête. Quand je lève finalement les yeux, je croise les siens : il me regarde l'âme et me lance « Appelle-la. Il faut que tu l'appelles immédiatement ».

J'embrasse cet homme marqué, cet être à qui la sagesse est venue par l'entremise de la douleur. À pas lents, je me rends au bistrot du coin de la rue où il y a un téléphone; après ce qui m'a semblé une éternité, j'ai finalement une ligne. La voix de maman est brisée, hachurée, faible. Il y a plus de silences que de mots. Nous n'avons pas besoin d'élaborer. Entre chacun de ces hiatus, des dizaines de souvenirs se glissent et se gonflent. Nous sanglotons toutes les deux. Et laissons couler. Je lui promets que je serai à Montréal sous peu.

*   *   *

Nous avons fait de touchants adieux à Leibivici et à Alessandra lors d'un copieux dîner aux pâtes arrosées de Brolio et nous sommes rentrés Viale delle Mura Aurelie pour une baise mémorable.

La nuit n'a pas eu de fin...

*   *   *

Juste avant que l'ange de l'aube ne revête sa toge blanche, Ler s'est endormi dans mes bras. J'ai caressé sa chevelure en me laissant aller à mon petit bilan de ce séjour romain, comment il s'était amorcé à Montréal avec l'urgence de fuir maman et le milieu universitaire, comment mon arrivée ici fut bénie des dieux, comment l'entrée fulgurante de Ler et d'Abbie dans ma vie avait tout changé en si peu de temps. Et comment aussi j'avais aimé y pratiquer mon métier en compagnie de gens compétents durant une période passablement mouvementée. Incroyable tout de même.

Le soleil fait son entrée côté jardin. Venue de la loge de Sergio en bas, l'odeur du café monte le long du mur déjà chaud et entre par la fenêtre du studio. Il va me manquer ce monsieur serviable et foncièrement heureux. Un rayon pénètre et illumine absolument tout ce qui m'entoure.

Dring.... Dringgg... Qui cela peut-il bien être?

- Mademoiselle Frédérique, Bon giorno... Excusez-moi de vous appeler à si bonne heure, mais il y a un homme qui veut parler à monsieur Ler ici en bas. Il a un paquet pour lui. Il dit que c'est urgent.

C'est Sergio en bas. Je prends de ses nouvelles, lui dit que j'envoie Ler dans la minute, lui souhaite une bonne journée. M'a l'air un peu pressé ce matin.

L'appel a réveillé Ler qui baille comme un vieux tigre, la tête de côté, la gueule grande ouverte.

- Ler, mon trésor, il y a quelqu'un qui veut te voir en bas. Sergio vient de téléphoner. Il dit que c'est urgent. Il a un paquet pour toi.

- Urgent. À cette heure. Avant mon premier café. Cette personne ne doit pas savoir ce que veut dire urgent.

Il enfile un pantalon de lin blanc et une grande chemise blanche. Il me plaît quand il ose s'habiller comme ça. Sur le pas du studio, il me lance:

- Femme, prépare-moi un café au lait, je remonte
t'embrasser dans un instant!

Il sort en sautillant. J'entends la cage du hamster qui
grince déjà.

Un pigeon se pose sur le rebord de la fenêtre. Fait une
brève incursion dans le studio, clap clap clap, et s'envole.

Et dans un éclair, je sais.

J'enfile ma robe de chambre, je défonce presque la
porte du studio, je dévale toutes les marches de tous les six
interminables étages de l'immeuble et j'arrive à bout de
souffle dans le hall. Dans l'ombre du cadre de la porte, à
contre jour, je vois Ler dehors et l'homme en question. Il
entrouvre le paquet et je vois clairement le contour de ce que
je crois être une arme de poing. Je me précipite dehors, suivi
de Sergio qui a senti ma panique. Dans la pure lumière de ce
jour nouveau, je me lance sur le type, mais c'est Sergio dans
son élan qui me coupe la voie. Deux détonations déchirent le
silence de la Via Della Aurelie. Puis une autre détonation,
plus sourde. Sergio tombe et le sang gicle à gros bouillons de
sa carotide tandis que je m'écroule sous lui. Une autre
détonation résonne tandis que le type perd l'équilibre en
tirant vers moi. La balle me frôle et ricoche pour aller se
loger dans le pin derrière moi. Déjà, il y a des passants qui
accourent. Le type prend ses jambes à son cou et part en
direction opposée à la ruée. À une centaine de mètres de là,
une auto attend. Il s'y engouffre et la voiture disparaît aussi
vite qu'elle était apparue.

Ler est assis par terre. Au beau milieu de la rue, en
plein milieu de notre vie. Une tache rouge grandit à vue d'œil
sur sa chemise immaculée et lui fait un cœur géant. Ce si
grand cœur qui veut sortir et battre dans mes mains
allongées. Je suis totalement paniquée. Tellement que j'en

suis catatonique. Sans savoir pourquoi ni comment, je suis aimantée vers lui : je soulève le corps inerte de Sergio sous lequel je suis prisonnière et je m'avance lentement bras tendus. Oh si lentement, en le regardant dans les yeux. Il me regarde aussi, avec tant de tendresse. Je m'agenouille pour une ultime prière, piéta brisée, et je l'enserre dans mes bras. Je le berce doucement pendant qu'il ne cesse de murmurer : « Mon amour, mon amour... »

Le pigeon qui s'était infiltré dans le studio fait un piqué vers nous puis s'envole vers le soleil aveuglant.

26

Il a fallu qu'on me l'arrache des bras. Je suis restée là des heures, des jours, des semaines me semble-t-il. Muette, immobile, fixant son visage, attendant que son âme se glisse totalement sous ma peau, coule dans mes veines, donne les impulsions à mon cœur qui s'était arrêté de battre. J'ai attendu que l'égrégore s'envole. Il n'y a rien à dire. Rien à faire. Le sens de toute chose vient de s'effacer de la surface de la terre. L'évolution, l'Histoire, les grandes civilisations, les grands penseurs, les cultures, les grandes réalisations du génie humain, tout s'en va. L'Irlande, le Québec, ça s'en va. L'Italie, ça s'en va. La religion, partie depuis des lustres. L'amour, il est répandu sur le bitume, en train de coaguler. Ne reste qu'une rue silencieuse. Atrocement silencieuse. Pas de vent. Pas de chants d'oiseaux. Pas de palabres aux fenêtres. Pas d'autos. Nul mouvement. Qu'un petit attroupement immobile de regards incrédules qui s'abreuvent à ces cadavres, qui se concertent pour finalement se convaincre qu'ils sont chanceux de pouvoir contempler encore une journée ce monde qui n'a pas de sens. Les mares de sang ne sont plus que des taches dans le petit cahier noir du journal inachevé de la Viale delle Mura Aurelie. Si vite passée une vie. Si minuscule une existence au calendrier de notre galaxie qui fait ses spirales dans le vide absolu d'un espace infiniment incompréhensible. Demain, ou après demain, la pluie aura tout délavé : le temps aura retrouvé un semblant de perspective, la vie se fera accroire à elle-même qu'elle a toujours une signification secrète dans l'infinie petitesse de notre monde. Notre monde?!... Quel monde? Qu'est-ce qu'un monde?

Envolé, mon ange blanc.

Il a fallu qu'on me l'arrache des bras. Je suis restée là des heures, des jours, des semaines me semble-t-il. Muette... Pourtant, d'autres baisers seront échangés sous le regard indifférent de la statue de Garibaldi non loin d'ici. Mais ce ne seront pas ceux de Ler et moi. Voilà, à deux, à trois, à mille, on me l'arrache. On me sépare de lui. On me coupe en deux. On me soulève. Je ne pèse qu'une plume, et je m'envole au-dessus du Janicule, au-dessus des toits de Rome, au-dessus de la péninsule tout entière, au-dessus de la terre pour me poser dans le berceau du croissant de la lune. De là, je me perds dans une histoire d'amour qu'on raconte à une enfant quelque part en Bretagne.

Je suis dans les bras de l'Inconnu. On me traîne, on me passe de l'un à l'autre. On ne sait plus quoi faire de cette chose inutile que je suis devenue. On me cache. On cache les corps de linceuls improvisés à partir des voiles noirs des dévotes du quartier. La vie vient de passer de l'autre côté du voile de la grande illusion. Dans la Viale delle Mura Aurelie se joue un dernier acte d'un opéra connu : gyrophares, policiers, ambulanciers, camions de la morgue, farandole de rubans jaunes, photographes, caméramans, employés municipaux. Et les badauds qui s'entassent, figurants involontaires qui forment le grand rideau de scène qui se ferme lentement sur le drame de ma si petite vie.

*   *   *

Leibovici est apparu comme par miracle. Apparition évanescente, il m'a accrochée à son épaule, baluchon informe, et m'a déposée là-haut dans ce studio où chaque meuble, chaque chaise, chaque livre sont devenus des fantômes. Rien ne dit plus rien. Les draps défaits sont devenus des voiles déchirées, inutiles. Toute lumière est désormais opaque ici dedans.

Dans le noir de cette blancheur aveuglante, j'ai balbutié aux enquêteurs des mots incohérents que Leibovici a tenté de traduire en italien : ils sont journalistes d'enquête, la mafia, la Banco Ambrosiano, Le Vatican, des menaces de Monseigneur Markus... « Lisez les journaux, tout est là.», qu'il leur dit. Les hommes notent, sachant bien que tout cela ne servira à rien, que tout va mourir au feuilleton, que les patrons vont dire merci, qu'ils seront impuissants à faire comparaître les coupables. Tous savent que dès le lendemain, ils vont jeter les papiers aux poubelles d'un autre quartier de la ville sainte. Dans ce magma de mots, j'entends vaguement les enquêteurs mentionner qu'ils ont été appelés hier soir sur le lieu d'un autre assassinat : ils ont aussi tué un de nos confrères italien qui enquêtait également sur Markus, Clavi, Sidano et Genni, le controversé mais néanmoins très compétent Mino Pecorelli, avec qui nous avions eu quelques échanges constructifs concernant nos enquêtes respectives. Ce vire capot, ancien membre de loge P2, avait une vision de l'intérieur des choses... Il avait tout vécu, il connaissait tous les acteurs. Il savait tout, absolument tout.

« Cela en vaut-il la peine?»
La peine...
La peine est immense.
La désolation, partout.
La dévastation, totale.

*   *   *

Quand le silence revient, il a la lourdeur d'un jour sans fin.

Leibovici prend le contrôle...

- Tu ne dois pas rester ici. Pas une journée de plus, tu m'entends. Ils veulent ta peau, et crois-moi, si tu ne bouges pas, ils l'auront avant le coucher du soleil. Tu vas prendre avec toi le strict nécessaire et tu vas fuir cet enfer tout de suite. Je reste à tes côtés et je suis armé. Je vais t'accompagner à la gare. Tu vas prendre le premier train qui quitte ce foutu pays et tu vas rejoindre la petite en France. Tu m'entends?

Il me secoue, tente de faire circuler le sang dans ce corps inerte. Je fais un geste de la tête.

- Je vais m'occuper de les faire enterrer dans la dignité, t'en fais pas.

Mécaniquement, maladroitement, je ramasse les lettres d'Abbie et les lettres de Ler. Son journal personnel. Il avait aménagé ici au retour d'Irlande. Tout Ler est ici dans le studio, dans ces quelques objets en apparence sans valeur, et pourtant si profondément lui, si intensément nous: des mots, de simples mots alignés qui jadis donnaient un sens à l'aventure. Je fourre le maigre butin dans un petit sac à dos : des vies entières dans quelques centimètres carrés. J'y ajoute un kit de rechange, sans oublier les lettres de ma mère. C'est tout. De toute façon, il n'y a rien de plus dans ce studio : tout était entre nous, entre mon trésor et moi. Le reste, ce sont des peccadilles que vont s'arracher les charognards.

La Fiat 500 de Leibovici traverse Rome en direction de la gare, innocente et invisible. Sur les quais, il s'assure que tout va, que j'ai suffisamment récupéré, que j'ai mon billet, un peu de sous...

- Tu me téléphones aussitôt que tu es là, tu m'entends!

Le train grince déjà des dents, scie la matinée en deux et se fraie un chemin en direction de voies parallèles qui ne se rejoindront jamais.

27

Rome, le 17 mars 1978.

Non
Ce n'est pas vrai
Je ne peux pas
De toute façon, il ne s'est rien passé
Ça fait des années qu'il ne s'est rien passé
Que la douleur du passé
Le fantôme de la trépassée
Et l'absence de mon petit ange
Obscurcissent ce cœur étrange
Je ne peux pas
Ce n'est pas vrai, pas vrai du tout...

Je l'ai soutenue une seconde
Pour traverser les rues si imprévisibles du quartier
Un archange a tenté de s'interposer
En usant du rire et de la fausse complicité
Et de l'intelligence à fleur de peau
Mais je l'ai chassé d'un coup de pied au cul
Pas sa place, même si c'est sa ville
Je ne crois pas aux archanges de toute façon

Ce n'est pas qu'elle n'est pas jolie
Mais...
Comment vais-je faire?
Comment vais-je la supporter
Dans cette minuscule pièce qui nous sert de bureau?

Dans le train vers la France, je lis le journal de Ler. Intruse. Pilleuse. Vampire. Ce n'est pas vrai, pas vrai du tout... Dès les premiers instants, on le voit bien, il était amoureux fou. Et moi aussi. Tous les deux, nous refusions cet amour à cause de nos passés respectifs. Je lis, sans trop savoir comment j'arrive à le faire derrière les larmes et les verres fumés. Je veux boire à tout ce qui fut lui. Boussole folle, tout tourne dans ma tête. Perdu le Nord. Perdu le sens. Perdu mon amoureux. Tout va trop vite. Au fond de ce wagon anonyme, je ne suis plus rien. Déjà, je ressens le vide abyssal de son absence. Dans ce vacarme de passagers et de ferraille sur roues, la mort m'a enfermée dans un cocon étanche de silence goudronné.

Comment vit-on un deuil? Je ne sais rien du deuil, moi, de son mal, de sa durée, de sa dévastation. Je me sens comme une marionnette dont les fils ont été coupés. Je suis lourde, inarticulée, sans fluide vital pour animer quelque mouvement que ce soit. Je fais de grands AH en laissant le souffle s'échapper de moi. Je chigne sans qu'aucun son ne remue l'air. J'ai un cratère à la place du ventre qui descend jusqu'au centre de la terre. Je suis un drapeau sans armoirie qui faseille au vent inutile. Ma vue est une aquarelle à la détrempe qui rend mon regard diffus : le paysage est un Monet myope. Tout est irréel.

Je tente d'imaginer ce que sera ma vie sans notre quotidien. Les gestes qui irriteraient toute autre personne sauf le conjoint et qui m'attendrissait sans que je le lui dise. Ses quelques expressions répétées machinalement pour faire rire. Son rythme : comment il se levait, ses premières paroles, toujours les mêmes : « Ouvre les yeux, ouvre lentement les yeux. Tu ne rêves pas. Quand je ferai clic avec mes doigts, tu vas ouvrir les yeux, tu vas me regarder et m'embrasser avec concupiscence. CLIC! » Sa façon bien à lui de faire le café. Son sens artistique si développé qui se transportait chaque soir dans la petite cuisine où il faisait des miracles. Des présentations rococos. Des inventions osées. Il transgressait toutes les règles avec brio. Tout goûtait la vie autour de lui. Il avait une force tranquille qui abattait tous les obstacles. Et une peine incommensurable qui lui venait d'Abbie, de Bobby, de Daithe, de son Irlande tant aimée. Il tentait toujours de la masquer derrière le rire pour me préserver. Il est impossible pour moi de tenter de comprendre un iota du destin cruel de mon amoureux, de décoder une once de sens dans le parcours sacrificiel de cet Irlandais pure laine. Il aimait à en mourir : sa femme, son peuple, son métier de journaliste.

Tout, absolument tout de lui s'est imprégné en moi. De façon tout à fait masochiste, je me love dans ces souvenirs. Des kilomètres durant. Comment vais-je faire pour vivre sans lui. Boussole folle.

Rome, le 10 mai 1978.

Quand elle sourit, la tête légèrement penchée
Avec ces éclats de jade et noisette
Que me lancent ses si beaux yeux
Je ne sais pas combien de temps encore
Je pourrai jouer à Cerbère
Avec mes trois têtes fondues en une seule
Au fond, elle n'est pas si déroutée
Elle sait trop bien qu'un monstre
Est tapi quelque part en moi
Et je suis loin, oh si loin, de croire
Qu'un baiser le transformera en prince
Le malheur, c'est qu'elle n'a pas peur des monstres
Voilà
Elle est là
Tous les jours
Se rapprochant du seuil

Je lis… Et plus je lis, plus la peine se creuse. Ses mots
si forts, son style si direct, hachuré, haletant. Et derrière, sa si
grande sensibilité.

Cortona, samedi le 27 mai 1978.

J'ai chassé le doute
Avec de grands gestes de Quichotte maladroit
J'ai préparé notre souper
Une salade de tomates fraîches avec mozzarelle
Olives, huile d'olive
Et l'incontournable fromage de brebis
Sans oublier l'ail, le basilic du jour
Et les noix de pin grillés
Quelques tranches de proscuito
Une śalade de fusilis avec des anchois
Des cœurs artichauts et de l'oignon rouge
Quelques câpres, d'autres olives
Et le reste du basilic frais
Un pain du matin
Une bouteille de Brolio
Et les accessoires : nappe, serviettes, assiettes
Ustensiles, verres italiens
J'ai tout rangé dans le panier d'osier
En passant devant le miroir
J'ai vu que j'avais vingt ans…

Sur le coup de minuit
Je les comptais un à un
Tant mon lit brûlait de sa présence absente
Soudain j'entendis un treizième coup
Puis un quatorzième
À ma porte

Je me suis levé, ai ouvert
Elle était là
Bien sûr
Avec sa robe de chambre blanche
Et tous les fils invisibles derrière
Nous nous sommes épiés en silence
Durant d'interminables fractions de secondes
Derrière la porte close
À peine un petit centimètre de peau
Avait-il été mis en contact
Avec la peau de l'autre
Que la réaction en chaîne était déjà hors de contrôle
Les fauves avaient été lâchés
Nous nous sommes littéralement jetés l'un sur l'autre
Nous avons roulé par terre
Renversant la chaise du pupitre
Et tous les autres obstacles visibles et invisibles
Indivisibles
J'ai retiré sa robe de chambre
Les griffes plantées dans nos chairs réciproques
Tout n'était que soupirs profonds
Je l'ai touché partout, lentement
Centimètre par centimètre
Au bout d'une heure, ou de mille
Sa jugulaire entre mes lèvres
Elle avait fini par renverser le cou
Ses cheveux léchaient le plancher
Sa poitrine était mortellement offerte
Ses hanches se sont mises à trembler
Emportées par des convulsions soutenues
Puis, parfaitement enlacés
Nous avons perdu toute conscience…

Dans la douleur la plus profonde, l'anonymat le plus complet, et la contradiction la plus improbable, je suis en train de jouir. Rien n'y paraît. C'est pure folie. Je dois fermer ce journal qui m'élève pour mieux me jeter par terre. Dehors, malgré le soleil toscan sous lequel file cet engin du tonnerre, il pleut des torrents à la fenêtre de mes yeux. Le journal serré contre mon cœur, viatique d'une autre époque, je vis mon ascension vers le vide intersidéral où règnent le noir, le froid, le silence, la parfaite géométrie et la méditative musique des sphères.

28

Le voyage a duré un siècle.

Et quelques vies plus tard, le dernier train s'est arrêté en gare à Rennes. J'ai repris le même taxi avec le même chauffeur qu'à l'automne dernier : ils m'ont mené à Dol sans se rendre compte que la vie n'avait plus la même saveur. Que tout était changé. Que la mort avait fait son œuvre. Qu'un amour s'était arrêté sec au beau milieu d'une rue un matin d'été à Rome. C'est toujours comme ça avec le quotidien : il se fiche de l'essentiel, il va son petit bonhomme de chemin, il emprunte les virages avec soin et fait la conversation sur le temps doux. Le quotidien est mille fois plus fort que la mort : il lui fait toujours des pieds de nez quand elle prend ses airs graves et ses faces d'enterrement.

Me voilà de retour à Dol, habitée par l'étrange sentiment que ma vie va prendre un autre tournant. De toute façon, ai-je le choix? Maintenant il va falloir que j'annonce la mauvaise nouvelle à tante Gaëlle, et surtout raconter à Abbie comment son père est mort pour une cause, tout comme son oncle Bobby, et comme des milliers d'autres avant eux. Comment l'épargner? Comment adoucir le choc? Comment faire comprendre à quiconque que le combat pour la justice et la vérité se termine trop souvent dans le sang? Que ce sont les meilleurs qui y laissent leur peau? Que les vieilles tantes, les amoureuses et les petites filles en paient le prix?

Quand, du haut de sa fenêtre, tante Gaëlle me voit seule au pied de la mairie en ce matin du 20 juin 1979, petit baluchon à l'épaule et verres fumés au visage, elle sait déjà que ce n'est pas pour les vacances d'été de la petite. Elle dénoue lentement son tablier, descend les escaliers avec soumission, avance vers moi avec résignation et me prend dans ses bras avec la sagesse des âges, cette sagesse qui, malgré tout, cogne de toutes ses forces dans nos fors intérieurs sur les murs infranchissables de nos limites humaines. Elle cogne dans mon dos. Je cogne dans le sien. Nous pleurons comme des Madeleines silencieuses. Tant d'eau pour laver la blessure, pour diluer le chagrin. Mais rien n'y fait. Elle qui a fui depuis des décennies le bourbier nord irlandais semble bien malgré elle y replonger ce matin. Elle en porte toujours le poids secret. Voici qu'un autre cadavre vient d'être déposé à sa porte, elle qui jadis a aussi perdu à la loterie de la dignité d'un peuple. L'histoire se répètera-t-elle à tout jamais sans changer son mode d'emploi?

Nous montons à l'appartement. Elle me sert le thé tandis que je lui raconte le fil des évènements, nos recherches, nos articles, leur teneur, les menaces qui avaient commencé l'an dernier. Nous savions que l'exercice pouvait s'avérer potentiellement dangereux, mais certes pas mortel. Je lui ai dit que nous avions décidé, surtout pour la petite, de ne plus jouer à ce jeu-là jusqu'à ce qu'un évènement récent vienne nous placer dans la position de boucler la boucle. Je lui dis que, dans quelques jours, nous avions l'intention de nous rendre ici, de lui annoncer notre départ prochain pour le Québec en compagnie de la petite. Que nous en avions fini avec nos rôles de justiciers, de patriotes, de gens bien intentionnés. Nous n'avions à cœur que l'amour : le nôtre et celui de la petite. Je lui ai raconté en détail notre dernière nuit, et le mauvais scénario de ce réveil fatal, comment, entre autres choses, j'avais été épargné par la bonté faite homme. Que je me sentais coupable du fait qu'un innocent a eu à payer le prix fort pour sauver l'insignifiante personne que je suis. Que le destin de Ler était marqué au fer rouge depuis qu'il était né. Qu'il fallait empêcher cette roue implacable du destin de tourner et d'avaler dans son tourbillon les âmes innocentes comme Daithe ou Abbie. J'ai parlé et parlé, expurgation nécessaire.

Surtout, je lui ai dit oh combien j'aimais Ler, que je l'ai aimé comme il n'est pas permis d'aimer sans en souffrir un jour. Dites-moi, tante Gaëlle, que l'amour n'est pas si cruel... Dites-moi qu'il ne se termine pas toujours comme ça... Dites-moi comment on annonce une nouvelle comme ça à une enfant qui a déjà perdu sa mère...

Tante Gaëlle me sert une autre tasse de thé et va au buffet. Elle en tire une enveloppe, s'assied devant moi, me prend les genoux puis se redresse et lit :

Rome, le 1 juin 1979

Chère tante Gaëlle
Gardienne de l'Ange,

Je suis follement amoureux de cette femme dont l'âme, couverte de beauté charnelle, est venue jeter un baume sur ma vie tourmentée. Et je crois qu'il en va de même pour mon Abbie adorée.

Nous travaillons ensemble depuis quelques mois sur un projet qui contient sa part de risques : nous dénonçons des pratiques comptables douteuses qui impliquent le Vatican et la mafia italienne. Ces gens, comme nos bons vieux copains de l'Ulster Volunteer Force, sont sans scrupules, impétueux, bien organisés . Ce sont des rapaces prêts à tout pour défendre leur butin de guerre, qui est ÉNORME! Ils n'ont pas le sourire facile...

Je ne voudrais pas pour tout au monde qu'il arrive quoique ce soit à Frédérique; je vais tout faire pour nous protéger. Quant à Abbie, je ne la crois pas en danger. Nous en avons presque fini avec cette série d'articles et nous avons convenu d'y mettre un terme dans quelques semaines, le temps de clore ce chapitre sombre de notre catholicisme moderne. Puis nous irons chez toi. Par la suite, nous avons l'intention de nous rendre au Canada pour y travailler un certain temps. Nous nous installerons à Montréal où la petite pourra poursuivre ses études en français.

Tu sais, je suis habitué aux mauvais coups du destin. Tant d'êtres chers ont déjà changé de forme dans mon esprit... Alors, s'il advenait un évènement imprévisible d'ici à ce que nous nous retrouvions, je te prie de prendre en considération les volontés suivantes, même si je sais trop bien l'immense chagrin que cela risque de te causer: si je partais précipitamment, je voudrais que la garde d'Abbie soit confiée à Frédérique. Elles ont su développer une complicité hors du commun, et je crois que tu as déjà suffisamment contribué à son développement pour enfin avoir le loisir de prendre soin de toi dans les prochaines années.

Que j'ai hâte de vous revoir toutes les deux.

Je vous embrasse bien tendrement,

Ton Ler.

Elle fait une pause. Me fixe droit dans les yeux. Sourit, avec des larmes. Je sens que les récentes tragédies viennent tout à coup d'atterrir dans la cour de cette lointaine Bretagne. Qu'elle s'y attendait en quelque sorte. Qu'elle s'y était faite. Cette femme d'un autre âge est éternelle dans sa douleur; mais c'est aussi un rocher de résilience. Elle s'était faite à son propre déménagement il y a de cela une bonne trentaine d'années suite à des évènements similaires à ceux qu'ont vécu Bobby et Ler. Des évènements qu'ont vécu tous ceux qui vivent en Irlande du Nord. Je n'ai pas besoin d'élaborer devant elle sur tout le fil des émotions qui m'empoignent en ce moment : elle connaît le scénario par cœur. Elle s'était acquittée de la garde d'Abbie avec la plus grande des joies, transformant ce cadeau de la vie en un renouveau tant attendue dans sa vie austère. Elle n'avait que cela, et un peu de musique qui soufflait avec constance sur les braises de son âme irlandaise. Aimée de tous. Confidente de plusieurs. Amie de quelques privilégiés. Une grande dame, à la vaste culture, sans que cela ne constitue jamais une barrière vers quiconque désirait la connaître véritablement. Et ici en Bretagne, sa terre d'adoption, elle s'était refait un semblant de vie honorable et plaisante, entourée de ses nouveaux amis.

Dans cet éclair qui a traversé son regard, et qui est entré en moi à la manière d'un philtre énergisant, elle sait que tout a été dit. Elle replie minutieusement la lettre, la remet dans son enveloppe, se lève, me prend les mains, me lève, m'enserre, m'embrasse la joue et me remet la missive chargée de tant de sens.

- J'irai à la mairie d'ici quelques semaines pour finaliser tous les papiers. Tu auras tout ce qu'il te faut pour rentrer sans problèmes au Canada avec la petite quand vous serez prêtes… Va attendre la petite à la sortie l'école. C'est dans une demi-heure. Voici les clefs de ma vieille bagnole, la deux chevaux qui est garée derrière la mairie. Pendant que tu vas te doucher pour chasser la torpeur du voyage, je vais vous préparer un pique-nique. Vous irez au bord de la mer.

La mer sait comment parler aux femmes.

*   *   *

Elles sont toutes là, avec leurs chemisiers blancs et leurs jupes bleues. Leurs sacs d'école en bandoulière. Ça piaille royalement. Ça rit. C'est tout plein d'oiseaux dans leurs têtes. Que c'est léger. Je reçois en plein cœur tout le poids de cette nonchalance envers la vie. La jeunesse est immortelle, voire éternelle. Rien ne peut arrêter son élan. Même les blessures les plus profondes laissent peu de traces sur ces peaux si lisses. Leurs bouches mangent à belles dents les malheurs sans qu'aucune carie ne vienne ronger leur insouciance.

Elle me voit. Ne devine rien. N'éprouve que le plaisir instantané de me voir là, croit à une surprise, imagine que son père est derrière un arbre, caché, avec un cadeau dans son dos. Son cher papa d'amour. Elle s'élance. Elle court. Elle vole. Puis, comme elle s'approche, elle glisse sur une de mes larmes, trébuche sur mes cernes, tombe dans ce vide que tous les malheurs de l'Irlande ont placé sur sa route au cours de sa si courte vie. Elle bascule dans ce maelström ombrageux qu'elle redoute si fort en ce bel après-midi de juin. Ça y est, elle ralentit le pas, lourde de toute la lourdeur des adultes. Comme sa tante, elle sait. Pas un seul doute. Elle s'arrête à quelques mètres de moi. Elle s'arrête de vivre. Ça dure une éternité. Ses si beaux yeux se ferment. Elle ne voit que des paupières closes autour d'elle, en dedans d'elle. Des mains invisibles ferment les volets de l'espoir. Me faut ouvrir les bras. J'ouvre grand, plus grand que ses neuf années, plus grand que des siècles de misère. Elle rouvre les yeux et se jette dans ce restant de berceau que la vie ose lui offrir, maigre succédané à tout ce qui fut son enfance. Elle a mille ans. Elle est plus grande que moi. Elle avance, et déjà en moi s'ouvre la grande porte des recommencements. Elle se blottit contre moi, me sert dans ses petits bras plus forts que tous les anacondas d'Amazonie. Elle s'enroule sur mon troc, me parasite, grandit, fait partie de moi. Puis fleurit. Comment la vie fait-elle pour avoir autant de sève, autant de lumière, autant de beauté?

Nous allons nous cacher dans la deux chevaux pour nous soustraire à la vue de ses copines. Elle sait déjà comment épargner les autres des tragédies. Sur la banquette avant, elle laisse aller sa tête sur mes cuisses et presse mes mains de lui caresser les cheveux, comme son père le faisait si souvent. Ça dure. Encore. Et encore.

- Tante Gaëlle nous a préparé un pique-nique. Allons à la mer. Elle nous attend.

*   *   *

À la plage, sur notre droite, il y a tous ces pèlerins qui reviennent à marée basse du Mont Saint-Michel. Longue file silencieuse, ordonnée, un peu épuisée par leur montée en âme. Peut-être que leur foi leur a redonné quelque espoir en un monde meilleur. Ils ne savent rien de Ler, de Nino Moretti, d'Aldo Moro, de Roberto Clavi et compagnie, ne se doutent pas que leur cher Vatican et ses banquiers brassent les milliards que leur procurent leurs prières, lavent cet argent plus blanc que tous les surplus grâce à leur association avec le crime organisé. Et même s'ils savaient, cela ne changerait rien au mystère de la foi. Ils vont vers un autobus qui les mènera au prochain bénédicité, aux prochaines vêpres, aux prochaines illusions qui les soustrairont de cette peur morbide de leur mort inacceptable. Je regarde ce long ruban fait d'humains obéissants et soumis pour me confirmer que je suis un pèlerin d'un tout autre ordre. Je n'attends plus rien de ce monde, et certainement pas plus de l'autre. Mes vêpres à moi sont profanes, en compagnie de la petite déesse Abbie. Elle et moi prenons sur la gauche, la sinistre, la mal aimée. Celle des gens à part, ceux qui empoignent la réalité d'un autre angle. Qui travaillent différemment. Qui pensent d'une autre manière. Car elle est gauchère elle aussi, comme papa, comme moi. Nous nous dirigeons vers le soleil couchant qui pointe vers l'Amérique, notre nouvelle vie peut-être. Nous n'avons pas encore échangé un seul mot. Quand trop de mots se bousculent aux commissures, ils ne savent plus comment se glisser dehors dans un ordonnancement intelligible. L'heure est aux sentiments qui se passent des concepts, qui tentent de tout expliquer.

Tandis que nous arpentons mollement la plage, elle applique de temps à autre une pression plus forte sur ma main qu'elle tient comme on tient la dernière racine au bord du précipice. Je réponds par le même signe.

Soudain, elle s'arrête. Me regarde étrangement.

- Est-ce qu'il a eu mal?

- Pas vraiment. Tout ça s'est passé trop vite.

- Une balle de fusil, n'est-ce pas, comme maman?

- Oui...

- Qu'est-ce qu'il a dit à la fin?

- Il a dit *mon amour, mon amour* ... Je m'en rappelle très bien. Oui, c'est ça... *mon amour, mon amour...* Il parlait de toi, puis de moi, j'en suis sûre. C'est tout ce qu'il a dit. Il a dit l'essentiel, tu vois. Il a dit les seuls mots qui comptent...

- Est-ce que je vais rester avec toi?

- Si tu veux. Je te garderai auprès de moi longtemps, très longtemps. Aussi longtemps que tu voudras. C'est ton papa qui me l'a demandé. Moi aussi je te le demande : tu veux venir avec moi au Canada, là-bas vers le soleil couchant?

- Oh oui! On sera bien ensemble toutes les deux.

Toutes les deux, nous regardons la mer. Longtemps.

- Je le savais.

Elle le savait...

- Viens, on va manger maintenant. J'ai faim, et j'adore les pique-niques.

Il n'y a pas eu d'autres mots. Finalement, nous n'avons pas mangé les sandwichs, les charcuteries, les poires et le fromage. Je n'ai pas bu le verre de rouge, et Abbie a simplement dévisagé son jus de pomme du pays et sa tartelette aux poires sans les toucher. Impossible d'avaler tant nos gorges étaient nouées.

Le soleil a pris son temps : c'est sa saison à lui, l'été. Il s'étire bien au-delà des 21 heures. Fait tout un spectacle de sa mise au lit, s'entoure de nuages, se raconte des histoires, commence à distribuer des rêves. Nous sommes aux premières loges. Ça se termine par un bâillement de mademoiselle qui s'est blottie dans mes bras.

Nous rentrons très lentement à Dol. Elle tient ma main. Elle applique de temps à autre une pression plus forte. Je réponds par le même signe...

Le long travail du deuil ne fait que commencer.

29

Cork. Premiers jours de juillet. Qu'elle est verte cette Irlande. La vraie. Pas celle qu'on a usurpée au Nord. Qu'elle est douce, tout en courbes, paisible cette Eire des anciens Celtes. Curieux comme j'ai l'impression que nous avons les mêmes racines: la Bretagne, la déesse mère, la place des femmes, les Druides, les légendes d'Avalon, le violon de tante Gaëlle et celui de Ti-Jean Carignan. Parfois je me plais à imaginer que Ler et moi sommes du même sang, que la petite et moi sommes des parcelles de la même âme.

Ler... Parfois, un simple mot qui traverse l'esprit et déchire le voile de la réalité...

Le voyage a emprunté un trajet similaire au dernier : le traversier nous a menées de Saint-Malo à Porstmouth, puis de Liverpool à Dublin, et nous avons finalement gagné Cork par bus. Je voulais que la petite puisse voir un autre visage de ce pays où les elfes ne sont pas des mercenaires de l'Ulster déguisés en petits bonhommes verts. Je voulais qu'elle fasse récoltes de souvenirs dans des forêts enchantées, des légendes où le monde du rêve côtoie celui du réel, des endroits secrets que seul un peu de brouillard dissimule, des lieux que seuls connaissent les femmes qui savent parler aux arbres.

Nous avons fait le plein de solidarité dans la famille de Ler, la branche qui cultive la terre et élève des moutons de ce côté-ci du bonheur : la République d'Irlande! La sœur de tante Gaëlle et son mari nous ont accueillies à bras ouverts dans cette solide maison de pierre qui fait face à la lointaine mer Celtique au sud du pays. Entre ces murs, nous avons pu ressentir toute la ténacité de cette fratrie séculaire qui a éroché mille vallons pour adoucir la vue, pour donner place au trèfle.

Ce sont de bien drôles de vacances que nous vivons, Abbie et moi. Il me manque. Il lui manque. Pour des raisons fort différentes. Son café du matin n'est pas là. Sa serviette un peu croche sur le support n'est pas là. Ses pantalons de la veille ne sont plus sur la vieille chaise dans un coin de la chambre. Ses bouchées de thon frais semi cuit au bout d'un cure-dent et trempées dans les graines de sésame non plus. Ce regard posé sur moi et qui me donnait vie et force n'est plus. Pas tout à fait vrai : la petite me regarde parfois avec ce drôle d'air... C'est lui tout craché. Je me sens soulagée, parce qu'il est là, en elle. Que je suis égoïste de penser à lui de cette manière! Mais il en va de ma survie. Loi de la jungle oblige. Il sera long le deuil, il sera lent cet arrachement au jour le jour de tous ces petits morceaux de notre vie commune qui était si agréable.

Abbie, elle, s'ennuie de la force que représente le père, de ses histoires au lit, de ses taquineries en rafale, de son amour inconditionnel. Puis voilà qu'elle tire d'un livre une photo de Ler. Je ne l'avais pas vu venir celle-là... Elle fixe la photo, puis ferme les yeux : je vois tout un monde qui défile derrière ses paupières. Un monde comme une rivière qui coule vers le grand réservoir universel de l'oubli. Elle tient fermement la photo, s'agrippant à d'invisibles berges rassurantes. Puis relâche le tout. Quand elle rouvre les yeux, l'eau jaillit de ce côté-ci. Elle s'effondre enfin. Mais elle ne sait pas comment s'effondrer. Tout ce qu'elle trouve, c'est de se jeter dans mes bras, de se cacher sous mon aisselle. Elle ne peut regarder cette insoutenable vérité en pleine face. Sa tête me frappe doucement les côtes. Tac tac tac : fends-toi, tête dure et laisse s'échapper l'oiseau. Après un bon moment, elle se love contre mon corps. Nous couchons ensemble ici, ce qui lui donne l'impression d'avoir son père et sa mère de substitution à ses côtés, et moi aussi j'y trouve mon compte : dans ses petits renâclements, j'entends mon en-allé. Nous sommes conscientes de ce troc étrange, mais nous faisons semblant de ne pas trop le voir.

Ça fait maintenant une bonne semaine que nous bouffons de l'air salin, que nous arpentons des kilomètres de chemins de traverse, que nous roulons à bicyclette sur des sentiers de ferme qui sentent bon l'orge, que nous nous arrêtons dans des petits établissements pour nous empiffrer de ragoût de mouton. Nous souffrons de cette forme de boulimie qui emplit l'âme : nous avons besoin de faire des réserves de bonté, de simplicité, d'enracinement profond avec cette terre avant de partir demain pour Belfast où nous irons payer une visite à Susan avant d'aller nous recueillir sur les tombes de Daithe et de Bobby.

*   *   *

C'est presque la mi-juillet. Ce voyage à Belfast ne nous réjouit pas vraiment ni l'une ni l'autre. Dans le bus, nous restons immobiles, comme pour ne pas trop faire de vagues. Ça sent l'intolérance, la rancœur, la vengeance sur tous les bancs de ce bus qui appartient à Ulsterbus, la compagnie qui a eu à avaler l'engin explosif de Bobby. Cruelle coïncidence, étrange rappel du destin. Incognitos, nous sommes. Paranos aussi : peut-être y a-t-il un de ces salauds de la Volunteer Force deux bancs derrière nous? Nous reconnaîtra-t-il et alertera-t-il ses confrères? La boule de stress qui bloque la respiration. La petite ne le sait pas, mais l'odeur du sang me monte au nez.

Nous atteignons finalement Twinbrook à l'ouest de la ville, là où se trouvent les banlieues catholiques; je demande au chauffeur de nous laisser descendre. Il me regarde d'un air méprisant et me dit que « ce bus ne s'arrête pas en enfer, ma petite dame. Vous descendrez comme tout le monde chez les gens civilisés dans 15 minutes. » La petite essuie une larme. J'essuie la colère qui me rend les mains moites.

Peut-être que Belfast est une jolie ville, mais je ne le saurai jamais, car je ne la regarde pas. Et elle ne me regarde pas non plus. Nous sautons dans le premier taxi qui nous entraîne vers la maison de Susan, « avec un léger supplément à cause du danger... Un de nos gars a perdu l'usage de ses jambes après une course dans les environs il y a cinq ans... J'ai toujours une arme sur moi, ma petite dame. Qu'on se le tienne pour dit! » Cinq ans... 10 ans... 100 ans... 1000 ans...

Susan va bien. Depuis que Bobby est devenu un héros national, elle reçoit quelques sous de plus via des courriers secrets. Tous les catholiques d'Irlande du Nord ont appris dans le Belfast Catholic Chronicle que Ler est mort à Rome, vraisemblablement aux mains de la mafia. Les quotidiens loyalistes en ont fait leurs choux gras en concluant que les truands meurent toujours aux mains de plus truands qu'eux. La petite Aghna, la cousine, grandit à vue d'œil. Les filles sont contentes de se retrouver. Abbie redevient enfin une enfant pour quelques heures. La voisine s'occupera d'elles tandis que nous irons à la maison de Ler pour y fermer boutique afin qu'elle soit mise en vente dans les prochains jours. Le pécule que nous en tirerons servira à payer les éventuelles études universitaires de la petite dans quelques années, et je prie Susan d'accepter la moitié de ce qu'elle pourra en tirer. Je la rassure en lui disant qu'une police d'assurances de Reuters de 50,000$ nous permet aussi de souffler jusqu'à un retour prochain en Amérique. J'en profite pour amasser des choses utiles ou sentimentales à l'intention d'Abbie. J'en remplis toute une boîte. Puis je demande à

Susan de me laisser seule dans la maison pour quelques minutes. Je m'assoie dans la cuisine proprette où j'imagine que le bonheur régnait. Une photo de Daithe sur le frigo me permet de constater combien elle était belle. Noire, aux yeux bleu acier, intense; la petite est dans ses bras - elle devait avoir huit mois - et elle la présente à l'œil du photographe en souriant. Je décroche la photo et la place précieusement dans la boîte. Je déambule lentement dans toutes les pièces, humant les parfums qui n'ont jamais voulu s'évaporer et je prononce à voix basse les mots *mon amour... mon amour...*

De retour à Twinbrook, après le lunch, j'amène Abbie du côté du cimetière où sont enterrés sa mère et son oncle Bobby. Chemin faisant, nous achetons trois roses : une pour Daithe, une pour Bobby et une pour Ler. Il fait étrangement beau. Sur la pierre tombale, toute simple de Daithe, nous y lisons ensemble le nom, les dates et le petit épitaphe : « Une fine fleur d'Irlande, morte inutilement aux mains de la bêtise humaine. »

- Tu sais ce que veut dire le nom de ta mère?

- Papa me l'a déjà dit, mais je ne m'en rappelle plus.

- Ça veut dire lumière. Tiens, regarde cette photo que j'ai ramenée de ton ancienne maison ce matin. Tu vois toute la lumière dans les yeux de ta maman. Eh bien, cette lumière est maintenant dans tes yeux, ma chérie... Quel souvenir gardes-tu d'elle?

- Tu sais, j'étais très petite quand elle est morte. J'ai peu de souvenirs vraiment clairs. Je me souviens seulement du jour où la balle l'a touchée au cœur. C'est devenu tout rouge, très rapidement. Aujourd'hui, je déteste le rouge.

Nous avons regardé la photo ensemble un long moment. Puis nous nous sommes enlacées en tournant sur nous-mêmes d'un bord à l'autre. Nous avons ensuite lancé un baiser commun à la pierre tombale et nous sommes parties vers la tombe de Bobby sans nous retourner. Bobby a eu droit à sa rose. Et symboliquement, nous y avons aussi déposé la rose de Ler.

Ler...

*   *   *

Pour chasser la douleur et la nostalgie, j'ai proposé à Abbie d'aller magasiner au centre-ville de Belfast en milieu d'après-midi : objectif : lui acheter une belle robe pour ce retour en Bretagne. Elle est tout excitée. Une boutique. Deux boutiques. Quinze boutiques !!! Finalement, nous avons déniché la plus jolie robe, une qui ressemble selon ses dires à celle de la Belle au bois dormant dans le dessin animé. Bleue pâle, ceinturon plus foncé, appliqués au collet : elle jubile en l'enfilant. Elle tourne et danse. Elle veut la porter tout de suite. Et comme par magie, une fanfare se met à jouer dans la rue. La note payée, nous accourrons dehors. La foule anonyme a soudain pris la forme de longues files de part et d'autre de la rue principale. La fanfare approche, suivi d'un régiment de soldats habillés de rouge, puis une foule imposante de marcheurs qui brandissent des couleurs rappelant les costumes des hommes de Guillaume d'Orange. Bon sang, je ne m'en étais pas rendu compte : nous sommes le 12 juillet, journée de la marche annuelle des Orangistes... Il y a des militaires partout, armées de mitraillettes et de fusils qui surveillent le défilé. La fanfare s'arrête de jouer sur la grande place. Un silence de mort. Puis la foule des marcheurs costumés entonne des chants « patriotiques » à la gloire de la grande Angleterre, suivis du God Save the

Queen. Abbie, à la vue de tant de rouge, vomit en pleine rue. Sa jolie robe bleue est toute souillée.

30

Les évènements de la veille ont définitivement clos notre séjour irlandais. Cette poussée de cynisme raciste nous a donné l'élan final pour fuir la bêtise humaine, comme le dit si bien l'épitaphe de Daithe. Il doit bien exister un endroit sur cette terre où le rêve est encore possible, où le respect d'autrui et la paix sont des valeurs capables d'animer l'esprit d'un peuple. Vlan! Ça me rappelle la rencontre entre Jeanne Mance et le Sieur de la Dauversière sur le parvis de l'église de Saint-Malo il y a plus de trois siècles : deux êtres brûlants du désir de fonder un nouveau monde, un monde différent de la vieille Europe avec ses guerres millénaires et ses traditions sclérosantes, un monde où la justice règnerait. Un monde où tous auraient droit au chapitre dans la gestion des affaires courantes. Un monde inspiré! Du même souffle, je pense au Mayflower et aux pères fondateurs des États-Unis, habités par des sentiments similaires.

Le holà suit! Évidemment... Tout ce beau monde ne s'attendait pas à faire la rencontre d'une autre civilisation avec ses terres, sa culture, son panthéon, sa façon toute particulière de vivre en lien avec *The Land*... S'ensuivit le premier grand ethnocide moderne : spoliation de terre, création du système des réserves, conversions forcées au christianisme, changements imposés d'habitudes de vie, pensionnats avec interdiction de parler la langue de la Nation d'origine, sévices corporels, agressions sexuelles, maladies contagieuses, etc. Tout cela a contribué à réduire la population autochtone de plus de 80 %, à la perte de nombreuses langues, au désoeuvrement le plus total. Le gâchis est monumental. Et persiste encore aujourd'hui. Alors? Alors, c'est la fin de l'idéalisme pour la jeune journaliste que je suis? Ne sais plus. Je sais seulement que le paradis est perdu, comme le titrait Milton. Ça fait trop de choses à avaler en même temps. Partir, oui, et vite, voilà la seule issue qui s'offre à moi dans l'instant, tout comme ce le fut il y a environ un an. Briser ce cycle maudit de tragédies, mettre des milliers de kilomètres entre des mondes que je n'ai pas su réconcilier. Retourner aux sources, si l'expression veut encore dire quelque chose de nos jours. Me sens coincée entre le repli stratégique et la volonté de rebâtir, pour la petite et pour moi, un autre cadre de vie. A-t-on le droit de dire que la vie est parfois d'une telle lourdeur? Que les issus sont peu nombreuses? Comme le dit ma bonne mère, il faut, dans de tels états de dévastation, faire l'expérience de la petite mort : s'abandonner, s'ouvrir, laisser venir, permettre à la nouvelle saison de prendre racine.

Nous sommes là toutes les deux sur le pont du traversier qui nous mènent en ce moment vers Londres. Va et vient. Roulis et tangage de souvenirs après des adieux déchirant à Aghna et Susan, et des promesses de retrouvailles un de ces quatre sous des cieux plus cléments.

J'aime les bateaux. C'est lent. Ça sent la mer. Le chant des sirènes qui invite à la plongée dans les profondeurs, lieu de toutes les imaginations. C'est de là que nous venons tous et toutes. La mer, c'est ma mère. C'est là que je veux retourner éventuellement, avec la petite sur mon dos. Sherpa marine, dauphine rieuse. Enfin!

*   *   *

Londres. Sous la pluie. La Tamise comme aorte, Big Ben en guise de cœur qui bat. Nous passerons la nuit dans le B & B d'une lointaine cousine de la famille de Ler dans

Chelsea, juste à côté du pont. Au programme : accorder la priorité aux choses sérieuses! Nous arpentons la Chelsea Bridge Road en quête d'une librairie. Le flair d'Abbie est infaillible quand vient le temps des livres; au bout de 400 mètres, nous entrons dans un établissement qui sent l'époque victorienne. Le patron semble tout droit sorti d'un conte de Dickens : vieilles fringues, barbichette blanche, cheveux longs en broussaille, odeur de tabac et de réchaud au charbon. Et des étincelles à la place des pupilles, qui ont tout de suite repéré la petite.

- Alors, on cherche des contes qui racontent des histoires réelles? Ou madame a-t-elle chez elle un laboratoire auquel il manque seulement LE grimoire médiéval qui se trouve justement sur la quatrième tablette à votre droite? Entrez, entrez! Ici, pas de mensonges. Que du vrai.

De vieux livres partout, probablement des perles rares. Sûrement de la camelote aussi. Un capharnaüm indescriptible. Le refuge idéal pour jeune orpheline.

- Nous allons jeter un petit coup d'œil, dis-je à ce vampire en quête de sang frais, lui signifiant par là que j'ai des griffes.

Dans son meilleur anglais, Abbie s'adresse au grand-père de tous les grands-pères :

- Je cherche un bon livre sur le monde celte.

- Le monde celte!... Hum. Madame sait ce qu'elle veut. J'ai ce qu'il vous faut, je crois.

Il déplace une échelle coulissante et grimpe vers le septième ciel, va directement à un rayon d'où il tire un livre poussiéreux à souhait. Il souffle sur la tranche, époussette le recto de son manchon, lit le titre, fait un signe affirmatif de la tête et redescend avec une incroyable agilité.

- Voici ce que vous cherchez. Je le gardais pour vous.

Allez pépère, et le prix maintenant, que je me dis.

Abbie évalue la prise, feuillette, consulte la table des matières, s'attarde sur une des nombreuses illustrations. Elle me fait un signe qui dit : c'est le temps de négocier, comme si nous avions usé de ce stratagème toute notre vie.

- Combien?

- Quarante livres, ma petite dame. Une aubaine. La petite le sait.

- Je vous en donne vingt si vous me trouvez en plus six *Martine* en français.

- Des *Martine*! Et en français, qu'il me répond en français. Madame est connaisseuse elle aussi. C'est plus léger je suppose...

Nouveau déplacement de l'échelle, même ascension, vers le huitième ciel cette fois-ci.

- J'ai acheté une boîte complète de ces trucs à un diplomate français qui a été muté en Côte d'Ivoire; il avait osé critiquer notre très chère Élisabeth qui abondait dans le même sens que notre premier ministre dans le durcissement du ton envers l'IRA. C'était il y a onze ans. Triste tout de même que de devoir se départir de tous ces *Martine* pour un simple incident diplomatique, non?

Il redescend avec la boîte sur une épaule, l'autre main assurant l'équilibre. Il la dépose sur le comptoir, y passe un linge et ouvre le coffre au trésor. Il doit bien y avoir 15 *Martine*.

- Vous m'avez dit six, n'est-ce pas?

- C'est ça.

Il me regarde par en dessous, en tire six exemplaires, les dépose dans les mains d'Abbie.

- Je n'ai lu aucun de ces épisodes, lance-t-elle. WOW!!!

- Vingt livres, n'est-ce pas?, que je martèle.

- Vingt six! Tout de même madame, faut pas me prendre pour une valise. Vingt pour le livre celte, une perle rare, et une livre pour chaque *Martine*. Une vraie aubaine. Vous ne connaissez pas votre chance, ma petite dame.

Est-ce un signe? *Vous ne connaissez pas votre chance, ma petite dame...* Je sens qu'il a raison, pas pour le prix, mais pour la chance.

- Vendu.

- Que voilà une bonne affaire!

Le petite, sans trop le faire voir, jubile. Il sort de vieux journaux de dessous le comptoir et se met en frais de créer un emballage avec cordes et nœuds savants de vieux loup de mer. Le truc date du jour du couronnement de la reine au début des années '50. On y voit la photo de la jeune Élisabeth, naïve et radieuse, tout le contraire de ce que l'on sait d'elle aujourd'hui. L'exercice du pouvoir, la comptabilisation des avoirs et une septicémie due au sang bleu ont eu raison d'elle, comme ils ont eu raison de toutes les têtes couronnées de ce bas monde. Les histoires de princesses sont toutes à réécrire...

Après courbettes et infinies recommandations de cet ange mal fringué, nous quittons l'échoppe sur un nuage.

Vous ne connaissez pas votre chance, ma petite dame...

* * *

Je ne connais pas Londres, et Abbie non plus. Et nous sommes toutes deux fascinées par les autobus à l'impériale... Un air de fête prend forme avec l'arrêt de la pluie. Allez, hop. Nous voilà au guichet de la compagnie qui offre des visites guidées de la ville. Hop, hop, au deuxième étage! Comme des gamines, nous battons des pieds sous notre siège. Nous passons devant Hyde Park avec ses attroupements caractéristiques devant des prêcheurs à trois sous, nous contournons Westminster Palace, le Pont de Londres et ses tours, Buckingham Palace devant lequel nous exécutons un salut moqueur à la monarque, le quartier où Shakespeare faisait rêver toute l'Angleterre du XVIe siècle, et enfin le quartier du grand incendie de 1666.

L'excitation nous a creusé l'appétit. Nous terminons notre journée avec un pâté au saumon dans un pub non loin de Victoria Station. J'ose une Guinness. Elle ose un thé glacé.

De retour au B & B, avant de nous endormir, nous osons nous dire que nous formons un duo d'enfer et que nous sommes bien ensemble.

31

Un train.

Et ça repart.

Ke klac, ke klac, ke klac.

De Londres à Newhaven. Ke klac, ke klac, ke klac. De la vie à la mort. Ke klac, ke klac, ke klac. En une seconde. Comme si ce moyen de locomotion était devenu pour moi le symbole de mon arrachement subit à Ler après son décès. KLAC. Je me revois livide dans le train Rome-Paris, sans aucune attache au monde des mortels. Une flaque d'eau sous une chape de plomb. Presque un fantôme.

Abbie fait semblant de lire un *Martine*. Mais je vois bien qu'elle lit plutôt entre les lignes. Entre l'absence et la raison, même si à son âge la raison n'y arrive pas. Entre la peine et la force, même si à son âge la force ne sait pas où s'exercer. Entre le silence et la consolation, même si à son âge la consolation n'a pas de mots. Entre l'enfance et le monde des adultes, même si à son âge être adulte ne veut rien dire. Sous un ciel gris, mes verres fumés me masquent les yeux qui baignent discrètement dans l'amertume. Finalement, elle s'approche de moi et, entre la peine et la douceur, vient se mouler à moi. Ke klac, ke klac, ke klac.

Des mouettes affamées dessinent maintenant des arabesques sur la structure fuyante des sillons derrière ce traversier qui nous mène vers Dieppe. Hah, hah, hah, scandent-elles en riant. Notre débarquement s'en vient dans quelques heures. De quoi sera composé le comité d'accueil? De l'écho des fusils-mitrailleurs allemands de ce triste jour d'août 1942 où, à l'aube d'un jour brumeux, quelque 1200 soldats canadiens sont morts dans ce qui était plutôt un exercice en vue du véritable assaut à venir? De la fanfare qui viendra saluer la venue d'une descendante de ces braves hommes morts pour rien? Ou plutôt le cruel oubli et l'indifférente indifférence? La vie a aujourd'hui repris son cours insouciant au-delà des plages de galets, avec pour preuve ce casino qui bombe le torse et domine le paysage lors de l'approche finale. Hah, hah, hah.

À vos postes de combats!!! Les chars amphibies Fred et Abbie roulent dans la dernière vague, ouvrent leurs grandes portes et laissent s'échapper un bataillon de rires pour contrer la grisaille de cette fin d'après-midi quelconque. Le commandement suprême en a décidé ainsi après avoir étudié les cartes. Suite aux brèves discussions, un pacte a été scellé: nous allons faire semblant que nous sommes braves et nous foncerons dans la vie à belles dents. Les balles de tous les fusils de cette vie traverseront nos corps sans aucun effet. Voilà! Alors nous empruntons la passerelle en sautillant comme des chevreaux au printemps. Nous improviserons à partir d'ici le calendrier des prochains jours, écolières buissonnières avant la rentrée si proche. C'est du côté de la vie que se déroulera ce séjour impromptu sur la côte bretonne.

Nous avons jeté notre dévolu sur un petit hôtel d'où nous pouvons voir la Manche. C'est charmant comme tout. Sur la rue, nous nous mêlons à la foule des vacanciers, nombreux en cette période de l'année. Plus tard, assises café des Tribunaux de la place du Puits-Salé, nous sirotons une grenadine et un croissant aux amandes en observant le va-et-vient nonchalant des touristes. En soirée, alors que le soleil, lui aussi vacancier, prend son temps avant d'aller au lit, nous dégustons une coquille Saint-Jacques fraîche sur la grande terrasse en surplomb d'un *bistrot de pays* près du château de Dieppe sur les hauteurs. Les agapes terminées, nous déambulons mollement sur la plage. Sous la lumière pâle d'une lune sur le point d'accoucher d'un pierrot aujourd'hui souriant, les accents rythmés d'une harpe celtique accrochent nos oreilles et semblent nous inviter à la danse dans le croissant de cette baie où la douleur n'a plus droit de cité.

Nos rêves débordent de pêches miraculeuses, de champs de blé dorés et de ciels qui crépitent de couleur.

*   *   *

Après deux jours d'improvisation, de visites de musées, d'une excursion de pêche avec des marins locaux, de flâneries impromptues, nous avons pris le bus de Dieppe vers Dol. Le retour en classe approche pour Abbie. Durant notre absence, tante Gaëlle a réussi l'impossible : elle a convaincu la mairie de lui louer le studio attenant à son appartement, depuis longtemps inoccupé, hier réservé au garde des sceaux. Elle m'y a aménagé un coquet petit nid. Nous vivrons ensemble, pour ainsi dire, durant les prochains mois.

Je n'ose pour le moment imaginer de calendrier pour la suite des choses. Je me laisse tout simplement menée par une grande valse orchestrée de main de maître par tante Gaëlle. Courses diverses, repas à préparer, devoirs à faire en compagnie d'Abbie, environs à explorer, je panse mes blessures à coup d'applications de ce baume que sait si bien doser l'incarnation de la sagesse que représente pour moi tante Gaëlle. Or je sais trop bien que je suis en train de me laisser distraire, que je joue à cache-cache avec moi-même, qu'un jour prochain, je devrai retourner au Québec pour y préparer notre déménagement. NOTRE déménagement !!!

Suis-je prête à devenir « mère »? Horizon : la période des fêtes, et le retour en classe d'Abbie en janvier dans une école de quartier sur le Plateau Mont-Royal. Je commence à préparer le terrain avec tante Gaëlle pour ne pas que la coupure soit trop brutale. Curieusement, je me prends à imaginer que cette matriarche sera de la fête... Un jour prochain, va bien falloir que je tente un coup de sonde. Le temps passe si vite.

Après tous ces jours de réflexions diverses, de planification, d'affairement logistique, ponctués de retours impromptus et douloureux sur le passé récent, voici que le visage de ma mère me saute au visage. Je me sens coupable de ne pas être encore à son chevet. Quelque chose me tire vers elle, très fort.

* * *

20 septembre. La poste. Le timbre du Canada. Maman. Cela va de soi.

La lettre traîne. Incapable d'ouvrir la boîte de Pandore. Je prie pour qu'un grand vent emporte l'enveloppe dans un tourbillon ascendant vers les hauteurs du lointain Mont-Blanc.

Après quelques heures de tergiversations, par une nuit sans lune, le chuintement du coupe-papier dans la plaie.

Ça ne va pas. N'y va pas par quatre chemins, l'infirmière : « La chimio est commencée. Le pancréas. Viens vite. Tu sais que j'ai des choses à te dire. » Ce dernier bout de phrase métastasique qui continue de me contaminer l'âme depuis des lustres. Elle me supplie de venir à son chevet.

Dois y aller. Bientôt. Pas vraiment le choix.

Quelque chose me tire vers elle, très très fort…

Lâcher prise.

Nuit blanche de souvenirs tantôt sombres, tantôt lumineux.

32

Une fois le début des classes bien amorcé, j'ai finalement fait une grande fille de moi et j'ai acheté le billet aller-retour vers Montréal; il pèse le poids de toute une vie. Ou deux… J'ai allégé la chose en me disant que ce séjour au Québec serait aussi le moment approprié pour planifier le retour en ville avec Abbie.

Josette est venue me cueillir à Mirabel. Fidèle Josette. Depuis le premier jour où nos regards se sont croisés sur les bancs du département de communications à l'Université de Montréal, nous ne nous sommes jamais perdues de vue. Je lui ai fait parvenir récemment une lettre lui racontant les derniers évènements et lui annonçant mon arrivée le 16 septembre, et un retour probablement définitif aux Fêtes. Elle est là, droite, belle comme jamais, souriante comme toujours. Me l'avait juré. La voix de cette réalisatrice radio à Radio-Canada est de la véritable musique à mes oreilles : le registre grave, le rythme lent et assuré, le timbre juste, les sons qui sortent de sa bouche me réconfortent même lorsqu'elle parle météo. Elle n'arrête pas de me dire qu'elle est si contente de me revoir.

- Salut, la belle!

Nous sommes là dans l'auto à piailler sans arrêt. Les mots tissent et retissent les vieux écheveaux. Les mots raccommodent les trous de mémoires. Les mots effacent l'ennui et rapetissent les kilomètres. Les mots rapprochent les continents. Les mots apaisent.

Vas-tu reprendre ton appartement sur le Plateau?

- Un peu trop petit, je crois. Je suis une mère maintenant, n'oublie pas.

- C'est pour ça que je pose la question.

- René et moi, on a aménagé récemment sur la rue Marquette. Avec notre garçon. On a acheté un cottage rénové avec goût. Et je me disais que ce serait probablement une bonne idée pour toi aussi. Je te dis ça parce qu'on en a vu un, rue Gilford. Une aubaine. En fait, ce sont deux trois et demi sur deux étages. Quand on a vu la quantité de travail à faire, et le temps qui nous pressait, on a opté pour la rue Marquette avec ce truc déjà rénové. Mais on a vraiment hésité à cause de la rue, de la cour, du potentiel. En me rendant ici cet après-midi, je devais passer par là. L'affiche du vendeur est toujours bien plantée.

- Combien. Je n'ai aucune idée des prix.

- Environ 65,000$. René avait estimé les rénovations, il y a deux mois, à environ 35,000$. Donc 100,000$ en tout. Plus ou moins...

- Ah, toi... Toujours là au bon moment. Toujours un caducée à la main, un axe du monde à planter, une mise à la terre pour âmes errantes. Comme c'est curieux. Ler, mon... mon...

Ça y est, je viens de tomber. Un éclat de mémoire qui tombe à mes pieds suffit à me faire trébucher. Pas pu finir ma phrase. Josette me prend la main et attend que la plaie se referme.

- Excuse-moi… C'est plus fort que moi. Comment on nomme celui qu'on aime et qui vient de mourir dans nos bras?

- Disons « mon en-allé d'amoureux ». Ça te va?

- OK… Mon en-allé d'amoureux a fait de moi une héritière. Une fille et une maison. Il m'a légué sa maison en Irlande. J'ai réussi avec l'aide de sa famille à la vendre 80,000 livres sterling; j'ai donné la moitié de la somme à la veuve de son frère qui en avait bien besoin. Donc ça veut dire que je dispose d'environ 60,000$. Et il avait une assurance-vie… Une assurance vie… Pourquoi on dit une assurance-vie quand on meurt?... Crois-tu qu'avec quelques économies, avec justement 100,000$ comptant environ, je pourrais m'en tirer?

- C'est fantastique!!! Absolument fantastique! Ça va te faire une hypothèque tout à fait raisonnable, et tu auras une maison bien à toi. Je suis sûre que René sera ravi de prendre en charge la supervision des travaux. Dis oui, s'il te plaît, on serait voisine!!!

- Si c'est pour faire de moi ta voisine, je dis oui tout de suite.

*   *   *

Josette m'héberge. Je me sens à l'aise. En famille.

Après l'euphorie des retrouvailles et l'excitation de me retrouver à Montréal, je tombe dans les limbes en soirée, décalage oblige.

Tôt le lendemain, piquée de curiosité, et poussée par une montée de maman poule que je ne me connaissais pas, je prends rendez-vous avec l'agent d'immeuble pour une visite de la maison de la rue Gilford. Il a suffi de trente secondes pour que la vision me vienne. C'est clair : c'est ici le nid de maman Frédérique, c'est ici qu'Abbie grandira. J'imagine déjà la chambre de la petite au deuxième, côté ouest, avec le soleil de fin de journée pour éclairer ses cahiers d'étude. Je parlerai à René pour les travaux : on trouvera un architecte, on imaginera l'aménagement, on choisira les matériaux, on verra à ce que tout soit fin prêt pour Noël. Je flotte. Josette m'avait prévenue : l'achat d'une maison va te propulser dans la stratosphère.

Puis je rends visite à la sous-locataire de mon appartement, une amie. Je me rends compte que c'est vraiment petit. Par contre, elle s'y plaît et accueille la sous-location comme un soulagement.

Tout va.

Oui, oui tout va.

Ou presque...

C'est faux.

Maintenant, me faut aller à l'hôpital voir maman.

Après les certitudes qui se sont incarnées d'elles-mêmes, l'incertitude. Quelque chose qui me vide de mon énergie en une fraction de seconde. Je marche vers l'hôpital Notre-Dame à reculons. J'avance vers l'arrière, le passé, la lourdeur, le mensonge. Ma vie se rembobine, se condense, fait une grosse boule et m'étouffe.

Après deux siècles et un seul petit kilomètre, j'y suis.

Chambre 605.

Un numéro.

Une femme étendue, perdue.

Une étrangère.

Vieillie. Amaigrie. Méconnaissable.

Entre deux doses de morphine, elle a ouvert l'œil et m'a d'abord prise pour Carmen Cyr, ma cousine qui vit au lac Archambault. Après, elle s'est vite perdue dans les méandres sombres de sa mémoire défaillante, pour finalement garder le silence, voyant bien qu'elle m'indisposait. J'ai bien vu que le cancer avait fait une bonne partie de son sale travail de décomposition. Elle somnole, et ne cesse de répéter le nom de Germain... Connaît pas de Germain. Aurait-elle fait la connaissance d'un homme durant mon absence? IMPOSSIBLE!

L'oncologue, à qui j'ai causé trois secondes dans le corridor, m'a fait son pronostic sec et implacable, en trois mots : « Quelques jours seulement... »

- Connaissez-vous un certain Germain Dumont?, ajoute-t-il. Elle ne cesse de prononcer ce nom?

- Non.

Il s'en va. Il a trois autres mots à dire à la famille de la chambre d'à côté.

*   *   *

Quelques jours seulement... Je quitte une tragédie irlando-italienne pour me retrouver en plein drame québécois. À quand le rideau sur tous ces actes d'une mauvaise pièce de théâtre dont je suis l'actrice solo? Tandis que s'achève ma première semaine montréalaise, je suis là dans le solarium de l'hôpital à remâcher un passé qui me donne des brûlures d'estomac. Du haut du sixième, je peux voir le pont Jacques-Cartier, le fleuve. Je voudrais être une de ces milliers de Virginia Wolf qui se sont glissées lentement dans un fleuve ou une mer pour se dissoudre. Je prie le ciel, ou quelque chose qui pourrait ressembler à une émanation de l'esprit de mon Ler adoré, de mettre un terme à ce cycle mortuaire. Je me sens comme une femme enceinte en train d'accoucher d'elle-même, de sa nouvelle vie. Les eaux sont crevées, les contractions rapprochées, la douleur de plus en plus intense. J'ai envie de pousser, de tout enlever de mon chemin, de hurler ma nouvelle vie. Et pourtant... Me voici dans le même film que dans mon enfance, un remake minable en quelque sorte : je suis la mère d'une enfant dont le père n'est plus. Je suis Sisyphe qui repousse son rocher sur la colline, sachant trop bien qu'il redescendra le soir venu, et que le lendemain, il devra recommencer, et ainsi de suite. Un monde de femmes. Une thèse sur les femmes fondatrices de la Nouvelle-France dans mon tiroir. Un monde sans hommes, hormis deux fantômes : le père et l'amant.

Cela dit, je m'apprête à commettre l'Irréparable... De passage dans l'appartement de maman en fin de journée pour arroser les plantes, une main invisible m'a poussée vers la garde-robe de sa chambre. Derrière l'amoncellement de souliers qui retracent son histoire de 1955 à aujourd'hui, j'ai trouvé un vieux coffre de fer blanc. Un petit cadenas, évidemment. Dans la cuisine, j'ai empoigné le marteau à attendrir la viande et un bon couteau à steak : bang, bang! Deux coups francs ont suffi à faire sauter l'interdit. Dans la boîte, deux liasses de lettres attachées avec du ruban rose. Un paquet identifié 1950 à 1960, et un autre 1961 à...

Dans la pénombre de la chambre, cette antichambre du doute, cette pouponnière de lendemains incertains, je déballe le premier paquet.

Un temps.

Je manipule avec soin la première lettre.

Un temps.

J'ouvre la première lettre.

Un temps. Je regarde vers le lointain, qui s'arrête au mur devant moi! Va falloir que je m'y mette...

Dimanche, le 6 juillet 1950.
Lac Dauphin, Manitoba.

Ma très chère Élaine,

Après la messe du matin, mes paroissiens ont sagement regagné leurs fermes... Et moi j'ai pu regagner le silence du presbytère où j'ai enfin eu du temps pour moi : je voulais avoir la sainte paix pour me consacrer à la lecture de ta si belle lettre, celle où j'ai appris la naissance d'une jolie petite fille, notre fille...

Élaine, quand je prononce ton nom, c'est tout mon corps qui se met à danser, comme l'ont fait mes ancêtres depuis tant d'années autour des poêles à bois dans les chaumières de Saint-Laurent où je t'ai amenée il y a un an à peine, toi la nouvelle infirmière de la place. Tous ces vieux Métis, mes semblables, mes frères de sang, tous ces visages ridés de tant d'histoires inachevées, tous ces sangs-mêlés n'ont pas cru ce que leurs yeux ont vu quand tu es apparue avec ta robe fleurie et tes cheveux flamboyants, finement remontés. Tous ont cru à une apparition au fond des plaines. Tous ont vu ces yeux à faire descendre le Christ de la croix pour offrir une prière à la vraie déesse. Je sais que je suis sacrilège en disant cela, mais je sais aussi, moi, le fils de cette terre, l'enfant du plus grand des croisements, que je dis la vérité et rien que la vérité quand je parle de ta beauté. C'est qu'elle n'est pas qu'extérieure ta beauté, elle n'est pas qu'une magnifique enveloppe : elle est la floraison ultime de cette âme où je me suis abreuvé des heures et des heures durant. Je sais que je n'ai pas péché lorsque nos corps ont accompli ce que nos âmes avaient déjà consommé dans l'éther; je sais que la pureté originelle, issue de l'élan fondateur de tout cet univers visible, que la pure attraction a donné lieu à la plus intense des fusions. Nous nous sommes incarnés jusque dans les moindres détails de l'amour, cellules après cellules, tendons après tendons, muscles après muscles. J'ai bu à toutes les fractions de ton corps qui était âme : les chevilles, les bras, la nuque, les clavicules, tout ton dos, ta bouche, tes lèvres, tes oreilles, ton torse offert, tes seins gonflés, tes hanches, tes cuisses, ton sexe éclos. Je n'avais jamais connu chose pareille, et pourtant mes mains savaient les gestes. Cela a duré des heures. Des semaines. Jamais au grand jamais je n'ai senti que le mal rôdait. Nous étions la forêt, les rivières, les lacs, les blés des plaines, le ciel immense. Nous étions la vie. Et de la vie est née la vie.

Je ne regrette absolument rien.

Ce fut quand même tout un choc de me savoir père, de t'imaginer mère... Et curieusement, je n'ai pas été surpris d'apprendre la bonne nouvelle.

Quand je fus chassé du paradis terrestre par le rappel à mes obligations, les morts à enterrer, les petits à baptiser, les jeunes à marier, les dévotes à confesser, j'étais complètement perdu. Tout se passait trop vite. Je ne savais pas comment faire un choix rapide. Je n'ai jamais su. D'autant plus que tu venais de m'annoncer que tu rentrais au Québec pour y finaliser ta formation après ce stage « sur le terrain » auprès des francophones du Manitoba qu'on t'avait proposé depuis Montréal. Tu devais revenir dans un mois. Je devais réfléchir à mon avenir, notre avenir... Nous devions nous revoir, c'était certain.

Depuis ce jour, j'erre en quelque sorte.

Et là, soudain, j'apprends que je suis père. J'apprends que tu m'as caché cette grossesse, probablement pour m'éviter des choix déchirants, une déchéance sociale ou morale. Mais il n'en est rien, mon amour. Je suis prêt. Devant la vie qui vient, je serai toujours prêt. Pourquoi ne pas revenir? As-tu honte de ce que tu as vécu? Il n'y a aucune honte à y avoir. Nous vivrons de chasse et de pêche, comme mes ancêtres; nous boirons au sang de la terre. Ici, c'est le lieu des possibles. Les rêves poussent aux arbres. Nous n'aurons qu'à les cueillir. Et nous ne sommes pas dépourvus d'imagination, toi et moi.

De grâce, ne te laisse pas aller à la culpabilité, à la renonciation, à l'emmurement silencieux. Reviens. Reviens célébrer la vie ici. Deviens la déesse que tu es déjà. Ton incarnation me manque jusqu'au plus profond des os.

À ma façon, je prie pour toi, pour elle, pour nous.

J'attendrai de tes nouvelles bientôt.

Ton Germain.

- Papa? Papa... P-A-P-A.

Je répète ce mot comme pour y croire. Incantation nocturne. Syllabes douloureuses. Entaille dans mes entrailles. Je suis éventrée! C'est ça, ce mot me déchire. Mes tripes sont partout sur le lit. Mon cœur est dans ma main et cogne fort. Je voudrais revenir en arrière, rapetisser, remonter le col de ma mère, ne pas être conçu, ne pas être une pensée. Inexister. Pourtant je dois sortir de ma mère, revenir dans cette chambre, dans mon corps, dans ce présent. Me recoudre à la vie.

Cet homme... Qui est cet homme? Cet amoureux fou, cet illuminé au sang mêlé, ce pauvre type éconduit par ma mère? Mon PÈRE!

Que restera-t-il de cette lettre au lever du soleil? Me réveillerai-je de ce cauchemar avec le goût amer de la désillusion dans la bouche? Je ne sais pas quoi faire, moi... Comment passe-t-on d'orpheline à fille? À fille de curé, de surcroît! En l'espace d'une lettre. Dans le silence de cette chambre de Montréal, j'ai soudain toute une vie à reconstruire. Ce bout de papier me brûle les doigts. La chaleur se répand à tout mon corps.

- Papa...

Doucement. Pas trop vite, mot jamais prononcé. On ne bouscule pas Frédérique Cyr...

Mais Frédérique DUMONT, elle? Elle est jetée par terre, la petite Dumont. Elle frappe le plancher de ses poings enragés. Ses pleurs mouillent le bois trop franc. Elle déchire le livre de contes. Sa pénitence est finie maintenant, elle peut sortir de sa chambre et redescendre dans le vrai monde, dans la cuisine du quotidien. Un vaste chantier l'attend, et les outils lui manquent. J'ai l'impression de devoir tout recommencer, de tout revoir sous un autre angle. Je me sens plus petite que la petite de l'autre côté de l'océan.

Après de longues minutes, une question me traverse l'esprit en un éclair : et s'il était toujours vivant, l'abbé Dumont.

Je dépose la première lettre. Je vais plus loin dans le paquet, plus loin dans le temps, vers une autre lettre...

Dimanche le 4 décembre 1954.
Lac Dauphin, Manitoba.

Je reviens du bois. De la cabane où nous avons pendant des semaines célébré la vie. Quatre ans sans nouvelles malgré toutes mes lettres. Où te terres-tu, déesse? Que fais-tu de nos vies? Comment va Frédérique, puisque c'est le nom que tu lui as donné. Cet endroit où nous avions marié le ciel et la terre, toi et moi, il est simple, vrai, pur. Chaque nœud de chaque planche est chargé d'un regard; tout ce que j'y vois me raconte un angle de ton corps dénudé, reposant, exhalant... C'est mon refuge, notre refuge. Tout y est encore. Tout y est encore possible. J'y reviens le plus souvent que je peux pour t'y rencontrer.

À cette heure, je reviens du lac avec deux belles truites sur une branche d'aulne en Y... En route, tu es dans chaque arbre. Je te sais aussi là-haut plus au Nord, avec les blancs bélugas. Tu danses avec les loups. Tu es ours, bison, corbeau, pélican. Tu es la grande grue dans sa migration. Tu es l'esprit de la forêt. L'indien en moi, le sauvage, avec cette part de liberté totale, il t'appelle de tous ses muscles qui fendent le bois du poêle. Ton absence se dessine dans la fumée du foin d'odeur que je fais brûler, encens païen de mes ancêtres. Sans que personne ne m'entende, le soir dehors au coin du feu, je fais mes incantations avec le tambour. Je te parle doucement de choses quotidiennes.

Dans l'infinie grandeur de ce monde qui se recrée à tout instant, tout dépasse ici l'entendement : forêts, nuages, prairies, rivières sont plus grands que la pensée. La pensée humaine n'est qu'un simple soupir sur cette planète qui a appris à respirer au travers des milliards d'années. Des eaux ont jailli des milliers de hasards qui ont, par pur amour de la beauté, sculpté ton corps incomparable, ma déesse. Malgré les ans, je suis toujours aussi rouge de toi. La vie bat en moi. Entends-tu le tam-tam les soirs de pleine lune au-dessus de ton Montréal si lointain? Il te dit : reviens dans le bois enchanté de ma main, reviens dans la lumière de mes yeux, laisse-moi cueillir les fruits mûrs. Abandonne-toi à ce qui est plus grand que nous.

Reviens, déesse, reviens!

Ton Germain.

Père, depuis ma nuit montréalaise, si lointaine, m'entends-tu? Entends-tu le pardon que je te demande au nom de cette femme qui n'a pas su accepter le grand amour?

Je veux savoir si tu m'entends.

Je dépose la première liasse et va à la fin de la deuxième. Vite la date : la dernière lettre est datée de juillet dernier. JUILLET DERNIER!!! Ça veut donc dire qu'il est peut-être toujours vivant.

... Alors tu me dis qu'elle est à Rome. La chanceuse. La Ville éternelle. Bien que ce soit un peu du folklore pour moi aujourd'hui, je l'imagine là-bas dans cette cité où je n'ai jamais mis les pieds, mais dont je connais tous les recoins par cœur. C'était mon rêve d'y vivre, d'y travailler, d'y écrire. J'ai lu je ne sais combien d'ouvrages qui décrivaient les ruines romaines, les temples, le Vatican... Je dis folklore puisque, comme je te l'avais laissé savoir, j'ai rompu récemment avec le clergé catholique...

...Tu sais, si un jour tu comprends vraiment ma peine, tu me ferais la joie de me permettre de la connaître, notre Frédérique... Merci de me parler d'elle si souvent...

Papa, où es-tu?

Papa, entends-tu mon cœur qui bat des ailes?

Papa, comme j'ai peur de toi... *Si un jour tu comprends vraiment ma peine*, tu verras comment ton apparition constitue aujourd'hui la peur de ma vie.

*   *   *

Je me suis réveillée en sursaut. Le téléphone. 5 h 25. L'infirmière de garde : « Il ne lui reste que quelques heures à vivre. »

Me voici au chevet de la mort. Celle qui n'a pas de balles au cœur. Pas de bombes. Pas de soldats. Pas de camarades ou de mercenaires. Pas d'Orangistes. Pas d'IRA. Pas de banquiers retords et de mafieux sans morale. La vie. La simple vie. Puis la mort qui suit, tout simplement elle aussi. Je me secoue, ressens l'élan irrépressible de vivre qui émane de ce tas de cendres qu'est ma vie, un élan qui se fraie un nouveau chemin, qui enfante de nouveaux rêves. Un élan naturel qui pousse une fille comme moi à mordre dans la vie à pleine dents sans trop me poser de questions. Carpe diem. Je pense à Épicure dans des moments comme ceux-là, ce sage qui mangeait peu, qui ne voyageait presque pas, qui aimait les bons livres, qui cultivait son jardin et qui aimait par-dessus tout la conversation engageante avec d'autres amis penseurs. J'y pense, mais ça ne marche pas...

Elle respire mal. Parfois, elle oublie pendant plusieurs secondes de prendre l'air, et c'est suivi d'une reprise plus sonore du souffle. L'infirmière vient de temps à autre. Elle soulève le drap, me dit que la couleur qui change sur ses jambes annonce la fin. « La mort monte des pieds vers la tête . » C'est de plus en plus froid. Je réchauffe sa main en la serrant bien fort. On dirait les derniers râles. Oui, c'est ça. Puis il y a le silence. Y aura-t-il une autre respiration? J'écoute attentivement. Oui, une autre, sorte d'apnée irrévérencieuse. Puis rien. Je lui dit : « Merci pour tout, maman chérie. J'ai fait la paix. Vas en paix maintenant toi aussi. » Je reste là sans bouger. J'attends que l'âme s'en aille. J'attends. J'attends encore. Elle ne respire vraiment plus. Ce doit être ça la mort : le va et vient du souffle qui s'arrête. Un soupir, un murmure qui s'éteint. J'attends encore. RIEN. Que fait-on en pareille circonstance? Le temps s'arrête. Les horloges cessent de tourner. On a beau l'avoir lu, c'est quand même ce qui arrive : tout reste suspendu... Je bois des verres et des verres de silence.

Je fixe ces yeux qui sont comme des planètes froides dans le vide intersidéral. Faut qu'elle dorme en paix. J'imagine que je dois lui fermer les paupières: c'est raide et il faut que je maintienne la pression. Ça y est, ça marche. Elle regarde probablement l'infini en ce moment. Et moi aussi. Je reste là sans bouger, sans faire de bruit, sans avertir le poste de garde. C'est mon dernier moment d'intimité avec ce corps qui refroidit peu à peu. Je dois laisser aller. Des tas de noeuds s'effilochent lentement...

Après une bonne demi-heure, je me lève et je me dis : « Voilà, c'est ça la vie! »

J'arrête au poste pour dire à l'infirmière qu'elle est partie depuis un bon moment... Elle a tout compris. Je la remercie d'avoir pris soin d'elle. Les arrangements pris, les indications données pour la suite des choses, je prends le métro à Sherbrooke, puis le bus # 11 en direction du Mont Royal : rendue au Belvédère près du chalet sur la montagne, je regarde plus loin que je ne peux voir...

33

Fin septembre, et les langueurs de l'automne.

Fin septembre, et les langueurs d'une fille qui ne pense qu'à Germain Dumont...

J'ai enterré maman il y a quelques jours. Près des siens au cimetière sur la montagne. Je tente de prendre du temps pour moi. Ça me marche pas vraiment. La grosse tête. J'ai aussi rencontré Pierre Bureau de la Presse Canadienne; nous avons causé de Rome, de nos articles à Ler et moi, de la mort de ce dernier. Il a sympathisé. « Trop de journalistes meurent encore chaque année dans l'exercice de leurs fonctions... » La noble profession que la nôtre. J'ai fait semblant de souscrire. Je ne voulais qu'une affectation pour l'automne, histoire de pouvoir assumer mes nouvelles responsabilités financières et parentales. Tout baigne : il a souligné la qualité de mon travail, mon courage, et du même souffle m'a proposé de couvrir le Parti Québécois en train de nationaliser quelques mines d'amiante, propriété de la General Dynamics des États-Unis. Il veut que je m'attarde à décortiquer nos jolies petites politiques « socialistes » : est-ce que les nationalisations post Hydro-Québec auront un impact sur notre réputation à Wall Street, sur notre côte de crédit auprès des agences, est-ce que le jeu en vaut la chandelle, etc.? « Tu ne manqueras certainement pas de travail dans les prochains mois », a-t-il ajouté ironiquement. « Tu commences le 4 janvier. »

Merci, patron.

Ma tête tourne. Se tourne vers le Manitoba. Sans cesse. Sur la rue Sainte-Catherine, je ne regarde pas devant moi, je lorgne au-delà de la Place Ville-Marie vers les Prairies que j'imagine, n'y ayant jamais mis les pieds. Dans ma petite tête, Winnipeg m'apparaît comme étant la ville la plus triste et la plus froide de la planète. Je regarde devant moi. Point n'y fait. Ma tête se relève, emprunte le premier nuage venu, et me voilà dérapant vers l'Ouest. J'entre dans un kiosque de revues pour me changer les idées, histoire de me mettre au parfum des grands titres de l'actualité nationale. Point n'y fait: je tombe sur un article sur la communauté francophone de Saint-Boniface. J'entre Place Dupuis dans l'intention de me payer un bon cappuccino. Dans le corridor, je me barre les pieds dans la vitrine d'une agence de voyages : on annonce des rabais sur des destinations européennes, Paris et Rome. Zombie, j'entre, je m'assois et demande à la dame derrière un billet aller-retour pour Winnipeg.

- Quand madame désire-t-elle partir?

- Ce soir.

- Très bien. Et à quand le retour.

- Dans une semaine.

- Un instant, je téléphone au centre de réservations.

Je ne sais pas pourquoi, mais je récite tout cela comme on récite une prière apprise depuis la tendre enfance.

- Madame…

Je sursaute, perdue que j'étais dans mes pensées.

- Il y a un départ à 17 h 30. Vous seriez à Winnipeg vers 23 h, après une escale à Toronto.

- Parfait. Trouvez-moi aussi un hôtel pour deux nuits. Après je verrai sur place.

- Très bien madame.

J'arpente la petite pièce, tentant de me laisser distraire par des brochures offrant des croisières sur le Nil. Je me sens comme une toupie. Tout glisse sur ma peau. J'ai chaud. Je fais tout plein de gestes maladroits.

- Madame, voici vos billets et votre réservation. Tout y est.

Je paie avec ma carte de crédit et sors en toute hâte pour éviter de passer pour une folle. Sur la rue, je me rends soudain compte de ce que je viens de faire et je panique. Je ne sais même pas où est le Lac Dauphin. Encore moins où peut bien se trouver la cabane dont il est question dans les lettres. Une cabane, ça n'a pas d'adresse à ce que je sache. Va-t-il être là? Va-t-il vouloir me recevoir? Me parler? De quoi a-t-il l'air? Est-il un gros bourru de vieux curé bouché? « Papa, je suis une athée... » Vais-je connaître la plus grande déception de ma vie et revenir de là avec encore plus de problèmes existentiels que si je me contentais d'accuser le fait que j'ai un père, un prêtre de surcroît, et qui vit dans les bois du Manitoba, un point c'est tout? Tout va bien depuis que ma mère me ment, depuis ma naissance, non? Alors qu'est-ce que cette rencontre va changer à la situation? Rien!!! Pourquoi vouloir changer le cours des choses et risquer d'avoir mal? Et si une relation se développe, comment allons-nous vivre la chose? Quelle place lui ferais-je dans ma nouvelle vie? Et la petite là-dedans?

Je suis toute à l'envers... J'ai envie de glisser les billets dans une des fentes d'un égout de surface, de louer une voiture et de descendre vers Cap Cod au bord de la mer. Je marche dans une direction, puis je reviens sur mes pas. JE DÉRAPE!

Non. J'y vais. J'ai besoin de savoir. J'ai besoin de sentir ce que cette rencontre aura comme effet sur moi. J'ai besoin de savoir d'où je viens une fois pour toute, ce qui me fonde, ce qui constitue mon moteur premier. Merde, on a tous le droit de connaître son père biologique, non? Cette envie est plus forte que tout au monde. NON, ce n'est pas rationnel. Et puis? Va-t-il m'aimer? Va-t-il oser me prendre dans ses bras, telle que je suis? Et s'il m'aime vraiment, m'a vraiment aimée durant toutes ces années, pourquoi n'est-il pas venu vivre avec nous au Québec? C'est ma mère qui a tout manigancé, c'est ça? Elle a bloqué la route. Sa culpabilité a fermé toutes les portes... La crainte des reproches des proches, de la société de l'époque en général : tout ça l'a poussée à faire le moins de vagues possible, à tout prendre sur elle, à renoncer. Vais-je à mon tour renoncer à cette rencontre? JE DÉRAPE ENCORE PLUS ! Toutes les sales pensées inimaginables vrombissent dans mon petit cerveau à la vitesse grand V et m'étourdissent. J'ai la nausée. Mon corps encaisse. En pleine rue Sainte-Catherine, au beau milieu d'une belle journée ensoleillée d'août, j'ai peur de perdre connaissance. QUE SE PASSE-T-IL?

Je prends mes jambes à mon cou et je me rends à la Maison de Radio-Canada quelques centaines de mètres plus loin, boulevard Dorchester. Josette, viens à mon secours!!! J'entre dans son bureau et fais toute une tempête. Je crache des mots incohérents. Je raconte tout dans le désordre, bien qu'elle sache exactement où se trouve l'ordre. Je brandis les billets en faisant mine de les déchirer, je...

- Du calme!

- Oui mais…

Elle me saisit par les épaules et m'assoit. Ferme la porte.

- IL EST 14 H!!!, que je crie. Et je décolle à 17 h 30!

Elle se glisse derrière moi, rabat ses mains sur mes épaules et attends que la tempête se calme. Après un temps, je regarde dehors depuis le 14ième étage de la tour de Radio-Canada. Ma vue embrasse les lointaines montérégiennes. Et je comprends qu'il faut tout simplement que je suive mon instinct, que je me dirige vers cet horizon lointain pour y vivre un voyage initiatique.

- Tu n'as pas le choix, me dit-elle. J'ai une copine, Anne, qui travaille à Radio-Canada, Winnipeg. Je l'appelle aussitôt que tu mets les pieds dehors pour aller faire ta valise. Demain, tu l'appelles pour me confirmer que tout va. Voici son numéro.

Josette va à son cardex, en tire une fiche et copie les coordonnées sur un bout de papier qu'elle me tend.

- Anne va t'aider. Maintenant, tu te lèves, tu sors d'ici, tu vas chez toi, tu ramasses tes trucs et tu t'en vas à Dorval sur-le-champ. Compris?

- Compris.

Je prends le papier, me lève, l'embrasse et quitte to de go.

34

Je loge au Fort Garry Hotel, un établissement de la chaîne des hôtels du Canadien National. Je ne m'étais pas rendu compte de la chose au départ de Montréal. Bien évidemment... C'est le grand chic; ça se veut une copie d'un grand hôtel de New York, le Park Plaza. On se croirait au Château Frontenac. Je n'ai pas dormi de la nuit, arpentant la chambre comme un fauve en cage. J'ai lu d'un couvert à l'autre la revue qui traînait sur la table de service, confortablement assise dans la bergère accueillante de la chambre. Un long article sur La Fourche. Connaissais pas. Personne ne m'avait appris dans mes cours d'histoire l'importance de ce lieu historique situé à quelques mètres de l'hôtel.

J'y apprends que cette jonction de deux rivières importantes, la Rouge et l'Assiniboine, fait partie d'un vaste réseau continental qui allait de l'Arctique via le lac Winnipeg et le fleuve Nelson jusqu'aux Caraïbes via le Mississipi. Et que par un autre réseau de rivières en direction des Grands Lacs, la Fourche avait des liens avec le Saint-Laurent, et donc l'Atlantique. De l'autre côté, vers l'Ouest, avec la rivière Assiniboine ou encore avec la rivière La Paix, les tribus venaient d'aussi loin que les Rocheuses, et même du Pacifique. J'y lis aussi que depuis 4 000 ans av. J.-C., bien avant l'arrivée des explorateurs européens, La Fourche était un point de ralliement traditionnel pour des groupes de chasseurs autochtones qui y campaient pour y commercer avec d'autres tribus. La Fourche est aussi le lieu du premier établissement européen permanent de l'Ouest du pays, le berceau de la province du Manitoba ainsi que le cœur de la ville de Winnipeg. Me voilà moins idiote. À vrai dire, j'aime apprendre. Surtout la nuit. Surtout quand je ne dors pas.

Alors vivement l'époque de la traite des fourrures, des coureurs des bois, de tous ces francos qui ont exploré l'Ouest, de La Vérandrye à Jolliet en passant par le père Marquette. Au XVIIe siècle, les commerçants de fourrures européens ont changé la vie des peuples autochtones pour toujours. À cette époque, de nombreux mariages entre des francophones et des femmes autochtones donnèrent vie à une toute nouvelle nation, les Métis. De ce métissage est donc apparu un groupe culturel distinct qui constitue aujourd'hui un élément clé de la société manitobaine.

Et là, en lisant davantage, je suis sonnée: au cours de la deuxième moitié du XIXe siècle, les Métis et les habitants de la colonie de la rivière Rouge vont voir arriver des immigrants anglophones venus du haut Canada et d'Europe. Le gouvernement central, nouvellement formé en Confédération, va envoyer des arpenteurs pour diviser les terres qu'occupaient les Métis pour les offrir aux colons anglophones. Les Métis se regroupent autour de leur chef Riel, et l'affrontement suit; il y a un mort, des représailles, d'autres batailles, d'autres morts, la pendaison du héros, etc. L'engrenage de la haine qui s'enclenche. Le scénario qui se répète. Qui va durer des dizaines d'années, qui dure encore. Le même qui a conduit Daithe et Bobby à la mort. Le même qui a fait de mon Ler un poseur de bombes. Comme si ce voyage au Manitoba, sans que j'en sache quoi que ce soit, me ramenait tout droit dans une continuité qu'il me faut explorer plus en profondeur, comme si une part de moi était liée à un destin historique et que j'avais à y jeter un peu plus de lumière.

*   *   *

Épuisée par une nuit où finalement je n'ai dormi que de 5 h à 6 h 30 du matin, je déjeune à la pompeuse salle à manger de l'hôtel, me proposant d'appeler Anne, la copine de Josette, dès que j'aurai avalé l'œuf trois minutes.

J'ai avalé l'œuf en deux minutes.

- Anne, je suis Frédérique, la copine de Josette...

- Oh oui, j'attendais ton coup de fil. Où es-tu?

- Au Fort Garry...

- Rien de trop beau pour la classe ouvrière... Que dirais-tu si j'allais prendre un café avec toi? Je te ferai voir la ville et tu me parleras de ton truc. Je verrai si je peux t'aider.

- D'accord. Je ne bouge pas d'ici.

- Bien. Je serai là dans 15 minutes.

J'aime ça. Entre journalistes, on dirait que les formalités tombent et que les choses se passent en claquant des doigts. C'est probablement lié au fait que les heures de tombées viennent vite et qu'il faut agir sans trop trop réfléchir.

Anne est jolie : début trentaine, un peu classique dans sa présentation, mais un cœur d'or, ça se sent tout de suite. Des cheveux noirs, des yeux noisettes, une peau à faire rêver les modèles de Chanel. Des traits fins, des mains superbes. Elle me plaît. Et réciproquement. Ça clique. On boit des cafés. Sans entrer dans les détails, je lui parle des récents bouleversements qui ont complètement changé ma vie : la mort de Ler et ses causes, la garde d'Abbie, le décès de ma mère. Et les lettres de Germain Dumont…

- Dumont… C'est un nom métis, ça. Le lac Dauphin, très chère, c'est au Nord, à trois heures de route. Il y a une petite communauté francophone à Sainte-Rose-du-Lac, le village voisin de la municipalité de Dauphin. J'ai déjà réalisé quelques reportages là-bas il y a un an. C'est un coin charmant et tranquille. Le lac est beau, immense.

- Tu crois que si je m'y rendais, j'aurais la chance d'y rencontrer mon père?

- Possiblement : tout le monde se connaît dans ces petits villages. Quand irais-tu?

- Le plus vite possible…

- Si tu le désires, je pourrais t'accompagner. Ce coin de pays me plaît tout particulièrement : j'aimerais le revoir. Surtout dans la douceur de la fin septembre. Si je te proposais de faire le voyage avec toi, qu'est-ce que t'en dirais? Te sentirais-tu plus en sécurité?

- Oh oui. Ce serait une chouette idée.

- Écoute. Je vais aller à Radio-Canada régler les choses urgentes. Je te retrouve peu avant le souper, on soupe ensemble entre filles ce soir et demain, aux aurores, on monte là-haut.

- OUIIIIIII !!!

- Profite de la journée pour explorer la ville. Va à Saint-Boniface, va voir la maison de Gabrielle Roy. Va au

Musée voir les collections de la Compagnie de la Baie d'Hudson. Profites-en...

- Excellentes suggestions. On se retrouve vers 18 h au bar à côté?

- Bien. À tout de suite.

Elle file, laissant derrière elle la trace d'un parfum accrocheur.

*   *   *

Le pick up rouge d'Anne roule sur la route 17 en direction du lac Dauphin depuis une bonne heure. C'est que son amoureux est un gars de la place, un franco, un éleveur de chevaux, qui a aussi quelques bisons au pâturage. Et un excellent menuisier selon ce qu'elle me raconte. Ils vivent à la campagne, plus précisément à Lorette à quelques kilomètres à l'Est de Winnipeg.

Je lui fais le récit de ma visite rue Deschambault, de cette drôle de sensation que j'ai eu en me remémorant les quelques ouvrages que j'avais lus de Gabrielle Roy, la romancière franco-manitobaine : je l'ai toujours perçue comme une fausse religieuse, une enseignante prude aux grands idéaux, une romantique égarée plutôt mal incarnée. Je raconte à Anne comment en quelque sorte elle ressemble à ma mère qui était venue ici faire un stage, retournant à Montréal enceinte : même renoncement, même rêveries éveillées de jeune fille attardée, même échecs amoureux. Ma mère a vécu avec la présence d'un amant absent, et Gabrielle Roy a vécu avec un mari homosexuel. Deux formes de renoncement, particulièrement au chapitre de la sexualité. Tout le contraire de moi, quoi...

- Je crois que tu as très vite saisi le tempérament plutôt idéaliste de notre romancière bien-aimée... Tant de refoulement attise la créativité, nécessite un exutoire dans la fiction, dans l'idéalisation des gens et de la vie.

- Je suis obligée de t'avouer que ce genre d'autofiction me fait penser à ma mère... Elle semble avoir vécu toute sa vie dans une fiction, une histoire dans laquelle j'avais un rôle bien particulier...

- Au moins, tu y vois clair. Peu de gens en arrivent à ce degré de lucidité. Tout ça a dû te coûter cher en réflexions, en ferraillage pour éviter la manipulation.

- Exact...

- Est-ce que je t'énerve avec mes commentaires?

- Non, pas vraiment... Ce n'est pas que ça m'énerve, c'est plutôt que ça me fait encore mal d'en parler...

- On arrête?

- Non, non, je t'en prie... J'ai nettement l'impression que ce voyage est une sorte de fouille archéologique sur le site de mon passé enfoui sous des tonnes de matériaux...

Silence.

- Je suis contente que tu sois là, Anne.

Silence.

Les Plaines. Les lacs. L'infini. Ne connais pas. N'ai pas connu de relation avec un tel paysage. Au loin, un orage. On le voit venir plusieurs kilomètres à l'avance. Le ciel est si large que les nuages n'en couvrent qu'une maigre portion. Tout cela crée des zones d'ombres qui côtoient la lumière d'une manière qui m'est étrangère. Les tons de bleu du ciel se mélangent avec les tons de gris des nuages, le tout sur une ligne d'horizon couleur or à cause des champs de blé. Les rayons du soleil traversent les nuages çà et là, créant ces lames qui nous donnent une impression d'épiphanie, de présence altière qui nous fait signe. Je me sens en communion avec le lieu. J'entrevois maintenant toutes les implications qu'aura ce voyage sur le reste de ma vie. Et curieusement, je me laisse aller. Pour une des premières fois dans ma vie. De toute façon, quelle prise ai-je sur cette nouvelle réalité?

Silence.

Les Plaines. Les lacs. L'infini. Germain Dumont. Mon père...

*   *   *

Nous sommes arrivées vers l'heure du lunch à Sainte-Rose-du-Lac. Le seul motel de la place nous a offert le gîte et le seul club sandwich potable des environs. L'endroit est relativement pauvre, simple. On se croirait en 1955 : meubles de cette époque, lit à armature de fer, édredons probablement fait main, palette de couleurs du temps, à savoir des verts et des bruns sur les murs. Mais les gens y sont vrais. En tout cas, il semble que ce soit le cas de Nicole, la serveuse. Anne a ouvert le bal assez crûment en lui demandant si elle connaissait l'abbé Germain Dumont. Avant que Nicole n'ouvre la bouche, une bouffée de chaleur m'a parcourue tout le dos, depuis les lombaires jusqu'au cervelet.

- Le Père Dumont. Ouf. Ça fait deux ou trois ans qu'il a quitté le presbytère. Il avait enseigné longtemps au pensionnat autochtone. Puis il avait pris la charge de la paroisse. Tout le monde le connaît ici.

- Il est où?, que je demande en me glissant dans la conversation, en faisant claquer mes gros sabots.

- Ah vous savez, tout ça a été assez triste. Tout le monde aimait le beau Germain. Mais il semble avoir eu une grosse chicane avec l'évêque de Winnipeg, surtout à propos des pensionnats. Vous savez, il y a eu tout plein de rumeurs sur certains abus des prêtres… Les pauvres petits garçons… De beaux petits sauvages, et même des métis du village. Et le beau Germain n'avait pas la langue dans sa poche. Il avait dénoncé un collègue. Mais l'évêque a voulu étouffer l'affaire. L'Église aime pas ça quand ses bergers font des péchés, je croirais bien. Ça fait qu'on transfère les indésirables dans une autre paroisse quelque part en Saskatchewan et on ferme la trappe à ceux qui veulent parler. C'est ça qui est arrivé.

Histoire connue, que je me passe comme réflexion…

- C'est ça qui est arrivé?..., demande Anne…

- Eh bien, le beau Germain a envoyé chier l'évêque, je croirais bien, parce qu'il a enlevé sa soutane. On raconte même qu'il l'a brûlée. Il vit maintenant dans sa cabane au Lac. C'est un métis, vous savez. Il avait choisi son camp… On le voit une fois par semaine ces temps-ci : il va d'abord à la bibliothèque municipale, puis à l'épicerie; après, il disparaît jusqu'au prochain vendredi.

- Vous savez où se trouve la maison de Germain Dumont?

Manon me regarde attentivement.

- Vous avez des airs de famille, ma petite dame. Vous seriez pas une de ses nièces par hasard?

- On ne peut rien vous cacher…

Anne me regarde avec un air complice.

- Écoutez-moi bien, les filles : je vais vous dire où est la cabane de Germain, mais vous lui dites pas que c'est moi qui vous a mis sur la piste, OK?

- OK!, que je réponds. Promis.

- Vous prenez la route à droite passée l'église. Vous faites 12 kilomètres à peu près. Vous arrivez au lac. Vous prenez le chemin de la Rivière à gauche. Là, vous êtes dans le bois sérieusement. Vous roulez 4 à 5 kilomètres et puis vous arrivez à une autre baie sur le lac. Il y a une ouverture et une seule cabane qu'on peut voir du chemin sur la droite. C'est là que vit le beau Germain. Une ou deux factures?

- Une seule, s'il vous plaît, que je lui réponds.

*   *   *

À l'extérieur du motel, c'est la rue principale : quelques commerces, une banque, l'église un peu plus loin. Nous sommes là toutes les deux, ne sachant trop quel sera le prochain pas de danse. Je suis sur le seuil. Et j'ai peur. Une quinzaine de kilomètres à peine me sépare de mon passé. De mon futur. De moi-même. Je tremble.

- Il faut que tu y ailles, le cœur ouvert, simplement. Tout de suite. Tiens, prends les clefs du pick up. Je vais aller voir des gens que j'ai rencontrés, il y a quelques années. Il y a certainement une autre histoire à raconter, un autre personnage à dépeindre. Ne te pose pas de question : vas-y! Le moment est venu.

Je prends les clefs qui pèsent mille fois leur poids. Je suis catatonique. Anne me prend par les épaules et me secoue, ouvre la portière, me pousse vers le siège du conducteur, ferme, fait demi-tour et disparaît dans une rue de traverse.

J'ai les clefs, je suis sur le seuil. Et j'ai la trouille de ma vie. Vrouummm. Attention, zombie au volant! Ça va tout seul. Je suis les indications qui sont gravées dans mon âme. J'avance. Je ne vois rien, mais je roule. « 4 à 5 kilomètres et puis vous arrivez à une autre baie sur le lac. Il y a une ouverture et une seule cabane qu'on peut voir du chemin. » Cinq kilomètres, c'est-à-dire dans moins de cinq minutes. Comment vais-je faire? Que vais-je dire? Par où commencer?

Au tournant, j'aperçois la baie, puis la cabane. Je dois battre à 180. Je suis toute rouge. Des picotements dans les membres. Je ne respire plus. Le pick up emprunte le sentier, lentement. À mi-parcours, j'entends un chien qui jappe, puis je le vois qui s'avance à toute allure vers la camionnette. J'arrête. Le chien arrive à ma hauteur. Il jappe de plus belle, montre les crocs. Je baisse très légèrement la fenêtre et tente de calmer le jeu en lui disant : bon chien, bon chien! Complètement ridicule. L'animal s'approche de la portière, sent les pneus, le marchepied. Un peu de marquage. Me regarde. Grimpe les pattes d'en avant tout près de moi, sens à l'intérieur du véhicule par la mince ouverture. Puis il s'arrête, me regarde fixement, se met à battre de la queue, descend, fait demi-tour et s'en va vers la cabane au grand galop. Je vois qu'il se dirige vers un homme aux cheveux gris en train de fendre du bois. Il s'arrête, danse autour de lui, jappe, branle la queue, repart en ma direction. Il s'arrête à une distance sécuritaire du camion et s'assoit. J'attends un instant. Il attend aussi. J'entrouvre la portière. Il attend toujours. Je descends en restant agrippée à la portière. Il attend et bat de la queue. Bon signe. J'ose avancer d'un seul pas. Il ne bouge toujours pas. Est-il brillant au point de m'attendre, de me sentir complètement vulnérable pour ensuite lancer l'assaut final? Je ne bouge plus moi aussi. Nous nous regardons. A-t-il flairé quelque chose d'impensable? Pendant ce temps, le monsieur s'est approché sans que je m'en rende compte. Il s'arrête à quelques mètres derrière le chien, hache à la main. Je lève les yeux. Le chien aussi lève les yeux vers son maître. Nos regards se croisent naturellement. Une éternité. J'entends les mots : *Élaine, perle des perles, quand je prononce ton nom, c'est tout mon corps qui se met à danser... Reviens déesse, reviens.* Des images de leurs ébats me traversent l'esprit. Des larmes coulent. Une volée en V de bernaches jacasse joyeusement en fendant le ciel. Je lève les yeux. Il lève les yeux. Il pose à nouveau son regard dans le mien. Il fixe mon cou, mes cheveux. La hache lui tombe des mains. Il sait presque. Il avance devant le chien, s'arrête à nouveau. Le chien ne bouge pas. Je suis incapable de bouger. Mes pieds sont de plomb. Je suis fichée dans cette terre, beaucoup plus profondément que je ne le pensais. J'ai l'air d'un épouvantail. Tout à coup, venu de nulle part, le chien fonce sur moi, se jette sur mon torse, me renverse. Son gros museau est tout proche de mon visage. Je tente de crier, mais aucun son ne sort. Et puis, il se met à me lécher partout, frénétiquement... « Virgule! » Le chien s'arrête, va vers le vieil homme. L'homme sait maintenant. Son instinct, incarné dans ce chien, le lui a confirmé. Des larmes lui coulent des yeux. Dans le silence de ce bout du monde monte un son étouffé, un mot déchiré en trois syllabes qui vient de loin, loin, loin: « Frédérique »!

- Papa...

*   *   *

Tandis que le soleil du soir flânait dans le ciel du nord des Prairies, ne voulant décidément pas aller se coucher, je suis revenue lentement vers Sainte-Rose au crépuscule sans aucune envie d'aller au lit. Je suis rentrée vers 21 h au chic motel de la place. Anne m'y attendait avec impatience, s'inquiétant de mon état. À la fois épuisée et stimulée par la rencontre, je me suis mise à tout lui raconter de façon frénétique.

- C'est son chien qui m'a d'abord reconnue. Il m'a sentie, puis m'a léchée partout. Comme si nos retrouvailles étaient d'abord animales. Je ne sais pas si tu vois ce que je veux dire.

- Oh, je vois très bien. Tu sais, les chiens sont fidèles. Probablement à l'image de ton père.

- Hum, hum… Je lui ai dit gauchement : « Maman est morte. » Puis il m'a prise dans ses bras. Il m'a soulevée de terre. Je me suis sentie comme une petite fille de huit ans. J'ai eu l'impression que nos retrouvailles avaient, avant toute chose, quelque chose de très primaire, tout près des origines… Finies les semelles de plomb de la petite scaphandrière. Nous avons pleuré sans dire un mot durant de longues minutes avant de nous diriger vers sa cabane. En entrant dans cette si petite maison, je me suis sentie encore plus légère, comme soulagée d'un immense poids de vivre. Il y avait là quelque chose qui respirait la tranquillité d'esprit, la sagesse, la simplicité, je dirais même la vérité. Le plus étrange était de voir qu'il se perdait dans le passé en me regardant, qu'il revoyait les scènes qui avaient eu lieu dans cette modeste demeure, là où lui et ma mère se sont connus et aimés passionnément, purement, il y a 30 ans de cela. C'est quand même là que je fus conçue! C'était si étrange. Moi je relisais dans ma tête ses lettres, je sentais sa passion. Sur les murs couverts de livres, il n'y avait qu'une seule photo, celle de maman avec moi vers l'âge de quatre ans. Il ne me voyait pas encore. Il ne voyait que ma mère. J'ai senti tout l'amour dont était capable cet homme. Un homme coupé en deux : un amant et un prêtre. Blanc et indien à la fois. J'ai ressenti toute sa souffrance aussi, tout son enfermement dans la religion, dans la rectitude. Toute la peine qu'il avait eue de ne jamais revoir cette femme qui l'avait fait vibrer jusqu'aux tréfonds de son âme. J'imaginais en cet instant même comment cette présence devait lui manquer en pensant à ma propre rencontre avec Ler, comment la fulgurance qui en avait suivi était plus forte que toutes les croyances du monde. L'injection de passion avait été si profonde que papa en ressentait encore les effets 30 ans plus tard, tout comme je ressens encore si fortement la présence de Ler. C'est drôle, nous ne nous parlions presque pas, et pourtant, nous savions l'un et l'autre ce qui se passait à l'intérieur de chacun de nous. Bien sûr, nous avons mis des détails sur les sentiments par la suite, mais les premières minutes ont été intenses, presque silencieuses. Après, il m'a demandé de me raconter les derniers mois, étant donné que maman n'écrivait plus. Je lui ai parlé de mon affectation à Rome dont il avait eu vent, du grand amour que j'y ai vécu, de Ler et de l'Irlande, de nos recherches qui ont conduit à la mort de Ler, de la petite dont j'avais la garde. Tout d'un trait. Il écoutait, comme un… père! Je lui ai finalement raconté comment maman était morte il y a quelques jours à peine. J'ai sorti une photo de maman que j'avais prise à l'hôpital; je l'ai tirée de mon sac et lui ai présentée. Il a regardé la photo durant une longue minute. J'ai vu dans son silence que des images gravées pour l'éternité dans sa chair venaient de défiler dans l'unique pièce de ce repaire d'amoureux. Tandis qu'il retournait dans le passé, moi je sentais que je prenais racine, que ma vie avait soudain une origine, un lieu. Un PÈRE. Je me sentais au chaud, confortable et en sécurité dans cette petite maison perdue au fond de nulle part, hormis le fait qu'elle était exactement là où il fallait, à savoir au beau milieu du plus noble des sentiments. C'est tout ce qui comptait. C'est ça, je sentais un immense amour, un sentiment pur, inaltéré par le temps ou les idéologies... Il m'a pris les mains. Nous sommes restés comme ça durant de longues minutes, laissant les fils de liens si forts passer entre nos doigts, retissant cette filiation jamais actualisée...

- Parle-moi de lui un peu, me demande Anne.

- Il a préparé un thé du Labrador, comme ses ancêtres le font depuis des siècles. Sur son vieux divan un peu décati, nous avons parlé longuement. Germain est un homme de 61 ans. Grand, mince, il a une allure un peu européenne avec ses yeux bleus et ses cheveux tout blancs. Mais son corps est celui d'un Ojibwé: agile, la peau cuivrée. On sent le gars de bois. Il m'a parlé brièvement de ses ancêtres venus du Québec vers 1805, des voyageurs m'a-t-il dit, qui rapidement se sont métissés. Son père, de descendance normande, s'est *marié à la mode du pays*, comme on le disait à cette époque-là, avec une Objiwée. Le vrai coup de foudre. De la relation est né son arrière grand-père. Un de ses cousins a été de la célèbre bataille de Batoche en 1885, là où les troupes fédérales ont défait les Métis et ont par la suite pendu Riel. Il a fait son grand séminaire à Saint-Boniface, est entré chez les Oblats et a demandé à servir dans le Nord, auprès des siens. Bien que prêtre, c'était aussi un poète, un intellectuel. Nous avons échangé sur ses rêves de voir maman revenir, de me rencontrer, de devenir un vrai « père » Dumont; nous avons aussi parlé de son attente déçue, de son renoncement. Nous avons causé religion... Je croyais important de lui signifier que j'étais une athée... Lui m'a parlé de son apostasie récente, de son retour à des valeurs plus près de celles de ses ancêtres autochtones suite à des querelles avec l'évêché concernant les pensionnats autochtones. Il m'a affirmé être revenu à une spiritualité beaucoup plus simple, plus proche d'un certain animisme où toute chose a une « âme », plus proche du concept de terre-mère si cher aux autochtones du pays. Tu sais, c'est un vrai philosophe dont la pensée est tout à la fois empreinte des découvertes de la science moderne et proche, à ce qu'il me disait, du concept d'archétypes de Jung. Il considère les livres saints de toutes les religions comme des contes, des histoires comme celles que ses ancêtres se racontaient au coin du feu durant des millénaires. J'étais très étonnée de voir l'ouverture d'esprit de cet homme, la clarté de sa pensée. Il en veut à toutes ces religions qui ont enfermé les humains dans des rites vides, des obligations sans fondements, des dogmes qui visent uniquement à exercer un certain contrôle. Curieusement, malgré toute une vie d'écart, nos pensées étaient au diapason. Alors je me suis rappelé avoir lu l'article la veille dans la chambre d'hôtel sur l'histoire de La Fourche, me disant qu'il s'agissait d'une sorte de préparation à la venue à moi-même, à un nouvel aspect de ma personne qui ressurgissait d'un très lointain passé. Assise là dans ce vieux divan au fond des bois, je sentais grandir en moi un autre être, une femme refoulée par le mensonge, la peur, les valeurs de l'époque, le renoncement. Une femme qui n'avait pas l'allure d'une italienne comme j'aimais le penser parfois, mais bien une métisse. Je fleurissais à mesure que la conversation se déroulait. Je me sentais si bien, si légère, enfin! Un curieux contraste à vrai dire: je me sentais légère, oui, mais en même temps, c'est comme si je prenais racine.

Après ce long soliloque, je me suis sentie vidée. Je l'ai remerciée d'être là. On a ri. Je crois que le destin m'a non seulement permis de retrouver mes racines, mais en plus, j'ai fait la connaissance d'une nouvelle amie, je crois bien! Je me lève, je l'embrasse, me couche et m'endors immédiatement, ce qui ne m'était pas arrivé depuis des semaines.

* * *

Le lendemain matin, je suis allée retrouver papa : il voulait que nous allions à la pêche ensemble. Ça c'est passé de façon toute simple. Dans la vieille chaloupe, il m'a montré les gestes et nous avons récolté quatre belles truites. Tout s'est fait en silence, ou presque. Nous n'avions plus besoin des mots. Seul le fait d'être ensemble comptait. Il y avait le lac, sa surface si calme, et un ciel sans fin. Dans la lenteur de nos mouvements, il y avait cette apaisante harmonie. Nous avons mangé les truites pour le dîner.

Nous nous étions enfin retrouvés.

Avant de partir, je l'ai serré très fort dans mes bras et je lui ai murmuré : « Nous t'attendons à Montréal, quand tu voudras. Nous serons installées, Abbie et moi, un peu avant les Fêtes. »

35

Retour sur terre. Sur Montréal. Sur ma vie qui me semble désormais un nouveau continent à explorer. Je suis hantée par la rencontre avec cet homme qui n'existait pas il y quelques jours seulement. On dirait que je dois revisiter toutes les étapes de ma vie pour les resituer dans un nouveau cadre. L'urgence de lui écrire monte d'elle-même.

Montréal, le 1er octobre 1979.

Papa,

D'écrire ce simple mot me tire les larmes... Jamais je n'aurais pensé un jour commencé une lettre comme ça...

Tu sais, à cause de maman, j'ai dû développer une force en réaction au fait que tu n'existais pas; maman m'avait inculqué l'autonomie. Et moi, la fille forte, je reviens à peine de Rome sous le coup d'un choc très important, celui de la mort violente de mon chum. Pas étonnant que j'avais si peur à l'idée de rencontrer un autre homme. Tous ces évènements, à mon avis, ont réveillé en moi une insécurité latente, celle de n'avoir jamais eu d'appui, celle de n'avoir pas eu de père. Ce n'est qu'après notre rencontre que je me suis rendue compte de tout ça. Dernièrement, j'avais comme perdu pied. Au début, je ne savais pas trop comment réagir au testament de mon amoureux. Je le perdais, et j'avais besoin qu'on prenne soin de moi. Mais j'ai vite passé à autre chose à cause de la petite; même que je l'ai surprotégée, que je lui ai donné ce que moi je n'avais pas eu... J'imagine que c'est un réflexe normal. Mais il est clair que je n'ai pas encore vécu totalement mon deuil. Alors notre rencontre me faisait terriblement peur. Encore une fois, je me retrouvais toute seule au monde, mais avec une responsabilité supplémentaire. Allais-je être déçue par la personne que j'allais rencontrer? Et si par hasard tu avais été quelqu'un d'autre, une espèce de faux prêtre par exemple, j'aurais probablement craqué. Je serais retournée à Montréal avec un immense trou à l'intérieur de moi. J'avais aussi peur que tu ne vois en moi que maman, que tout ça te foute un super cafard, que toi aussi tu revives par ma présence une perte immense. Ou au mieux, que ça te rappelle de bons souvenirs. Mais je ne suis pas maman. Il fallait que je sente ça de toi. Je suis si heureuse de la façon toute douce dont ces choses ont été vécues en un laps de temps si court entre toi et moi, et avec si peu de mots. Tu sais, j'ai lu quelques-unes de tes lettres adressées à maman : c'était si empreint d'amour, de passion. Et je sais ce que la passion nous fait faire, comment elle nous emporte tout entier. Or cette lecture m'a préparée à rencontrer l'homme que j'ai vu hier. J'ai retrouvé un homme branché sur ses sentiments, fier de ses croyances, sûr de son destin. C'est merveilleux parce que j'ai pu me rendre compte que ma force était liée à toi d'une certaine manière, à mes racines, que cette force prend finalement appui sur un homme comme toi. Je sais maintenant d'où je viens, et j'en suis fière. C'est drôle, mais j'ai l'impression que tu penses comme moi... Tout ça va me faire grandir. Maintenant, je vais tenter de devenir une mère à mon tour, une mère qui dégagera une certaine sécurité, une mère qui véhiculera une philosophie fondée... J'espère enfin pouvoir transmettre de la paix, arrêter le cycle infernal des silences, des mensonges, des tragédies.

Merci pour la pêche : je ne savais pas que c'était l'exercice le plus zen au monde, surtout quand on la pratique avec son papa.

J'ai hâte que tu viennes à Montréal. Et, qui sait, la petite et moi, nous viendrons peut-être à la pêche l'été prochain? Qu'en dis-tu?

Ta fille Frédérique (que c'est drôle d'écrire ça...)

XXXXX

36

Au cours des derniers jours, j'ai été prise d'une rage organisationnelle : j'ai inscrit Abbie à l'école Louis-Hippolyte-Lafontaine de la rue Berri pour janvier; j'ai réglé la paperasse avec René pour la maison et les travaux; j'ai rencontré l'architecte : en quelques heures, nous avons décidé de tout à l'aide de catalogues de matériaux dans sa bibliothèque: cuisine, chambres, rangements, escalier, fenêtres, portes, finitions diverses, les couleurs, la céramique, la salle de bains, etc. OUF!

J'ai pris la décision de revenir une semaine avant Abbie, soit vers le 10 décembre pour emménager. La petite viendra avec tante Gaëlle avec qui nous passerons les Fêtes. Je n'ai pas eu à forcer la note au téléphone avec elle avant-hier. C'est moi qui paie, marché conclu. Je ne veux pas que la séparation soit trop brusque pour elle et la petite, et j'ai des choses à apprendre de cette femme si bien incarnée.

Je sens que je suis devenue une mère à part entière. J'ai la nette impression que l'on me regarde en tant que mère, qu'on m'interpelle en tant que mère. Je ne suis plus la Frédérique guerrière, l'amazone au sein coupé pour mieux décocher ses flèches sur le premier homme venu. Ler a fait de moi une femme, et la petite est en voie de me changer en déesse-mère.

*   *   *

Dans l'avion qui me ramène en France, le silence qui s'installe après le dîner dans ce grand aigle solitaire invite à la molle dérive intérieure. Je résiste encore un peu à cette nouvelle définition de moi-même, comme si je perdais de mon pouvoir de séduction, de ma liberté d'action. Quelque part, je sens que cette nouvelle réalité va me convenir : fini les joutes adolescentes sans conséquences, c'est du sérieux maintenant que je suis mono. De toute façon, j'étais déjà la mère de ma mère depuis des années. Le focus ne sera plus derrière désormais, mais bien devant.

Je somnole. Je ne bouge pas. Je laisse la mère entrer en moi, couler de moi.

*   *   *

Dol. Je goûte les dernières semaines de cette Bretagne si réparatrice pour moi. La mer. Des moments de solitude.

Je parle souvent avec Josette et René : les travaux avancent à bon rythme. Le processus de détachement est bien amorcé. La petite et tante Gaëlle ont très hâte de fêter Noël dans la neige. Abbie veut des patins comme cadeau!

Et nous ne serons pas seuls! Papa viendra passer deux semaines avec nous. WOW!

37

Dimanche, 15 mars 1981, jour du défilé de la St-Patrick. Abbie et moi ne voulions pour rien au monde manquer l'évènement. Nous sommes aux premières loges sur la rue Sainte-Catherine. Tout ce vert annonce le printemps qui daigne se montrer le bout du nez avec un exceptionnel 15 degrés ce matin. L'atmosphère est festive et bon enfant : enfin une marche irlandaise aux allures pacifiques pour la petite! Oui, être Irlandais peut vouloir dire être heureux.

Et heureuse je le suis. Quelques pas devant moi, papa tient mon Lugh sur ses épaules. Son bonnet vert, son visage joufflu et ses yeux pairs en font un vrai petit elfe. Quand je le regarde intensément, je ne peux que voir le visage de Ler. Il aura un an dans quelques jours. Son grand-papa tenait à être celui qui le ferait voir au loin, bien plus loin que les badauds ou les chars allégoriques. Papa semble vouloir faire en sorte que Lugh puisse poser son regard au-delà de la mer, jusqu'en Irlande même. À ses côtés, tante Gaëlle essuie bien malgré elle quelques larmes : la St-Patrick a toujours été une fête chargée de souvenirs contradictoires dans sa mémoire. Les humains, malgré tous leurs efforts, ne peuvent se soustraire à leur géographie d'enfance; il y a des racines qui ne s'arrachent jamais. À travers le délavé de ses yeux, les chars, les autos transportant des officiels, les fanfares, les fêtards, tout cela n'était qu'un vaste champ d'orge de la fin août balayé sans cesse sous les bourrasques du vent et dansant nonchalamment. Aujourd'hui, tante Gaëlle est ailleurs qu'à Montréal. Elle sent ma main qui prend la sienne et accepte sans bouger.

*   *   *

Le temps a fait son œuvre de polisseur. Le temps a adouci les peines, pansé les plaies. Bien sûr, le temps ne peut pas tout effacer. Mais le temps a tout son temps : il a pris soin depuis un an de me donner toute une floraison nouvelle, si bien qu'aujourd'hui j'ai le cœur qui déborde de tant d'amour que je n'arrive pas encore à y croire.

D'abord, je n'avais pas voulu parler de ma grossesse à personne, hormis Abbie. Je lui avais fait jurer de ne pas en glisser mot. Je voulais vivre cet évènement à la fois imprévisible, terrifiant et heureux avec une espèce de sérénité, de silence religieux, de montée en grâce. Quand papa et tante Gaëlle étaient venus à Montréal en décembre 1979 pour Noël et la crémaillère, bien qu'enceinte d'un peu plus de cinq mois, j'avais revêtu une robe suffisamment ample pour qu'on n'y voit rien. Et le petit Lugh frappait de tous ses poings et de tous ses pieds pour signifier que cette fête était d'abord la sienne. À un certain moment, j'avais surpris un regard interrogatif de tante Gaëlle qui écoutait une histoire que lui racontait mon amie Josette, et tout de suite j'avais senti qu'elle savait, mais aussi qu'elle respectait ma volonté de ne pas partager la grande nouvelle pour l'instant. Elle devinait que cet enfant pouvait être le plus grand des cadeaux et en même temps une source d'inquiétude pour moi. Elle m'avait souri avec complicité. L'air s'était soudainement allégé. Plus tard en soirée, j'avais surpris une longue conversation entre elle et papa. C'était à mon tour de lui sourire avec complicité.

Lugh est né à la fin mars 1980. Par une journée radieuse. Avec l'aide de l'infirmière, il s'est glissé sur mon ventre; je l'ai pris dans mes bras et, à cause du sang et des liquides utérins, j'ai eu la curieuse sensation pendant un très court instant que c'était Ler que je tenais le jour même de son assassinat. J'ai pleuré en silence et j'ai accueilli cette jeune âme avec respect. Ce phoenix me signifiait d'accepter mon destin. Le printemps qui a suivi fut rempli de lumière : les hormones de la maternité créent de curieux états de grâce.

En toute hâte, j'avais avisé papa et tante Gaëlle. Papa était venu du Manitoba pour voir « son petit-fils » le soir même de la naissance. Tante Gaëlle nous avait fait la joie d'une visite surprise quelques jours plus tard. En m'embrassant, elle m'avait glissé à l'oreille qu'elle attendait mon coup de fil depuis quelques semaines déjà. Ses calculs étaient exacts. Abbie, quant à elle, était si contente d'avoir un petit frère qu'elle n'avait de cesse de me demander d'en prendre soin. Tout cela la raccordait à son père d'une manière bien à elle.

À l'été, papa avait reçu une invitation de tante Gaëlle : elle formulait le souhait de lui présenter la Bretagne. J'avais tout de suite deviné qu'elle avait enfin décidé d'ouvrir les portes de son jardin secret et de se lancer dans une aventure hors du commun, comme seule elle était capable de le faire. Seule? Évidemment non : mon père en était là lui aussi. On aurait dit que ces deux êtres, jadis solitaires, étaient prêts pour ça, qu'il était écrit sur le sable des plages bretonnes, plages qu'ils avaient arpenté durant deux longues semaines, que le temps d'une profonde complicité entre eux était venu. Ils avaient probablement signé un pacte dont eux seuls avaient la clé. L'affaire s'était soldée par un déménagement à Montréal et de tante Gaëlle et de papa peu après Noël cette année. Ce couple improbable et pourtant si bien assorti ne pouvait tout simplement plus vivre ce qui lui restait de vie loin d'Abbie et de Lugh. Je crois que papa allait enfin pouvoir jouir de cette paternité que ma mère lui avait enlevée et que je lui redonnais sans l'avoir planifiée.

*　　　*　　　*

Le défilé s'effiloche une centaine de mètres plus loin. Les spectateurs se dispersent, comblés par ce coude-à-coude qui leur redonne un certain sens de l'identité, bien que le tout soit davantage de l'ordre du folklore. Mais il ne faut jamais oublier que le folklore prend appui sur l'histoire, sur le roc de leur Eire bien-aimé, sur l'entêtement à survivre avec pour baluchon un héritage chargé des aléas du passé et des promesses du futur.

Papa, tante Gaëlle, Josette, Abbie et Lugh seront à ma table ce soir. Je serai entourée comme jamais je ne le fus.

Ce sera la fête! Enfin.

Notes de l'auteur

Bobby Sands est un véritable héros en Irlande; il est mort dans la prison de Maze en mai 1981 après 66 jours de grève de la faim. Plus de 100,000 personnes ont suivi le cortège lors de ses funérailles.

En 1992, une enquête italienne sur le « suicide » de Roberto Calvi à Londres en 1982 (j'ai changé les dates pour fins de cohérence du récit et les noms pour les fins de la fiction) est ouverte et conduit en 2003 à l'inculpation pour meurtre du parrain mafieux Pippo Calo.

Mgr Marcinkus a également été inculpé par la justice dans le cadre de cette affaire, mais il reçut la protection du pape Jean-Paul II. Il quitta l'Église en 1990 et vécut une paisible retraite aux États-Unis, probablement ponctuée de nombreuses vacances aux Bahamas où il avait des avoirs... Son nom fut trouvé dans une liste contenant 121 ecclésiastiques maçons, parmi lesquels le cardinal Jean-Marie Villot. Il est décédé en 2006.

Michele Sindona fut emprisonné aux États-Unis en 1980 sous 65 chefs d'accusations de fraude, de parjure, de faux rapports d'états financiers bancaires et d'appropriation frauduleuse de fonds. Il est mort le 18 mars 1986 dans sa cellule de la prison de Voghera où il purgeait une peine à vie pour le meurtre de Giorgio Ambrosoli. On trouva du cyanure dans son café.

Licio Gelli, grand-maître de la loge P2, a aussi été interrogé lors de l'enquête concernant la mort de Roberto Calvi. Accusé, il a réussi à s'enfuir, deux fois plutôt qu'une. Il fut arrêté en Suisse en 1982 alors qu'il tentait de retirer des dizaines de millions d'un compte bancaire, puis relâché peu après. Il se rendit aux autorités en 1987 lors d'un autre procès où il fut condamné à plusieurs années de prison, sentence qui fut vite mutée en simple « résidence surveillée ». Il a été soupçonné d'être impliqué dans presque tous les scandales italiens des années 1970, 1980 et 1990. Toujours vivant aux dernières nouvelles, il a récemment vendu les droits exclusifs de son histoire à un producteur de cinéma newyorkais...

Le journaliste Nino Moretti a vraiment été assassiné à Rome en 1982, selon toute vraisemblance par des hommes à la solde de Gelli.

Si vous voulez en savoir plus, vous n'avez qu'à taper l'un ou l'autre de ces noms dans un moteur de recherche dans internet: des heures de lectures pieuses en vue!!! Et si vous voulez vraiment vous délecter, lisez le livre du journaliste d'enquête britannique David Yallop intitulé *Au Nom de Dieu, a-t-on tué Jean-Paul 1er* ?

Remerciements

L'auto-publication est une tendance incontournable de notre ère. C'est un grand défi parce qu'il faut faire tout le travail d'édition, de mise en page et de révision par soi-même. Pas évident...

Je n'aurais jamais pu faire tout ce travail sans la collaboration de Pascale, ma compagne de vie, qui a lu le manuscrit à quelques reprises, en a commenté la structure, m'a offert ses conseils sur les l'évolution des personnages, m'a suggéré de couper ça et là les passages moins pertinents et a corrigé les nombreuses coquilles.

Merci à Michel Lemieux, psychologue et ami, avec qui j'ai échangé sur la façon d'agir des personnages dans diverses situations. Cette aide m'a permis d'approfondir certains comportements de Frédérique, de Ler ou d'Abbie.

Merci à Denis Laramée avec qui ce fut un plaisir de concevoir une maquette qui reflétait bien le contenu du roman.

8093481R0

Made in the USA
Charleston, SC
07 May 2011